Klarant Verlag

Die gebürtige Ostfriesin, ***Sina Jorritsma***, aus der Krummhörn studierte in Hamburg Germanistik und Philosophie, bevor sie wieder in ihre Heimat zurückkehrte. Sie veröffentlicht unter Pseudonym, weil sie ihre Umgebung genau beobachtet und Ereignisse aus ihrem Leben in ihre Geschichten einfließen. Das Romaneschreiben ist ihr kleines Geheimnis, das nur wenige Menschen kennen. Bei einer großen Kanne Ostfriesentee mit Sahne und Kluntjes kann sie halbe Nächte durchschreiben, tagsüber hält sie sich mit Joggen fit. Sina Jorritsma lebt mit ihrer Familie in einem kleinen Ort bei Emden.

Sina Jorritsma

Friesenstalker

Ostfrieslandkrimi

Klarant Verlag

Klarant Verlag, www.klarant.de – www.ostfrieslandkrimi.de
ISBN: 978-3-95573-688-0
1. Auflage 2017
Umschlagabbildung: Klarant Verlag

Printed in the EU.

Kapitel 1

„Moin. Wir sollen einen Haftbefehl vollstrecken."

Mit diesen Worten wurde Kommissarin Mona Sander von ihrem Kollegen Enno Moll begrüßt, als sie an einem schönen Augustmorgen die Polizeistation von Borkum betrat. Es herrschte Hochsaison auf der beliebten Ferieninsel. Jede Fähre und jeder Katamaran brachte Unmengen von erholungssuchenden Touristen auf das Eiland. Bei der Polizei herrschte hingegen Urlaubssperre, und außerdem waren für die Saison zusätzliche Beamte als Verstärkung vom Festland nach Borkum versetzt worden.

„Moin, Enno. Darf ich erst mal einen Tee trinken oder liegt Gefahr im Verzug vor?"

Der riesige bierbäuchige Ostfriese beantwortete Monas Frage, indem er sich gemütlich grinsend von seinem Bürostuhl erhob.

„Blinder Eifer schadet nur. Ich hole dir eine Tasse."

„Du bist ein Schatz", sagte Mona lächelnd. Sie ließ sich auf ihren Stuhl plumpsen und fuhr mit beiden Händen durch ihr widerborstiges rotblondes Haar. Obwohl es noch nicht einmal neun Uhr morgens war, klebte ihr T-Shirt bereits schweißnass am Rücken fest. Wenn es windstill war, konnten die Temperaturen auf dieser ostfriesischen Hochseeinsel es durchaus mit der Hitze Mallorcas aufnehmen. Und die drangvolle Enge durch die vielen Borkumbesucher trug nicht dazu bei, Monas Laune zu verbessern.

Enno kehrte mit einem Tablett zurück, auf dem sich eine Kanne im traditionellen Friesenrose-Muster, Tassen, Sahne und Kluntjes befanden. Mona goss sich wohlig seufzend das ostfriesische Lebenselixier ein.

„Das habe ich gebraucht. Jetzt ist der erste ruhige Moment an diesem verflixten Morgen", gestand Mona.

Enno hob seine buschigen Augenbrauen.

„Was ist denn geschehen?", wollte er wissen.

„Frau Klasing hat sämtliche Ferienwohnungen vermietet. Mit anderen Worten: Ich habe jetzt jede Menge lauter Nachbarn, die frühmorgens schon ihre Musikanlagen aufdrehen. Und was die nachts so treiben, willst du gar nicht wissen."

„Vielleicht ja doch", scherzte Enno. Mona verzog den Mund.

„Mit meinem Schönheitsschlaf ist es jedenfalls Essig, aber das könnte auch an den Außentemperaturen liegen. Auf dem Weg zum Dienst ging es dann weiter. Ich hätte mindestens dreimal beinahe einen Unfall gebaut, weil es von Zweirad-Touris nur so wimmelt. Die letzten Meter bis zur Wache musste ich mein Rad schieben, weil ich sonst garantiert ein paar von unseren Feriengästen umgefahren hätte."

„Lass dir doch von der Hochsaison die Laune nicht verderben", brummte Enno. „Ich erzähle dir lieber von unserem Einsatz. Die Kölner Kollegen haben uns um Amtshilfe gebeten. Gestern hätte ein gewisser Volker Kiebing in der JVA Köln zum Haftantritt erscheinen sollen. Er hat aber durch Abwesenheit geglänzt. Deshalb wurde er zur Fahndung ausgeschrieben."

Mona nahm einen Schluck Tee.

„Das ist völlig logisch", erwiderte sie. „Aber aus welchem Grund wird Kiebing auf Borkum vermutet? Mir ist zwar bekannt, dass gefühlt fast jeder zweite Nordrhein-Westfale seinen Urlaub bei uns verbringt. Doch ein flüchtiger Straftäter würde sich bestimmt eher ins Ausland absetzen, oder?"

„Ich nehme an, dass in alle Richtungen ermittelt wird", erwiderte Enno. „Allerdings besitzen Kiebings Eltern ein Ferienhaus auf Borkum."

Mona trank ihren Tee aus.

„Also klopfen wir bei ihnen an und fragen, ob sie das schwarze Schaf der Familie im Kleiderschrank verstecken? Was hat der Knabe überhaupt ausgefressen? Ein Verbrechen gegen das Leben kann es nicht gewesen sein, sonst wäre er in Untersuchungshaft verblieben."

Enno schaute in seine Unterlagen.

„Es handelt sich um eine Verurteilung nach § 238 StGB, also ein Fall von Stalking."

Mona schnaubte ironisch.

„Dann muss es sich ja bei Kiebing um einen besonders schlimmen Finger handeln. Normalerweise werden diese Typen von unserer Kuscheljustiz doch mit Samthandschuhen angefasst, und sie kommen mit einer Geldstrafe davon. Aber das ist nur meine private Meinung."

„Ich kann dir nicht widersprechen, Mona."

Sie lächelte und stand auf.

„Der Tee hat gutgetan, vielen Dank dafür. Jetzt bin ich genau in der richtigen Stimmung, um einen miesen Stalker zu verhaften", sagte Mona.

Die beiden Ermittler verließen die Polizeiwache durch den Hinterausgang. Ihr ziviler Opel Vectra war in der Morgenhitze schon stark „vorgeglüht". Mona unterdrückte einen Fluch, als sie die Fahrertür öffnete. Und sie war nicht die Einzige, die an diesem Vormittag schlechte Laune hatte.

Direkt hinter Mona und Enno verließen Polizeimeisterin Grietje Smit und Polizeimeister Hinderk Ekhoff die Dienststelle, wobei sie ihre Fahrräder schoben.

„Ihr habt es gut, müsst euch bei dem Wetter nicht in einen Streifenwagen zwängen“, rief Mona ihnen zu.

„Soll das ein Witz sein?“, jammerte die sommersprossige Polizeimeisterin und deutete auf ihre Montur. „Schau dir doch nur mal diese neuen Shorts der Fahrraduniform an. Darin habe ich soooo einen Hintern!“

Und sie breitete die Arme aus, um die Dimensionen ihres Pos anzudeuten.

Mona zuckte mit den Schultern und stieg in den Opel. Grietje und Hinderk schwangen sich auf ihre Räder und fuhren davon. Als sie außer Hörweite waren, sagte Mona:

„Der optische Eindruck stimmt. Aber das liegt nicht an den Shorts, sondern an Grietjes Hüften.“

Enno grinste.

„Wenn ich das jetzt gesagt hätte, wäre es eine sexistische Bemerkung gewesen.“

„Manchmal hat es eben auch Vorteile, eine Frau zu sein“, erwiderte Mona augenzwinkernd und startete den Motor. „Wohin darf ich Euer Lordschaft kutschieren?“

„Das Ferienhaus befindet sich in der Süderreihe.“

Mona kämpfte sich bis zur Reedestraße durch, die hinunter zum Fähranleger führte. Auf Borkum herrschte nur sehr eingeschränkter Autoverkehr. Doch die Scharen von Radtouristen zwangen die Kommissarin dazu, im Schritttempo zu fahren. Schließlich bog sie seufzend rechts in die Süderreihe ab. Hier standen traditionelle Friesenhäuser sowie einige Neubauten, die dem Inselstil mehr oder weniger geschickt angepasst worden waren.

„Da vorn muss es sein“, sagte Enno. Er deutete auf ein größeres Backsteinhaus mit gepflegtem Vorgarten.

„Wenn Kiebing mitkriegt, dass die Polizei anrückt, könnte er hinten herum türmen“, raunte Mona ihrem Kollegen zu. „Gehst du zur Rückfront, um ihm den Weg abzuschneiden?“

Enno nickte.

„Wenn du Unterstützung brauchst, funkst du mich an, in Ordnung?“

Mit diesen Worten gab er der Kommissarin den offiziellen Haftbefehl.

„Mit so einem Stalker werde ich schon fertig“, erwiderte Mona. Sie klopfte auf ihr Pistolenholster, das durch ihr locker fallendes T-Shirt verdeckt wurde. Die beiden Zivilfahnder waren sommerlich gekleidet.

Enno wirkte in seinem grell geblümten Hawaiihemd nicht gerade unauffällig, aber genau das war auf einer Urlauberinsel die beste Tarnung. Er wäre jederzeit als Tourist oder Kurgast durchgegangen.

Mona wartete, bis Enno die Hinterseite des Hauses erreicht hatte. Dann klingelte sie an der Tür. Es war jetzt halb zehn Uhr morgens. Die meisten Feriengäste saßen um diese Zeit noch bei einem gemütlichen Frühstück.

Eine Frau öffnete. Sie trug ein helles Strandkleid. Mona schätzte sie auf Anfang sechzig. Sie wirkte auf den ersten Blick völlig arglos. Die Kommissarin dachte sich, dass sie und Enno vermutlich eine völlig falsche Spur verfolgten. Warum sollte sich ein Flüchtender ausgerechnet auf einer Insel verstecken wollen?

„Ja, bitte?"

Als Mona angesprochen wurde, zeigte sie den Haftbefehl.

„Moin, ich bin Kommissarin Sander von der Polizei Borkum. Ich habe einen Haftbefehl für Volker Kiebing. Ist er hier?"

Die Frau zögerte für Monas Geschmack einen Moment zu lange.

„Äh ...", begann sie, aber die Kommissarin schnitt ihr das Wort ab.

„Sie wissen nicht, wer sich in Ihrem Haus aufhält? In diesem Fall würde ich mich gern bei Ihnen umsehen."

Mona schob ihren Fuß in den Spalt zwischen Tür und Rahmen, falls ihr Gegenüber auf die Idee kam, ihr die Tür vor der Nase zuknallen zu wollen. Das traute sich die ältere Frau allerdings nicht. Sie blieb einfach nur stehen und starrte die Kommissarin an, als ob sie einen Geist sehen würde.

Nun tauchte ein Mann auf. Kiebing konnte es nicht sein, denn er war laut Haftbefehl erst vierundzwanzig Jahre alt. Wahrscheinlich handelte es sich eher um seinen Vater oder um einen anderen älteren Verwandten. Der Hinzugekommene trug einen weißen Vollbart, der sauber gestutzt war. Und er machte einen viel energischeren Eindruck als die Frau.

„Was ist denn los, Liebling?"

„Die Polizei ist da", sagte die Frau mit tonloser Stimme.

Mona präsentierte nun auch dem Bärtigen ihren Haftbefehl.

„Ich bin Professor Friedrich Kiebing", sagte er. „Und mein Sohn ist nicht hier."

„Davon würde ich mich gern selbst überzeugen", entgegnete Mona. Noch blieb sie ruhig.

„Das dürfen Sie ohne Durchsuchungsbeschluss nicht tun", sagte Professor Kiebing. Er hatte sich vor der Tür aufgebaut und blickte auf Mona herab. Das war sie gewohnt, schließlich maß sie nur 1,63 Meter. Aber wenn sie sich von der Körpergröße ihres Gegenübers hätte einschüchtern lassen, wäre sie eindeutig nicht im richtigen Beruf tätig. Sie hielt dem Blick des Hausherrn stand.

„Da sind Sie schlecht informiert, Professor. Bei Gefahr im Verzug können wir auch ohne richterliche Anordnung in ein Haus eindringen. Ich stelle Ihnen auch gerne noch einmal die Frage, ob sich Ihr Sohn im Gebäude befindet."

Der Professor lächelte höhnisch und verschränkte die Arme vor der Brust.

Mona grinste ihn an und griff zum Funkgerät.

„Enno, ich brauche dich hier vorn."

Der Hausherr zuckte zusammen, als gleich darauf der ostfriesische Kommissar auf der Bildfläche erschien. Enno war ungefähr zwei Meter groß und überragte die meisten Männer, so auch den Professor. Außerdem verfügte er über Bärenkräfte, die er allerdings meistens nur beim wöchentlichen Ringertraining mit seinem Freund Dimitrios einsetzte.

Mona deutete mit einer knappen Kopfbewegung auf den Professor.

„Dieser Herr behindert eine polizeiliche Maßnahme. Du legst ihm besser Handschellen an, während wir uns im Haus umschauen", sagte sie kühl.

Enno nickte.

„Wie können Sie es wagen! Wissen Sie überhaupt, wen Sie vor sich haben?", tobte Friedrich Kiebing, während er von Enno gefesselt wurde.

„Eine Person, die sich einer polizeilichen Maßnahme widersetzt", meinte Mona trocken. „Also, wo finden wir Ihren Sohn?"

„Fahren Sie zur Hölle!"

„Auf Borkum gefällt es mir besser", gab Mona zurück.

Sie betrat das Haus, während der Professor von Enno in Schach gehalten wurde. Mona zog ihre Pistole. Die Frau, vermutlich Volker Kiebings Mutter, zuckte zusammen.

„Ist das denn wirklich nötig?", brachte sie hervor.

„Wenn Ihr Sohn keine Schwierigkeiten macht, wird alles ganz friedlich verlaufen", versprach Mona. „Also, wo finde ich ihn?"

„Im ersten Stockwerk, die zweite Tür links."

„Theresa!", rief der Professor vorwurfsvoll. Die Frau senkte den Kopf. Mona ging die Treppe hinauf, wobei sie auf verdächtige Geräusche lauschte. Wenn der Vater schon mit allen Mitteln die Verhaftung zu verhindern suchte, würde der Sohn auch nicht begeistert von der Aussicht auf Haftantritt sein.

Im Obergeschoss war es ruhig. Volker Kiebing musste den Tumult im Erdgeschoss gehört haben. Sie musste damit rechnen, dass er nicht widerstandslos mitkommen würde. Also riss sie die Tür auf und zielte mit ihrer Waffe in den Raum.

Das Zimmer war leer.

Dennoch wurde es bewohnt, wie Mona mit wenigen Blicken erkannte. Das Bett war zwar gemacht, aber es lagen einige Kleidungsstücke eines Mannes herum. Außerdem stand ein aufgeklapptes Notebook auf dem Schreibtisch. Daneben befanden sich eine geöffnete Bierflasche und eine halb leere Tüte Kartoffelchips. Mona schaute in den Kleiderschrank, doch darin konnte sich kein ausgewachsener Mann verstecken. Sie sah eine Reisetasche. Offenbar hatte Volker Kiebing wirklich lieber seine Eltern auf Borkum besucht, als in den Knast einzufahren.

Ob er geflohen war, während Mona und Enno sich am Vordereingang mit seinem Vater auseinandersetzen mussten?

Das war eine Möglichkeit, aber die Kommissarin wollte sich Gewissheit verschaffen. Sie checkte die anderen Räume. Im Elternschlafzimmer war der Gesuchte nicht, auch im Bad suchte sie ihn vergeblich. Der Raum neben Volker Kiebings Zimmer wurde von einer jungen Frau bewohnt. Sie lag noch im Bett und schnarchte leise. Da sie ihre Zudecke weggestrampelt hatte, konnte Mona sehen, dass sie nur mit einer Schlafmaske bekleidet war.

Die Kommissarin trat näher und berührte die Schlafende an der Schulter.

Die Nackte streifte die Schlafmaske ab und blinzelte Mona an.

„Was ist denn los? Wer sind Sie?“

„Ich bin von der Polizei Borkum. Wo finde ich Volker?“

„Nebenan, falls er nicht irgendwelchen Weibern nachsteigt. Und nun lassen Sie mich weiterpennen“, murmelte sie im Halbschlaf.

Ob die Frau Kiebings Schwester war? Von allen Familienmitgliedern schien sie das Schicksal ihres Bruders am wenigsten zu kümmern. Jedenfalls deuteten ihre regelmäßigen Atemzüge darauf hin, dass sie wenig später schon wieder schlief.

In ihrem Zimmer konnte der Gesuchte nicht versteckt sein, dafür war es zu klein. Mona kehrte ins Erdgeschoss zurück, wo der Professor dem unbeeindruckt wirkenden Enno weiterhin drohte.

„Ihr beispielloser Willkürakt wird für Sie Konsequenzen haben, Ihre Karrieren bei der Polizei sind so gut wie beendet.“

Mona war nicht so geduldig wie Enno.

„Nun halten Sie mal die Luft an, einen verurteilten Straftäter zu verstecken ist auch kein Kavaliersdelikt“, blaffte sie. „Ihr Sohn ist nicht in seinem Zimmer, er wird sich wohl kaum in Luft aufgelöst haben.“

„Volker ist das unschuldige Opfer einer Willkürjustiz“, behauptete der Professor.

Mona gab es auf, von ihm Kooperationsbereitschaft zu erwarten.

„Schön, dann werden wir eben jeden Winkel dieses Hauses und notfalls auch die gesamte Insel durchsuchen. Wir ...“

Mona unterbrach sich selbst. Während sie sprach, war sie nicht untätig geblieben. Sie hatte die Tür zu einem Hauswirtschaftsraum neben dem Kücheneingang aufgerissen. Und dort fand sie den Stalker. Sein Gesicht wies eine starke Ähnlichkeit mit dem erkennungsdienstlichen Foto aus Köln auf.

Allerdings lebte Volker Kiebing nicht mehr.

Jemand hatte ihn mit einem Seil stranguliert.

Kapitel 2

Mona kniete sich neben den leblosen Körper. Sie wollte sich vergewissern, ob das Opfer womöglich doch noch lebte und sie Erste Hilfe leisten konnte. Leider vergaß sie dabei, die Tür zu schließen.

Theresa Kiebing war ihr gefolgt. Die Mutter erlitt einen hysterischen Anfall, als sie ihren Sohn tot auf dem Boden liegen sah. Sie wollte zu ihm, aber Mona hinderte sie daran. Die Kommissarin konnte die Gefühle dieser Frau verstehen, doch der Leichenfundort durfte nicht kontaminiert werden.

„Bleiben Sie bitte zurück, Frau Kiebing."

Monas Worte schienen nicht zu der Mutter durchzudringen. Sie zitterte am ganzen Leib und rief immer wieder den Namen ihres Sohnes, was Mona herzzerreißend fand. Außerdem hatte sie alle Hände voll damit zu tun, die Frau nicht in den Hauswirtschaftsraum gelangen zu lassen. Trotz ihrer geringen Körpergröße war Mona dank ihres strammen Sportprogramms ziemlich kräftig. Gleichwohl kam sie in diesem Moment kaum gegen Theresa Kiebing an, die durch ihre Verzweiflung zusätzliche Kräfte erhalten zu haben schien.

Auch der Professor hatte nun mitbekommen, dass etwas Dramatisches geschehen sein musste.

Er warf durch die immer noch offen stehende Tür einen Blick auf den Toten und erbleichte. Friedrich Kiebing wirkte viel gefasster als seine Gattin. Entweder verfügte er über eine bessere Selbstbeherrschung oder sein Sohn hatte ihm einfach nicht so nahegestanden. Darüber konnte Mona sich später den Kopf zerbrechen. Jetzt kam es darauf an, die Situation möglichst undramatisch zu beenden. Zum Glück hatte sie Enno an ihrer Seite.

„Wenn Sie mir versprechen, keine Dummheiten zu machen, dann nehme ich Ihnen die Handschellen ab", sagte der ostfriesische Kommissar zu dem Professor. „Dann können Sie sich um Ihre Frau kümmern."

„Ja, selbstverständlich", murmelte der Hausherr. Seine vorherige anmaßende und herablassende Haltung war schlagartig verschwunden. Für Mona stand fest, dass die Eltern des Stalkers von dessen gewaltsamem Ende völlig überrascht worden waren. Andernfalls hätten sie erstklassige Schauspieler sein müssen.

Nachdem Enno die Handfesseln gelöst hatte, nahm Friedrich Kiebing seine Gattin in die Arme und redete beruhigend auf sie ein.

„Wir brauchen hier die Spurensicherung und einen Gerichtsmediziner, das volle Programm", stellte Mona fest. Enno nickte und griff bereits zum Funkgerät. Da ertönte eine helle Frauenstimme hinter den Ermittlern.

„Was ist denn hier los, zum Kuckuck?“

Die Schlafmaskenträgerin war die Treppe hinuntergekommen. Inzwischen hatte sie sich eine rötliche Haremshose und ein bauchfreies Top angezogen. Mona schätzte die attraktive Blonde auf Anfang zwanzig.

Die Kommissarin zeigte noch einmal ihren Kripo-Ausweis.

„Ich habe Sie gerade aufgeweckt, erinnern Sie sich? Aber Sie haben mir Ihren Namen noch nicht genannt.“

Die Blonde kniff die Augen zusammen.

„Ich bin Helena Kiebing, Sie wollten etwas von meinem nichtsnutzigen Bruder. Haben Sie ihn endlich gefunden?“

Bevor Mona antworten konnte, schaltete sich der Professor ein. Er hörte sich sehr zornig an.

„Rede nicht so respektlos von Volker, mein Fräulein! Er ist tot, begreifst du das?“

Helena Kiebing erwiderte nichts. Während ihre Mutter verzweifelt und ihr Vater zumindest geschockt war, wirkte sie völlig teilnahmslos.

„Na ja, das musste ja mal passieren“, sagte Helena schulterzuckend.

„Du bist wirklich ein eiskaltes Biest“, schimpfte ihr Vater. Mona beschloss, die Familienangehörigen zu trennen. Sie wollte eine Eskalation vermeiden. Außerdem erhoffte sie, auf diese Weise mehr Informationen zu bekommen.

„Führst du die Eltern ins Wohnzimmer?“, raunte sie Enno zu. „Ich gehe mit der Tochter in die Küche und nehme gleich die Kollegen in Empfang.“

Der Kommissar nickte. Er hatte kurz zuvor per Funk beim Dienststellenleiter Meldung gemacht. Hauptkommissar Oltbeck war nicht erbaut darüber, dass mitten in der Sommersaison ein Mordopfer auf Borkum gefunden worden war. Doch er veranlasste natürlich sofort, dass sich ein Tatortteam von Oldenburg aus auf den Weg zu der Nordseeinsel machte.

Helena stand immer noch mitten auf dem Flur, als ob sie die Sache nichts anginge. Mona zog sie hinter sich her Richtung Küche.

„Kommen Sie, wir trinken jetzt einen Kaffee. Sie scheinen mir noch nicht ganz wach zu sein“, sagte die Kommissarin.

Volker Kiebings Körper hatte sich steif und kalt angefühlt, es war kein Leben mehr in ihm gewesen. Mona kam es merkwürdig vor, wenige Meter von seiner Leiche entfernt in einer fremden Küche Kaffee zu kochen. Sie fand sich schnell zurecht, da eine vorbildliche Ordnung herrschte. Oberflächlich betrachtet hätte man die Kiebings für eine Bilderbuchfamilie halten können, wenn da nicht die Verurteilung des Sohnes wegen Stalking gewesen wäre.

Und sein gewaltsamer Tod.

Helena hatte in der Sitzecke Platz genommen und musterte Mona neugierig.

„Und Sie sind bei der Polizei? Ihren Namen kenne ich übrigens auch noch nicht."

„Ich bin Kriminalkommissarin Mona Sander."

„Es ist bestimmt cool, bei der Polizei zu arbeiten. Da hat man doch jede Menge Action, oder?"

„Manche Tage sind auch nicht so cool", entgegnete Mona trocken. „Sie haben vorhin Ihren Bruder als nichtsnutzig bezeichnet. Wie kommen Sie zu dieser Meinung?"

„Wie würden Sie es denn nennen, wenn jemand dauernd die Jobs wechselt, nur Chaos veranstaltet und ansonsten harmlose Frauen zu Tode erschreckt?", fragte Helena zurück. Dabei wirkte sie nicht empört, sondern blieb nach wie vor ganz ruhig.

„Dann wussten Sie also, dass Ihr Bruder zu einer Haftstrafe wegen Stalking verurteilt worden war?"

„Klar, Frau Kommissarin. Und meinen Eltern war es auch bekannt. Sie haben es allerdings vorgezogen, die Augen vor der Wirklichkeit zu verschließen. Sie wollten nicht wahrhaben, dass ihr kleiner Prinz in Wirklichkeit ein Perverser ist, der entweder in die Klapsmühle oder in den Knast gehört."

Die nimmt wirklich kein Blatt vor den Mund, dachte Mona. Sie sagte: „Wurden Sie von Ihrem Bruder auch belästigt?"

Helena lachte, als ob Mona einen versteckten Witz gemacht hätte.

„Ich wohne im Haus meiner Eltern in Köln. Volker hauste in einem Apartment in Düsseldorf, deshalb habe ich ihn in den letzten Jahren nicht mehr so oft gesehen. Nur noch zu Weihnachten und anderen Festen, wo wir die heile Familie spielen mussten. Trotzdem schien er es eine Zeit lang auf mich abgesehen zu haben. Das konnte ich ihm zum Glück schnell austreiben."

Mit diesen Worten öffnete Helena die Bildergalerie ihres Smartphones, das sie die ganze Zeit in der Hand gehalten hatte. Sie präsentierte Mona ein Foto. Es zeigte Helena selbst in trauter Zweisamkeit mit einem großen tätowierten Muskelmann, den Mona eher in einem Hochsicherheitsgefängnis als am Rheinufer vermutet hätte. Dennoch war das Bild offenbar dort entstanden.

„Ihr Freund?", vergewisserte sie sich.

„Mein imaginärer Freund“, erwiderte Helena lächelnd. „Ich habe dem Brutalo fünfzig Euro gegeben, damit er seinen Arm um meine Schultern legt und den verliebten Gockel spielt. Das Foto diente nur dem Zweck, mir meinen Bruder vom Hals zu halten. Ich sagte Volker, dass mein Freund ihm jeden Knochen brechen würde, falls er etwas bei mir versuchte. Das hat auch funktioniert. Volker rutschte das Herz in die Hose. Mein Bruder war ein jämmerlicher Feigling. Er hat immer nur Frauen nachgestellt, von denen er hoffte, dass sie sich nicht wehren würden. Es ist ein Wunder, dass er letztlich doch angezeigt und verurteilt wurde.“

Mona nickte. Sie goss zwei Becher mit Kaffee voll und gab einen davon der Zeugin.

„Sie haben wirklich nicht viel von Ihrem Bruder gehalten, das ist offensichtlich. Dadurch werden Sie natürlich zu einer Verdächtigen.“

Helena zuckte mit den Schultern.

„Aus Ihrer Sicht ist das verständlich, aber ich vertraue auf unser Rechtssystem. Ich studiere nämlich Jura, wenn auch nur im ersten Semester. Übrigens habe ich gar kein Motiv, denn Volker hat mich ja in Ruhe gelassen.“

Davon war Mona keineswegs überzeugt, aber sie stellte diese Überlegungen zurück. Die Untersuchung des Leichnams hatte ja noch gar nicht begonnen. Wenn sich an dem Toten DNA-Spuren des Täters oder der Täterin nachweisen ließen, dann würde ein Abgleich mit Helenas genetischem Fingerabdruck kein Problem sein.

„Wussten Ihre Eltern überhaupt, dass Ihr Bruder zu einer Haftstrafe verurteilt worden war?“, fragte Mona.

„Ja, doch sie haben diese Tatsache schnell verdrängt. Beim Prozess sind sie jedenfalls nicht gewesen“, erwiderte die Schwester des Toten.

„Ich entnehme Ihren Worten, dass Sie selbst schon dabei waren“, sagte Mona.

Helena grinste.

„Darauf können Sie wetten! Ich wollte es mir nicht entgehen lassen, meinen Bruder auf der Anklagebank schwitzen zu sehen.“

Für Mona hörte sich das ganz so an, als ob Helena Volker zutiefst gehasst hätte und dieses Gefühl auch durch seinen Tod nicht ausgelöscht worden war. Bisher stand nur ein Name auf Monas Verdächtigenliste, und der lautete Helena Kiebing.

Die Kommissarin versuchte, sich ihr Misstrauen nicht anmerken zu lassen. Es war sinnvoller, die mutmaßliche Mörderin in Sicherheit zu wiegen.

„Wann haben Sie Ihren Bruder zum letzten Mal lebend gesehen?“, fragte Mona.
Helena legte die Stirn in Falten, sie schien nachzudenken.
„Gestern Abend, irgendwann zwischen neunzehn und zwanzig Uhr. Ich war gerade vom Strand zurückgekommen und wollte duschen, da sah ich Volker durchs Haus schleichen.“
„Ist Ihnen etwas Besonderes an ihm aufgefallen?“
Helena schüttelte den Kopf.
„Nein, er wirkte gehetzt, aber das war bei ihm der Normalfall.“
Mona hakte nach.
„Wirklich? Und wer jagte ihn?“
„Seine eigenen dunklen Triebe. Er hätte wirklich besser ins Gefängnis gehen sollen, dann würde er jetzt noch leben. Andererseits habe ich gehört, dass die anderen Knastbrüder nicht allzu gut auf Sexstrolche zu sprechen sind. Da wäre Volker dann zur Abwechslung mal selbst zum Objekt gemacht worden, das hätte ihm vielleicht gutgetan.“
Helena ließ ein böses Grinsen sehen, das auf den ersten Blick nicht zu dieser harmlos wirkenden jungen Frau passen wollte.
Mona stand auf, sie hatte sich zwischenzeitlich zu der Zeugin an den Tisch gesetzt.
„Trinken Sie ruhig weiter Ihren Kaffee, ich muss mich kurz mit meinem Kollegen beraten.“
Sie verließ die Küche und winkte Enno zu sich, der im Wohnzimmer bei den Eltern saß.
Der hünenhafte Ostfriese kam zu Mona auf den Flur hinaus.
„Die Frau hat sich jetzt halbwegs beruhigt, doch vor dem morgigen Tag können wir sie auf keinen Fall verhören. Der Professor ist besser beieinander. Trotzdem sollte er sich erst mal um seine Gattin kümmern“, flüsterte Enno.
„Die Tochter ist ein Fall für sich, das erzähle ich dir in Ruhe auf dem Revier. Wir müssen die Familie hier rauskriegen, damit die Spurensicherung arbeiten kann“, erwiderte Mona.
„Ja, aber wohin mit ihnen? Wir haben gerade Hauptsaison, da ist auf der Insel kein Bett frei“, seufzte Enno.
„Was du nicht sagst. Vielleicht haben sie ja Freunde oder Bekannte, bei denen sie unterkommen können. Das Problem müssen wir jetzt lösen“, sagte Mona.
Gemeinsam gingen die Ermittler zu dem Ehepaar, das jetzt einigermaßen gefasst wirkte. Der Professor machte im Vergleich zu ihrer ersten Begegnung einen geradezu kooperativen Eindruck.

„Ihre Kollegen müssen hier arbeiten? Natürlich, das verstehen wir. Uns ist ja auch daran gelegen, dass Sie den Lumpen so schnell wie möglich verhaften, der meinen Sohn getötet hat. Allerdings kennen wir niemanden, bei dem wir uns kurzfristig einquartieren können. Die Hotels und Pensionen auf Borkum dürften im August alle komplett ausgebucht sein."

„Davon können Sie ausgehen", erwiderte Enno. „Aber Sie könnten bei mir unterkommen. Ich habe in meinem Haus zwei Gästezimmer. Es ist nichts Besonderes, aber für die kurze Zeit wird es ausreichen."

Mit diesem Vorschlag hatte niemand gerechnet, noch nicht einmal Mona.

„Bist du sicher, Enno?", fragte sie. „Was wird Birte dazu sagen?"

„Meine Frau ist immer hilfsbereit, wenn Not am Mann ist", brummte der stämmige Ostfriese. „Indirekt kann sie uns dadurch bei der Lösung unseres Falls helfen. Das wird ihr gefallen, wo sie doch gerade mal wieder einen Krimi schreibt."

Enno rief sofort daheim an, um sich mit seiner Frau zu besprechen. Das Gespräch dauerte nicht lange. Er wandte sich an die Kiebings.

„Sie sind bei mir herzlich willkommen. Meine Frau muss noch kurz aufräumen, dann ist alles für Sie bereit."

Helena war nicht begeistert davon, ein kleines Gästezimmer beziehen zu müssen. Aber auch sie zickte nur kurz herum und fügte sich dann in ihr Schicksal.

„Bring du doch die Familie schon mal weg, dann halte ich hier die Stellung und warte auf die Spurensicherung", schlug Mona vor.

Enno nickte.

„Ja, so machen wir es."

Die Kiebings packten schnell ein paar Sachen zusammen und verließen dann mit Enno im Dienstwagen das Grundstück. Mona war nun allein im Haus. Sie schloss für einen Moment die Augen und nahm die Atmosphäre in sich auf.

Was war hier geschehen?

Hatte ein Hausbewohner Volker Kiebing erdrosselt oder war der Täter ein Eindringling gewesen? Und wieso war der Mord zuvor unentdeckt geblieben? Die Fragen schwirrten Mona durch den Kopf, als sie plötzlich ein leises Geräusch an der Hintertür vernahm. Jemand versuchte, in das Haus einzudringen.

Mona zog ihre Pistole, die sie zwischenzeitlich wieder geholstert gehabt hatte. Die Bodenbretter knarrten unter ihr, obwohl die Kommissarin kein Schwergewicht war. Sie befand sich nur eine Armeslänge von der Tür entfernt, die nun langsam und mit einem leisen

Quietschen geöffnet wurde. Der Einbrecher schien nicht bemerkt zu haben, dass er von Mona erwartet wurde.

Die Kommissarin löste sich von der Wand und brachte ihre Waffe in den Anschlag.

„Hände hoch, Polizei!“, rief sie mit gellender Stimme.

Mona erblickte eine schemenhafte Gestalt vor sich. Ihr Gegenüber reagierte mit bemerkenswerter Kaltblütigkeit.

Mona bekam eine Ladung Reizgas ins Gesicht, bevor sie die Person erkennen konnte.

Kapitel 3

Die Kommissarin heulte wie ein Schlosshund.

Doch ihr war klar, dass die Substanz ihre volle Wirkung erst in einer halben Minute entfalten würde. Dieses winzige Zeitfenster blieb ihr noch. Mona stürmte vorwärts, wobei ihr Blickfeld bereits verschwamm. Sie knallte mit dem Kopf gegen die nun halb offen stehende Tür, prallte fluchend zurück und taumelte weiter nach vorn.

Ihr Widersacher hatte offenbar nicht damit gerechnet, dass sie noch nicht außer Gefecht gesetzt war. Jedenfalls war er noch nicht verschwunden. Sie hatte einen großen dunklen Fleck vor sich, der allmählich kleiner wurde. Mona wollte ihn auf keinen Fall entkommen lassen.

„Polizei! Stehen bleiben!“, gab sie keuchend und hustend von sich.

Sie konnte nicht schießen, das wäre in ihrem Zustand viel zu riskant gewesen. Aber Mona schlug mit dem Pistolenlauf zu. Da ihre Waffe noch nicht entsichert war, konnte sich kein Schuss lösen. Und sie empfand einen kleinen Triumph, als sie den Körper ihres Gegners traf.

Doch im nächsten Moment war ihr Hochgefühl auch schon wieder vorbei.

Mona stolperte buchstäblich über ihre eigenen Füße und fiel der Länge nach hin. Außerdem entfaltete das Reizgas nun seine volle Wirkung. Sie rang nach Atem, während die Tränen in Strömen aus ihren brennenden Augen flossen.

Mona tastete nach ihrem Funkgerät.

„Kommissarin Sander hier! Ich bin an der Süderreihe, wurde angegriffen und brauche dringend Unterstützung. Der Täter flieht in unbekannter Richtung!“

Mona wusste nicht, ob sie verstanden worden war. Da hörte sie die Antwort von Polizeimeister Hauke Knudsen aus der Telefonzentrale.

„Das ist verstanden, ich schicke umgehend Verstärkung.“

Mona beendete den Funkkontakt und kam taumelnd vom Boden hoch. Verletzt war sie nicht, wenn man von der Reizung ihrer Augen absah. Sie tastete sich zur Hintertür zurück. Da fiel ihr ein, dass sie vergessen hatte, den genauen Standort anzugeben. So kurz war die Süderreihe nicht.

Ihre Kollegen fanden sie allerdings trotzdem. Wenig später hörte Mona bereits das Sirenengeräusch eines Einsatzfahrzeugs.

„Ich bin hier hinten!“, rief sie.

Schnelle Schritte ertönten, dann vernahm Mona die Stimme von Polizeimeisterin Aiske Berend.

„Ach du Schande! Was ist denn mit dir passiert, Mona?“
„Einbrecher im Nahkampfmodus. Bringst du mich ins Bad, bitte?“
Die uniformierte Kollegin hakte Mona unter. Die beiden Frauen erreichten das Badezimmer, wo die Kommissarin ihren Kopf unter den Wasserkran hielt. Sie ließ sich die kalte Flüssigkeit in die Augen laufen, bis der Schmerz allmählich nachließ.
„Wo ist denn Enno?“, fragte Aiske, während sie Mona ein Handtuch reichte.
Die Kommissarin frottierte ihren Kopf und berichtete der Polizeimeisterin von dem Haftbefehl, dem Leichenfund und was sonst noch geschehen war. Mona blinzelte, sie konnte ihre Umgebung jetzt wieder fast klar erkennen. Daher bemerkte sie auch den verblüfften Ausdruck auf Aiskes Gesicht.
„Das ist ja ein Ding! Glaubst du, dass der Mörder noch einmal zurückgekehrt ist, Mona?“
„Du hast gerade die Eine-Million-Euro-Frage gestellt, Aiske. Ich weiß es nicht. Womöglich hat er ein Indiz am Tatort vergessen. Das hoffe ich sehr, dann ist er nämlich bald fällig. Außerdem habe ich ihm einen hoffentlich möglichst schmerzhaften Schlag mit meiner Dienstwaffe verpasst.“
„Der Täter muss jedenfalls gute Nerven haben, bei Tageslicht in das Haus einzudringen“, meinte Aiske. Mona schüttelte den Kopf.
„Nicht unbedingt. Es ist sehr ärgerlich, dass ich ihn nicht erkannt habe oder beschreiben kann. Ich kann dir noch nicht einmal sagen, ob ich einen Mann oder eine Frau vor mir hatte. Diese Person hat keinen Mucks von sich gegeben. Vielleicht war es jemand, den die Familie kannte und dessen Anwesenheit ihnen unverdächtig erschienen wäre. Der Eindringling konnte ja nicht wissen, dass die Polizei im Haus war. Er hat jedenfalls kaltblütig reagiert, indem er mich mit Reizgas geduscht hat und dann abgehauen ist.“
Aiske schob ihre Uniformmütze in den Nacken und massierte ihren Haaransatz.
„Dann ist eine Nahbereichsfahndung wohl sinnlos?“
„Allerdings“, knurrte Mona. „Einer Person, von der wir weder Größe noch Aussehen oder Geschlecht kennen, müssen wir nicht hinterherjagen. Ich hoffe auf den Obduktionsbefund sowie die Ergebnisse der Spurensicherung, sobald sie vorliegen. Ansonsten muss ich sagen, dass dem Mordopfer wohl viele Menschen den Tod gewünscht haben dürften.“
„Wieso?“, fragte Aiske.
„Er war ein Stalker, wurde nach § 238 zu einer Haftstrafe verurteilt.“

„Ja, solche Kerle machen sich selten beliebt", stellte die junge Polizistin trocken fest.

Mona rief Enno an und erzählte ihm widerwillig von dem Vorfall. Am liebsten hätte sie den Angriff auf sich verheimlicht. Der stämmige Ostfriese würde sich nun gewiss schuldig fühlen, weil er nicht an ihrer Seite gewesen war. Aber es wäre äußerst unprofessionell gewesen, die Sache unter den Teppich zu kehren.

„Ich war nicht für dich da", sagte Enno mit tonloser Stimme. „Das hätte nicht passieren dürfen."

„Wir konnten nicht damit rechnen, dass so etwas geschehen würde. Außerdem bin ich kein kleines Mädchen, auf das du ständig aufpassen musst."

„Bist du sicher?", fragte Enno. Mona konnte seiner Stimme anhören, dass er sie nur hochnehmen wollte. Daher nahm sie ihm die Bemerkung nicht krumm.

„Wir treffen uns auf der Wache, in Ordnung? Dann stimmen wir unsere nächsten Maßnahmen mit Oltbeck ab", schlug Mona vor.

„So machen wir es. Der Chef wird über das neue Gewaltverbrechen nicht begeistert sein", erwiderte Enno und beendete das Telefonat. Da konnte Mona ihrem Kollegen nur zustimmen. Hauptkommissar Hinrich Oltbeck war ihrer Meinung nach ein umgänglicher Dienststellenleiter, der es allerdings mit den Dienstvorschriften etwas zu genau nahm. Manchmal musste man fantasievoll sein, um einen Verbrecher zu überführen, das war zumindest Monas Ansicht. Und damit eckte sie mehr oder weniger oft bei ihrem Vorgesetzten an.

Der Zustand von Monas Augen hatte sich weiter verbessert. Sie musste ohnehin zu Fuß zur Dienststelle zurückgehen, da Enno den Opel Vectra genommen hatte. Sie hätte zwar auch den Streifenwagen benutzen können, mit dem Aiske angerückt war. Doch Mona war der Meinung, dass ihr etwas frische Luft nur guttun würde.

Ihre uniformierte Kollegin blickte sie fragend an.

„Soll ich hier noch etwas tun?"

Mona nickte.

„Es wäre gut, wenn du in dem Haus Wache halten könntest, bis das Spurensicherungsteam vom Festland eintrifft. Ich gebe Oltbeck Bescheid, dass du bis dahin vom Streifendienst entbunden bist. Du solltest allerdings die Türen geschlossen halten. Ich glaube zwar nicht, dass der Täter noch einmal zurückkommt. Aber ich möchte nicht, dass du ebenfalls eine Ladung Reizgas abkriegst."

Aiske grinste grimmig.

„Ich bin ja jetzt vorgewarnt. Wenn hier jemand einzudringen versucht, kriegt er meinen Schlagstock zu spüren", kündigte sie an.
Mona wusste, dass auf ihre Kollegin Verlass war. Bevor sie aufbrach, wollte sie allerdings noch eine Sache klären. Gemeinsam mit Aiske schaute sie sich die Hintertür genauer an.
„Das Schloss ist ein Witz", kommentierte die uniformierte Polizistin trocken. „Das kriegt jeder Amateur-Einbrecher mit einem simplen Schraubendreher innerhalb von drei Minuten auf. Wenn du mich fragst, dann ist das auch schon geschehen. Siehst du die Kratzer hier auf dem Blech? Da hat jemand ein Werkzeug angesetzt, wahrscheinlich in der Dunkelheit. Bei den schlechten Lichtverhältnissen ist er erst abgerutscht, dann konnte er aber die Tür leicht öffnen."
Die Kommissarin konnte der Polizeimeisterin nur zustimmen. Es war also durchaus möglich, dass ein Fremder in das Haus eingedrungen war und den Stalker ermordet hatte. Doch dadurch wurde die Familie nicht automatisch entlastet. Mona führte sich vor Augen, dass die meisten Tötungsdelikte Beziehungstaten waren. Noch wusste sie nicht, wie die Kiebings zueinander gestanden hatten. Die Verzweiflung von Theresa Kiebing beim Anblick ihres toten Sohnes war zweifellos nicht vorgespielt gewesen. Aber die Reaktionen von Vater und Schwester warfen schon Fragen auf, jedenfalls nach Monas Meinung.
Sie klopfte Aiske auf die Schulter.
„Danke für dein schnelles Eingreifen. Lass dich nicht überrumpeln, wir sehen uns dann später."
Mona ging hinaus und bog von der Süderreihe auf die Süderstraße ab. Ihre Knie fühlten sich noch etwas weich an, aber schon bald waren ihre Schritte so energisch wie immer. Sie hasste es, sich schwach und hilflos zu fühlen. Die gelungene Flucht ihres Angreifers empfand sie als persönliche Niederlage, obwohl das Unsinn war. Doch Mona konnte eben nicht aus ihrer Haut.
Und der Mörder hatte einen Fehler gemacht.
Er war das hohe Risiko eingegangen, an den Tatort zurückzukehren. So etwas ging für den Täter selten gut aus. Als Mona am Inselbahnhof vorbeikam, war gerade wieder einer der bunten Züge vom Fähranleger aus eingetroffen. Das Gedränge war so groß, dass Mona sich kaum einen Weg bahnen konnte. Sie fragte sich, ob der Mörder die Insel schnellstens verlassen wollte. Seine Chancen standen momentan gut, denn noch gab es keine Personenbeschreibung. Für Mona war das ein Hauptgrund dafür, die Ermittlungen so schnell wie möglich voranzutreiben.
Auf der Polizeiwache checkte die Kommissarin auf der Damentoilette zunächst ihr Aussehen. Ihre Augen waren immer noch leicht gerötet,

aber sie konnte jetzt wieder einwandfrei sehen. Darauf kam es ihr in erster Linie an.

Als Mona wenig später das Dienstzimmer ihres Vorgesetzten betrat, war Enno bereits da. Er warf ihr einen besorgten Blick zu.

„Ist bei dir wieder alles in Ordnung?"

„Ja, es geht mir bestens. Und wenn wir den Mörder gefasst haben, werde ich auf dem Tisch tanzen", sagte Mona und nahm Platz.

Oltbeck, der nach wie vor Probleme mit ihrem Humor hatte, verzog den Mund zu einem süßsauren Lächeln.

„Wollen Sie sich nicht doch sicherheitshalber ärztlich untersuchen lassen, Frau Sander? Herr Moll berichtete bereits, dass Sie mit einer verdächtigen Person aneinandergeraten sind."

„Vielen Dank, aber das ist nicht nötig", sagte Mona knapp. Dann brachte sie ihren Vorgesetzten auf den aktuellen Stand der Dinge.

„Wann kann die Familie vernommen werden?", wollte Oltbeck von Enno wissen.

„Das wird hoffentlich noch im Lauf des Tages geschehen können, Herr Hauptkommissar. Die Mutter des Opfers ist ziemlich aufgelöst. Meine Frau hat unseren Hausarzt kommen lassen, damit er ihr ein Beruhigungsmittel verabreicht. Der Vater und die Schwester wirken mehr oder weniger gefasst."

„Helena Kiebing hat angedeutet, dass ihr Bruder sich auch an sie heranmachen wollte", sagte Mona. „Mithilfe eines Tricks ist es ihr angeblich gelungen, ihn abzuschrecken. Vielleicht war aber der Schock nicht von Dauer und er hat erneut sein Glück bei ihr versucht. Daraufhin wehrte sie sich ihrer Haut und brachte ihn um."

„Das wäre ein klarer Fall von Notwehr", stellte Oltbeck fest. „Dann hätte die junge Frau auch ebenso gut den Notruf wählen können."

„Vielleicht gab es andere Gründe, die Tat zu vertuschen", mutmaßte Mona. „Helena hat sehr cool auf den Tod ihres Bruders reagiert, wenn man das so nennen möchte. Es könnte daran liegen, dass sie keine gefühlsmäßige Bindung an ihn hatte."

„Oder sie hat ihn wirklich ermordet und war deshalb von der Todesnachricht keineswegs überrascht", ergänzte Enno.

Oltbeck schüttelte den Kopf.

„Bitte lösen Sie diesen Fall so schnell wie möglich. Momentan ist die Insel voll mit erholungsbedürftigen Urlaubern. Die Vorstellung, dass hier ein Mörder frei herumläuft, behagt mir überhaupt nicht."

Dafür hatte Mona vollstes Verständnis.

Kapitel 4

„Der Grund für Volker Kiebings Ermordung dürfte seine kriminelle Vergangenheit sein“, meinte Enno, nachdem die Besprechung mit dem Dienststellenleiter vorbei war. Sie wollten zum Haus des Oberkommissars fahren, um mit der Befragung der Angehörigen zu beginnen.

„Du gehst von einer Racheaktion eines Stalkingopfers aus?“, fragte Mona. „Daran habe ich auch schon gedacht. Wir könnten die Fallakten anfordern, aber das dauert mir zu lange. Ich will mal versuchen, ob sich ein Kölner Kollege auf dem kurzen Dienstweg ausquetschen lässt.“

Mit diesen Worten griff Mona zum Telefon und rief das Polizeipräsidium der Millionenstadt am Rhein an. Nach einigem Hin und Her erreichte sie Oberkommissar Frank Lehmann, der den Fall Kiebing bearbeitet hatte. Mona stellte sich vor, dann sagte sie: „Mein Kollege und ich wollten heute Morgen den Haftbefehl gegen Volker Kiebing vollstrecken. Stattdessen haben wir seine Leiche gefunden. Momentan gehen wir von einem Gewaltverbrechen aus.“

„Kiebing ist tot?“, fragte der Kölner Kripomann überrascht. „Ich hatte nur mitbekommen, dass er zu einer Gefängnisstrafe ohne Bewährung verurteilt worden war. Und Kiebing hat also die Haft nicht angetreten und wurde deshalb zur Fahndung ausgeschrieben? Das wundert mich eigentlich nicht. Der Täter war immer schon der Meinung, dass Gesetze für ihn nicht gelten würden.“

„Dann zeigte er also während des Prozesses keinerlei Reue?“, hakte Mona nach.

„Nein, nicht wirklich. Ich musste ja als Zeuge gegen ihn aussagen. Kiebing war von seiner Verteidigerin wohl eingebläut worden, dass er Bedauern ausdrücken sollte. Immerhin hat er den Frauen jahrelang das Leben zur Hölle gemacht, teilweise ging es sogar bis zum Selbstmordversuch. Daher wurde er zu einer Haftstrafe verurteilt. Aber zu echter Reue zeigte sich Kiebing nicht fähig. Dieser Typ war so von sich eingenommen, wirklich unglaublich. Er sah es für seine Opfer als eine besondere Auszeichnung an, dass er ihnen seine ‚Gunst schenkte‘. So drückte Kiebing das wirklich aus. Und seine Gunst bestand in nächtlichem Telefonterror, Reifen aufschlitzen, Todesdrohungen, Haustiere umbringen – das volle Programm.“

„Wie viele Frauen haben diesen Mistkerl eigentlich angezeigt?“

„Es gab drei Melderinnen, wobei wir von einer hohen Dunkelziffer ausgehen. Ich möchte nicht wissen, wie viele weitere Frauen sich verkrochen haben, um von Kiebing nicht mehr belästigt zu werden. Wir können ja niemanden zwingen, eine Strafanzeige zu stellen. Und wenn wir von einer Tat gar nicht erst erfahren, werden wir auch nicht aktiv“, sagte Lehmann.

Das war Mona natürlich auch bekannt. Sie fragte: „Wie lauten denn die Namen der drei Opfer?“

„Reina Paal, Hanna Koopmann und Janina Fürst“, erwiderte der Kölner Kollege, nachdem er in den Akten nachgeschaut hatte.

„Reina, das ist ein friesischer Name“, stellte Mona fest.

„Wirklich? Nun, ich habe hier Frau Paals Strafanzeige gegen Kiebing vorliegen. Dazu gehört auch eine Fotokopie ihres Personalausweises. – Ja, Reina Paal wurde vor dreiunddreißig Jahren auf Borkum geboren. Zum Zeitpunkt der Anzeige wohnte sie allerdings in Köln-Ehrenfeld. Ob sie immer noch hier lebt, weiß ich nicht.“

„Das kriege ich schon raus, da reicht ja ein Blick ins Einwohnermelderegister. – Würden Sie Reina Paal einen Mord zutrauen?“

„Diese Frage lässt sich schwer beantworten, Frau Sander. Reina Paal war zweifellos diejenige, die sich am stärksten gegen Kiebings Belästigungen zur Wehr gesetzt hat. Sie ist also keine Frau, die sich alles gefallen lässt. Aber wenn sie den Stalker hätte umbringen wollen, dann wäre ihr das auch zu einem früheren Zeitpunkt in Köln möglich gewesen. Warum sollte sie erst darauf warten, dass Kiebing nach Borkum flieht?“

„Diese Frage sollte ich ihr wohl besser selbst stellen. Sie haben mir für den Moment schon sehr geholfen, Herr Lehmann. Darf ich Sie wieder anrufen, wenn ich Informationen benötige?“

„Selbstverständlich, Frau Kollegin.“

Mona legte auf. Enno hatte über Lautsprecher mitgehört und sich Notizen gemacht.

„Ich werde nachher mal die Namen mit dem Gästeregister der Kurverwaltung abgleichen. Vielleicht befindet sich ja eines oder auch mehrere von Kiebings Opfern auf unserer schönen Insel“, schlug er vor.

„Gute Idee, aber erst knöpfen wir uns die Familie vor“, erwiderte Mona.

Sie fuhren in die Julianenstraße, wo Enno mit seiner Frau in einem kleinen Friesenhaus lebte. Birte erwartete sie bereits.

„Da seid ihr ja, ich habe gerade Tee gekocht. Der Professor sitzt in der Küche, seine Frau hat sich hingelegt. Das Beruhigungsmittel von Dr. Jansen muss sie wohl ziemlich ausgeknockt haben. Und die Tochter hat sich in unser anderes Gästezimmer zurückgezogen“, berichtete Ennos Frau.

„Was hältst du davon, wenn wir die Familienmitglieder getrennt befragen?“, schlug Mona vor. „Du redest von Mann zu Mann mit dem Vater, ich spreche mit den beiden Frauen.“

Enno blinzelte Mona zu.

„Mithilfe deines legendären weiblichen Einfühlungsvermögens?“, meinte er schmunzelnd.

Mona streckte ihm die Zunge heraus. Sie wusste selbst, dass sie manchmal wie die Axt im Wald vorging. Und sie war nicht beleidigt, wenn Enno sie deswegen ab und an freundschaftlich aufzog.

Birte lächelte.

„Obwohl eure Verhöre für mich als Krimiautorin hoch spannend sind, werde ich euch nicht dazwischenfunken, sondern so lange im Garten arbeiten“, sagte sie.

„Danke, Birte“, erwiderte Mona. „Ich weiß deine Unterstützung wirklich zu schätzen. Und es sind übrigens keine Verhöre, denn wir sprechen hier nicht mit Beschuldigten, sondern mit Zeugen.“

Jedenfalls vorerst, fügte sie in Gedanken hinzu.

Mona ging ins Haus und stieg die steile Treppe in das erste Stockwerk hoch. Sie hatte selbst schon einmal in einem von Ennos Gästezimmern übernachtet, als es in ihrer Wohnung in der Walfangerstrate einen Wasserschaden gegeben hatte. Daher kannte sie sich hier aus.

Mona klopfte an die Tür des ersten Raums, der für Besucher gedacht war.

„Herein“, sagte eine matte Frauenstimme. Theresa Kiebing lag vollständig bekleidet auf dem Bett. Das Zimmer war gemütlich eingerichtet. Ein Bild an der Wand zeigte ein Segelschiff, dessen Besatzung in kleinen Booten einen Wal umzingelte. Die Vergangenheit der Insel war für traditionsbewusste Borkumer wie Enno allgegenwärtig. Daran musste Mona jedes Mal denken, wenn sie an einem Zaun aus Walgebein vorbeikam.

Die Mutter des Toten war blass, sie schaute Mona voller Kummer an.

„Darf ich mich setzen, Frau Kiebing?“

Monas Frage wurde mit einem Nicken beantwortet. Sie nahm auf der Bettkante Platz.

„Mein Sohn war kein Monster.“ Es war, als ob Theresa Kiebing mit sich selbst sprechen würde. Sie fuhr fort: „Er hätte niemals zu einer Gefängnisstrafe verurteilt werden dürfen. Volker war so sensibel. Diese Frauen ... er wollte ihnen doch nur seine Liebe zeigen. Und dabei hat er sich leider ungeschickt verhalten.“

Mona musste ihre aufsteigende Wut im Zaum halten. Ihrer Meinung nach gehörten Stalker zu den verabscheuungswürdigsten Straftätern überhaupt, weil sie ihre Opfer meist psychisch zugrunde richteten und selbst mit einer lächerlich niedrigen Strafe davonkamen.

Doch die Kommissarin führte sich vor Augen, dass Theresa Kiebing gerade ihr Kind verloren hatte. Sie konnte von der Mutter nicht erwarten, dass sie ihren kriminellen Sohn objektiv beurteilte.

„Ihr Sohn hat seine Haft ja gar nicht angetreten“, stellte sie fest. „Wussten Sie, dass er auf der Flucht vor den Behörden war?“

Theresa Kiebing ging auf die Frage nicht ein. Sie blickte Richtung Fenster, wandte ihr Gesicht von Mona ab.

„Volker war immer ein kleiner Träumer, schon als Kind. Er wollte fliegen und das Innere der Erde erkunden, er hatte so viel Fantasie. Was hätte alles aus ihm werden können?“

„Wir werden denjenigen zur Verantwortung ziehen, der Volker getötet hat“, sagte Mona steif. „Wann haben Sie ihn zuletzt gesehen, bevor ... er heute Morgen aufgefunden wurde?“

„Gestern Abend, gegen zehn Uhr. Da ging Volker auf sein Zimmer. Nach dem Abendessen hatte er noch einen Spaziergang gemacht. Als er zurückkam, legte er sich sofort schlafen“, erwiderte die Mutter, während sich ihre Augen mit Tränen füllten.

Mona war hellhörig geworden.

„Ging Ihr Sohn allein fort?“

„Ja, Frau Kommissarin. Wir hatten um neunzehn Uhr gemeinsam gegessen, dann verabschiedete er sich und kehrte gegen zweiundzwanzig Uhr zurück.“

Ob Kiebing während dieses Zeitraums wieder eine Frau gestalkt hatte? Diese Frage stellte sich Mona innerlich. Oder war ihm jemand aus seiner Vergangenheit begegnet, der ihm dann später gefolgt war?

„Wie lange besitzen Sie Ihr Ferienhaus auf Borkum eigentlich schon?“, hakte Mona nach.

„Zwanzig Jahre. Wir haben es gekauft, als die Kinder noch klein waren. Damals waren die Immobilienpreise auf der Insel noch viel niedriger als heutzutage. Außerdem wollten wir so oft wie möglich an den Strand. In den Ferien haben wir fast immer hier gewohnt. Volker hat das Meer so geliebt ...“

Der Satz ging in einem Schluchzen unter. Mona presste die Lippen aufeinander. Sie fühlte sich innerlich zerrissen. Einerseits ließ sie die Trauer dieser Frau nicht kalt, denn sie war ja nicht aus Stein. Andererseits beklagte Theresa Kiebing einen Straftäter, der jahrelang ungehindert sein Unwesen getrieben hatte.

Sie schob den Gedanken beiseite und konzentrierte sich wieder auf die Ermittlungen.

„Wenn Sie so oft auf Borkum gewesen sind, dann wird Ihr Sohn hier doch Freunde und Bekannte gehabt haben?“, forschte sie.

Die Mutter machte eine hilflose Handbewegung.

„Als Kind hatte Volker gewiss ein paar Spielkameraden, aber später entwickelte er sich zum Einzelgänger. Mein Sohn bezeichnete sich selbst gern als einsamen Wolf. Es gab kaum jemanden, der seinen hohen Ansprüchen genügen konnte.“

Nun platzte Mona der Kragen.

„Oh, es gab mehr als genug Frauen, die von Ihrem Herrn Sohn auf die widerwärtigste Art belästigt wurden. Es gibt in diesem Land Gesetze, an die sich alle Menschen zu halten haben – sogar dann, wenn sie ihre Nase besonders hoch tragen!“, blaffte sie.

Frau Kiebing starrte Mona mit weit aufgerissenen Augen an. Sie rang nach Luft. Einen Moment lang hoffte die Kommissarin, dass Theresa Kiebing eine andere Sichtweise auf ihren Sohn bekommen würde. Aber dann schüttelte ihr Gegenüber einfach nur den Kopf.

„Sie können Volker nicht mit Dreck bewerfen. Er ist ein Opfer von Willkürjustiz, und jetzt ist er auch noch tot.“

Mona langte es. Sie erhob sich von der Bettkante.

„Ich verstehe Ihren Schmerz, Frau Kiebing. Dennoch bin ich sicher, dass das gewaltsame Ende Ihres Sohnes etwas mit seinem Leben zu tun hat. Vielleicht denken Sie in einer ruhigen Minute einmal darüber nach, wer Volker den Tod gewünscht haben könnte. Jeder Hinweis kann für uns wichtig sein.“

Mit diesen Worten wandte Mona sich ab und machte die Tür hinter sich zu. Auf dem Flur lehnte sie sich kurz gegen die Wand und wartete, bis sich ihr Kreislauf einigermaßen beruhigt hatte.

Womöglich hatte der Stalker auch auf Borkum seine Opfer gefunden. Mona konnte sich nicht erinnern, dass in den letzten Jahren auf der Insel-Polizeiwache eine Anzeige wegen Nachstellung erfolgt gewesen wäre. Davon hätte sie mit Sicherheit Wind bekommen, denn so viele Straftaten gab es auf dem idyllischen Ferieneiland zum Glück nicht.

Von Theresa Kiebing konnte Mona keine objektive Auskunft erwarten, sie war offensichtlich blind vor Mutterliebe. Mit der Schwester konnte es aber schon anders aussehen.

Das andere Gästezimmer befand sich unmittelbar neben dem ersten. Mona klopfte an die Tür. Sie erhielt keine Antwort. Daraufhin drückte sie die Klinke hinunter.

Der Raum war leer.

Enno und Birte hatten ihn ähnlich eingerichtet wie den anderen. Es gab ein Bett, einen Schrank, einen Lehnstuhl und einen kleinen Tisch. Alles wirkte gemütlich und nett, nur die Bewohnerin fehlte. Immerhin stand eine offene Reisetasche auf dem Webteppich. Mona warf einen Blick hinein und stellte fest, dass die Textilien offenbar einer jungen Frau gehörten.

Sie schaute auch ins angrenzende Bad sowie in die übrigen Zimmer des ersten Stockwerks. Mona zog die Augenbrauen zusammen.

Es gefiel ihr überhaupt nicht, dass Helena verschwunden war.

Kapitel 5

Die Kommissarin stieg ins Erdgeschoss hinab. Sie hörte Männerstimmen aus der Küche. Offenbar war Enno mit der Befragung des Professors noch nicht fertig. Sie checkte die übrigen Räume im Erdgeschoss, aber von Helena fehlte jede Spur. Mona ging hinaus in den Garten, wo sich Birte mit den Heckenrosen beschäftigte. Ennos Frau blickte auf.

„Du siehst so aus, als ob du etwas suchst, Mona."

„Nicht etwas, sondern jemanden. Hast du mitbekommen, dass die jüngere von den beiden Frauen weggegangen ist?"

Birte schüttelte den Kopf.

„Nein, aber ich war ja zeitweise in der Küche. Da mache ich immer die Tür zu, weil es sonst zieht wie Hechtsuppe. Sie hätte also die Treppe runterkommen und das Haus verlassen können, ohne dass es mir aufgefallen wäre."

„Ich verstehe. Gab es innerhalb der Familie Streit? Hast du etwas mitbekommen?"

„Streit würde ich das nicht unbedingt nennen", erwiderte Birte. „Der Professor war offenbar auf seine Tochter sauer, wurde aber nicht laut. Er warf ihr vor, herzlos zu sein."

Mona lächelte.

„Du schreibst Krimis und weißt, dass es auf jede Einzelheit ankommt. Wie hat Helena denn auf den Vorwurf reagiert?"

„Gar nicht. Sie hat mit den Schultern gezuckt und ihren Vater eiskalt abblitzen lassen. Das ist wirklich eine merkwürdige Familie, das muss ich schon sagen."

Da konnte Mona Birte nicht widersprechen.

Wie sollte es jetzt weitergehen? Helena stand nicht unter dringendem Tatverdacht, also konnte die Kommissarin die junge Frau nicht einfach zur Fahndung ausschreiben. Eigentlich hatte sie nur mit der Schwester des Ermordeten reden wollen. Durch ihr Verschwinden erschien Helena allerdings sofort in einem schlechteren Licht, jedenfalls nach Monas Ansicht.

Die Tür öffnete sich, und Enno trat heraus.

„Ach, hier seid ihr. Es ist nett, dass du Birte bei der Gartenarbeit hilfst, Mona."

Die Kommissarin schüttelte den Kopf.

„Ich habe keinen grünen Daumen. Wenn ich eine Pflanze nur scharf anschaue, dann verdorrt sie schon. – Kannst du den Professor fragen, wo seine Tochter sein könnte? Auf ihrem Zimmer ist sie jedenfalls nicht", sagte Mona.

Enno nickte und kehrte ins Haus zurück.

„Du fragst dich jetzt bestimmt, warum ich mich nicht selbst nach Helena erkundige, Birte."

Die Krimiautorin ließ die Gartenschere sinken und schaute Mona an.

„Ja, das habe ich wirklich gedacht", gab sie zu.

„Ich kann den Professor nicht ausstehen", gestand Mona. „So ein arroganter, selbstherrlicher Typ wie er bringt mich zur Weißglut. So beherrscht und besonnen wie dein Mann werde ich wohl niemals werden. Deshalb gehe ich dem eingebildeten Herrn Hochschullehrer lieber aus dem Weg."

Birte lachte und legte ihren Arm um Monas Schultern.

„Wir mögen dich aber so, wie du bist!"

Mona war gerührt. Es tat gut, ab und an so etwas zu hören. Da kehrte auch schon Enno in den Garten zurück.

„Professor Kiebing kann sich nicht erklären, wohin seine Tochter gegangen sein könnte. Jedenfalls hat er das zu mir gesagt."

„Gut, dann müssen wir uns selbst etwas einfallen lassen. – Birte, kannst du die Kiebings noch etwas hierbehalten? Ich hoffe, dass die Kriminaltechniker heute noch auf Borkum erscheinen und die Familie spätestens morgen früh in ihr Haus zurückkehren kann", bat Mona.

Ennos Frau versicherte, dass es ihr keine Umstände machen würde. Sie wirkte ähnlich tiefenentspannt wie ihr Mann. Ob das eine Grundeigenschaft der Inselfriesen war? Mona lebte noch nicht so lange auf Borkum, wusste aber den Mangel an Hysterie und künstlicher Aufregung sehr zu schätzen. Wahrscheinlich auch deshalb, weil sie selbst viel zu schnell aus der Haut fuhr.

Mona und Enno stiegen wieder in den Dienstwagen.

„Was hast du vom Professor erfahren können?", fragte Mona.

„Nicht viel. Er wusste angeblich nicht, dass sein Sohn zu einer Gefängnisstrafe verurteilt worden war. Das erscheint mir unglaubwürdig, aber das Gegenteil können wir ihm nicht beweisen. Der Stalker lebte ja nicht bei seinen Eltern. Und es deutet auch nichts darauf hin, dass sein Vater den Anwalt bezahlt hat. Professor Kiebing ist übrigens seit Kurzem im Ruhestand, aber dank seiner Pension müssen weder er noch seine Familie am Hungertuch nagen. Außerdem ist in der Familie altes Geld vorhanden, der Vater des Professors war ein erfolgreicher Textilunternehmer."

„Die Schwester sagte, dass ihre Eltern von der Verurteilung wussten, aber den Kopf in den Sand gesteckt hätten. Das kann ich mir lebhaft vorstellen. Hatte der Professor denn eine Idee, wer seinen Sohn getötet haben könnte?"

„Nach Friedrich Kiebings Aussage muss das ein Verrückter gewesen sein. Das ist nicht sehr glaubwürdig, wenn du mich fragst. Ein Geisteskranker bricht in ein beliebiges Ferienhaus ein und stranguliert ausgerechnet die einzige Person, die selbst kriminell geworden ist? Für mich riecht das auf drei Meilen gegen den Wind nach einem waschechten Racheakt", sagte Enno.

„Damit könntest du richtigliegen, Partner. Die Preisfrage lautet nur, wo sich Helena herumtreibt. Und aus welchem Grund sich die Tochter aus deinem Haus auf Französisch verabschiedet hat."

Enno runzelte die Stirn.

„Auf Französisch?"

„Das ist so eine Redensart. Damit will man ausdrücken, dass jemand ohne Gruß einfach abhaut", erklärte Mona.

„So, so, man lernt nie aus. Und wie wäre es, wenn Helenas Aufbruch überhaupt nichts mit dem Mord an ihrem Bruder zu tun hätte? Die Frau ist jung und attraktiv, sie hat bestimmt viele Verehrer. Womöglich trifft sie sich in diesem Moment mit einem von ihnen, anstatt in meinem Gästezimmer auf eine langweilige polizeiliche Befragung zu warten."

„Meine Befragungen sind nie langweilig", behauptete Mona. „Abgesehen davon könntest du recht haben. Für eine groß angelegte Suchaktion haben wir keine Handhabe, vom Personal mal ganz abgesehen. Oltbeck springt im Dreieck, wenn unsere wenigen Inselpolizisten auch noch nach Helena suchen sollen. Solange wir keinen Hinweis auf ein weiteres Verbrechen haben, können wir in der Hinsicht gar nichts tun."

„Dann lass uns doch mal einen Blick auf die Daten von Kiebings Opfern werfen", schlug Enno vor.

Sobald sie zur Inselwache zurückgekehrt waren, taten sie genau das. Mona als Neu-Friesin versuchte sich in der Kunst des Teekochens, während Enno seinen PC hochfuhr. Als sie mit Kanne, Tassen, Kluntjes und Sahne auf einem Tablett in ihr gemeinsames Büro kam, war der Oberkommissar bereits fündig geworden.

„Volltreffer, Mona", sagte Enno und deutete auf seinen Monitor. „Nicht nur Reina Paal, sondern auch Hanna Koopmann und Janina Fürst befinden sich laut Kurverwaltung seit einer Woche auf der Insel. Und sie werden noch weitere sieben Tage bleiben, jedenfalls haben sie für diesen Zeitraum die Kurtaxe im Voraus bezahlt."

„Das wird die Stadt Borkum zu schätzen wissen“, scherzte Mona. Doch sie konnte ihre eigene Aufregung kaum unterdrücken. „Ob diese drei Frauen einen *Club der Teufelinnen* gebildet haben?“

„Meinst du diesen Film, in dem sich die verlassenen Gattinnen an ihren Ex-Männern rächen?“, fragte Enno zurück.

„Ja, genau – mit dem Unterschied, dass es bei uns nicht komödiantisch zuging. Ich konnte jedenfalls dem Anblick von Kiebings Leiche nichts Lustiges abgewinnen“, erwiderte Mona.

„Das geht mir genauso. Übrigens sind die Opfer nicht nur alle zeitgleich auf Borkum, sondern haben sich auch noch gemeinsam ein Ferienhaus gemietet. Hier, eine Adresse in der Geert-Bakker-Straße.“

Enno deutete wieder auf den Bildschirm. Mona tat sich extra viel Kluntjes in den Tee, um ihre Nerven zu beruhigen. Ihre Gedanken wirbelten durcheinander.

„Woher wussten die Frauen, dass ihr Peiniger nicht im Gefängnis, sondern auf Borkum war? Der Stalker wird sie wohl kaum darüber informiert haben, bevor er den Haftantritt geschwänzt hat“, murmelte sie nachdenklich.

„Das kann ich mir auch nicht vorstellen“, entgegnete Enno. „Was hältst du davon, wenn wir dem Trio gleich mal auf den Zahn fühlen?“

„Gute Idee“, sagte Mona und trank ihren Tee aus.

Die Geert-Bakker-Straße befand sich am Rand des Ortes Borkum. Ein wenig nördlich davon zog die Aussichtsdüne zahlreiche Urlauber an. Der Strand hinter der Düne galt als der nordwestlichste Punkt Deutschlands.

Als die Ermittler das Ferienhaus erreichten, fanden sie es leer vor. Das war nach Monas Meinung an sich noch nicht verdächtig, denn bei dem strahlend schönen Sommerwetter würden sich die Frauen gewiss am Strand aufhalten. Auf dem Nachbargrundstück machte sich gerade eine Familie ebenfalls für den Nordsee-Badespaß bereit. Die Kinder waren jedenfalls mit Eimern und Schaufeln bestens ausgestattet, der Vater hatte einen zusammengerollten Windfang unter dem Arm.

„Moin“, sagte Enno und nickte ihm grüßend zu. „Haben Sie Ihre Nachbarinnen heute schon gesehen?“

„Die werden wohl am Strand sein, so wie jeden Tag“, erwiderte der Tourist. „Die Damen sind meist auf der Höhe vom Jugendbad zu finden.“

Enno bedankte sich. Sie fuhren weiter bis zum Parkplatz gegenüber der Kur-Klinik, wo sie ihren Wagen abstellten. Mona und Enno stapften zwischen den Dünen hindurch auf den Strand zu.

„Ich überlege die ganze Zeit, ob ich diese Reina Paal kenne“, sagte der ostfriesische Kommissar. „Das sollte ich eigentlich, wenn sie eine gebürtige Borkumerin ist.“

„Vielleicht erinnerst du dich, wenn du sie siehst“, schlug Mona vor.

„Es gab hier auf der Insel eine Familie Paal. Die hatten auch eine Tochter, aber ich habe sie zuletzt im Kindesalter gesehen. Später ging sie dann auf ein Festland-Internat, wenn ich mich nicht irre. Ihre Eltern sind jedenfalls beide bei einem Bootsunglück ums Leben gekommen. Das ist schon mindestens zehn Jahre her.“

Die Ermittler gingen am Café Sturmeck vorbei und erreichten den breiten Sandstrand. Mitten in der Hauptsaison und bei herrlichem Wetter hatten sich dort Hunderte von Sonnenhungrigen ausgebreitet.

Monas Kriminalistinnenblick fielen die drei Frauen trotzdem sofort auf.

Sie hatten sich inmitten der Urlaubermassen ein Fleckchen Sand gesichert, das von den übrigen Gästen nicht betreten wurde. Während die anderen Badegäste ihre Strandtücher dicht an dicht platziert hatten, befand sich rund um das Trio eine Art Niemandsland, das noch nicht einmal von den tobenden Kindern betreten wurde.

Es muss wohl an der kühlen Ausstrahlung der drei Frauen liegen, dachte sich Mona im Näherkommen.

Sie lagen in der Sonne, nur mit Bikinis oder Badeanzügen bekleidet. Eine von ihnen hatte ein T-Shirt an. Doch sie wirkten auf Mona nicht wie fröhliche Strandnixen, sondern wie ein düsteres Tribunal. Es war, als ob sie die anderen Badegäste für ihre Entspannung und Ausgelassenheit verachten würden.

„Moin zusammen. Reina Paal, Hanna Koopmann und Janina Fürst?“, vergewisserte sich Mona.

Eine Frau mit blonder Kurzhaarfrisur richtete sich auf und umschlang ihre Knie mit den Armen. Sie blickte zu der Kommissarin auf.

„Wer will das wissen?“

„Polizei Borkum. Ich bin Kommissarin Sander, das ist Kommissar Moll. Wir haben einige Fragen an Sie.“

„Und wir haben nicht die geringste Lust, mit der Polizei zu reden. Nicht wahr, Mädels?“

Die Brünette und die Schwarzhaarige nickten. Offensichtlich handelte es sich bei der Blonden um die Wortführerin. Monas Blutdruck stieg bereits an. Aber bevor ihr Temperament mit ihr durchgehen konnte, ergriff Enno das Wort.

„Nun sei doch nicht so patzig, Reina. Wir haben dir nichts getan. Als ich dich das letzte Mal gesehen habe, warst du stolz wie Oskar, weil du im Polizeiauto mitfahren durftest. Du hattest dich verlaufen, und ich habe dich am Hoge Hörn gefunden.“

Mit diesen Sätzen hatte Enno der Blonden den Wind aus den Segeln genommen. Als sie antwortete, hörte sie sich etwas weniger abweisend an.

„Onkel Enno? Ja, ich erinnere mich. Aber damals war ich sechs Jahre alt und habe der Polizei vertraut. Inzwischen musste ich feststellen, dass mir die Ordnungsmacht nicht helfen kann oder will, wenn ich sie am nötigsten brauche. Und meine Freundinnen haben dieselbe Erfahrung gemacht.“

Die beiden anderen Frauen nickten zustimmend. Der Oberkommissar hatte die gebürtige Inselfriesin also wiedererkannt. Mona und Enno setzten sich ungefragt in den Sand. Sie wollten nicht mehr Aufmerksamkeit als nötig erregen, einige Urlauber schauten sowieso schon zu ihnen hinüber.

Das Eis war ein wenig gebrochen, da Enno und Reina sich kannten. Der Oberkommissar nutzte die Gelegenheit und fragte die Frauen nach ihren Namen.

„Ich bin Hanna Koopmann“, sagte die Brünette.

„Und mein Name ist Janina Fürst“, meinte die Schwarzhaarige.

„Wir wissen, was Ihnen angetan wurde, und das bedauern wir sehr. Ist Ihnen bekannt, dass Volker Kiebing sich momentan ebenfalls auf Borkum befindet?“, fragte Mona, wobei sie Reina Paal genau beobachtete.

„Nein, das wusste ich nicht“, lautete die Antwort. Das Gesicht des Stalkingopfers glich dabei einer starren Maske. Mona war überzeugt davon, dass ihr soeben eine Lüge aufgetischt wurde.

„Ich hatte auch keine Ahnung davon“, behauptete Hanna Koopmann.

„Und ich ebenso wenig“, sagte Janina Fürst.

„Volker Kiebing wurde von uns heute Morgen im Ferienhaus seiner Eltern tot aufgefunden. Jemand hat ihn ermordet“, berichtete Enno.

Die Frauen zeigten keine erkennbare Reaktion. Es entstand ein kurzes Schweigen, das von Reina Paal gebrochen wurde.

„Man sollte dem Mörder einen Orden verleihen. Wissen Sie schon, wer es getan hat?“

„Diese Frage wollte ich eigentlich Ihnen stellen“, erwiderte Mona. „Und es könnte doch ebenso gut eine Mörderin gewesen sein, oder?“

Reina Paal lachte, aber sie klang nicht amüsiert.

„Und Sie glauben, eine von uns hätte den Mistkerl abgestochen?“

„Kiebing wurde nicht erstochen, sondern erdrosselt“, stellte Mona klar. „Sie werden verstehen, dass wir Sie nach Ihren Alibis befragen müssen.

Zweifellos hätte jede von Ihnen ein überzeugendes Motiv für die Tat. Wo waren Sie zwischen zweiundzwanzig Uhr am gestrigen Abend und dem heutigen Morgen?"

„Wenn doch die Polizei bei Kiebings Terror nur genauso schnell zur Stelle gewesen wäre!", höhnte die Blonde. „Wir drei Mädels haben gestern Abend ferngesehen und sind gegen Mitternacht zu Bett gegangen. Heute Morgen haben wir gemeinsam gefrühstückt."

Die beiden anderen Frauen bestätigten die Angaben, aber so leicht ließ Mona nicht locker.

„Schön, aber während der Nacht wird jede von Ihnen allein gewesen sein. Sie haben ein großes Ferienhaus gemietet, in dem es genügend Schlafzimmer gibt. Also könnte sich eine von Ihnen nach draußen geschlichen und Kiebing getötet haben."

„Ich hätte dem Mistkerl gern den Hals umgedreht", gab Reina Paal freimütig zu. „Allerdings wussten wir nicht, dass er sich auf Borkum befand."

„Und das sollen wir Ihnen glauben?", fragte Mona.

Reina Paal grinste sie frech an.

„Können Sie uns das Gegenteil beweisen?"

Mona lag bereits eine scharfe Antwort auf der Zunge, doch da schaltete sich Enno wieder ein.

„Sie drei sind offenbar gute Freundinnen. Wo haben Sie sich kennengelernt?"

„Bei dem Prozess gegen Kiebing, Onkel Enno. So werde ich dich weiterhin nennen, das ist doch in Ordnung, oder? Wir sind Leidensgenossinnen, dieser irre Stalker hat uns alle mehr oder weniger stark aus der Bahn geworfen. Seit dem Urteil treffen wir uns öfter und hatten beschlossen, gemeinsam in die Ferien zu fahren. Wir wollten den ganzen Mist vergessen. Und nun ist dieser Widerling tot. Kann man sich einen besseren Urlaubshöhepunkt vorstellen?"

Mona hatte es noch niemals zuvor erlebt, dass sich jemand so unverhohlen über den Tod eines Mordopfers gefreut hatte. Reina Paal war in den Augen der Kommissarin entweder sehr leichtsinnig oder völlig unschuldig. Ihr musste doch klar sein, dass sie sich mit ihren Äußerungen höchst verdächtig machte. Redete sie wirklich nur deshalb so frei von der Leber weg, weil sie wirklich nichts verbrochen hatte?

„Kennen Sie eigentlich auch Helena, Volker Kiebings Schwester?", hakte Mona nach.

Die drei Frauen schüttelten wie auf ein lautloses Kommando hin die Köpfe.

„Das ist seltsam, sie war nämlich bei dem Strafprozess gegen ihren Bruder ebenfalls zugegen", stellte die Kommissarin fest.

„An den Verhandlungstagen war der Zuschauersaal immer bis auf den letzten Sitzplatz gefüllt", erzählte die Blonde. „Übrigens bestand das Publikum größtenteils aus Frauen. Wie hätte uns da Kiebings Schwester auffallen sollen? Es muss ein furchtbares Gefühl sein, so ein Monster als Bruder zu haben."

Der Stalker hatte sein Glück ja auch bei seiner eigenen Schwester versucht, aber das wollte Mona Kiebings Opfern garantiert nicht auf die Nase binden. Außerdem war sie fest davon überzeugt, dass Helena und das Trio einander kannten. Die Schwester hatte aus ihrer Verachtung für ihren Bruder kein Hehl gemacht. Mona konnte sich lebhaft vorstellen, dass die Information über Kiebings Borkum-Aufenthalt von Helena gekommen war.

Die Kommissarin erhob sich aus dem warmen Sand, Enno folgte ächzend ihrem Beispiel.

„Wir werden Ihre Alibis überprüfen, halten Sie sich bitte zu unserer Verfügung", sagte Mona förmlich. Reina Paal grinste frech.

„Selbstverständlich, Frau Kommissarin. Und vielen Dank dafür, dass Sie uns mit der Todesnachricht den Tag versüßt haben. – Tschüs, Onkel Enno!"

Als die beiden Ermittler außer Hörweite waren, konnte Mona ihrem Herzen endlich Luft machen.

„Was für ein Biest! Aber das Schlimme ist, dass ich die Frauen verstehe. Doch selbst wenn Kiebing ein Serienvergewaltiger gewesen wäre, dürften wir seine Mörderin trotzdem nicht davonkommen lassen. Manchmal ist es echt nicht einfach, Polizistin zu sein. Wie auch immer, Selbstjustiz dürfen wir nicht dulden."

„Wohl wahr", brummte Enno. „Dann hältst du also eines der Stalkingopfer für die Mörderin?"

„Du etwa nicht, Onkel Enno? Reina hat wahrscheinlich von den dreien die größte Wut im Bauch. Es könnte natürlich auch Hanna oder Janina gewesen sein. Stille Wasser sind tief, wie man so schön sagt. Die Frauen geben sich gegenseitig ein Alibi, das macht sie ziemlich unangreifbar. Wir können nur darauf hoffen, dass die Kriminaltechniker Fremd-DNA an der Leiche finden und dieser genetische Fingerabdruck einer der Frauen zuzuordnen ist."

„Wobei allein ein solches Indiz für eine Verurteilung etwas schwach ist", wandte Enno ein.

„Leider", seufzte Mona. „Wir müssen nach Zeugen suchen, die eine der Frauen während der Abend- und Nachtstunden außerhalb des

Ferienhauses bemerkt haben. So können wir zumindest ihr Alibi entkräften. Und wenn wir sie einzeln verhören, knicken sie vielleicht eher ein."

„Doch für ein solches Verhör benötigen wir Fakten, mit denen wir sie festnageln können", betonte Enno.

Das wusste Mona natürlich auch. Die Ermittler fuhren noch eine Zeit lang zwischen dem Upholm-Deich und den Süddünen hin und her, wobei sie nach Helena Ausschau hielten. Die spontane Nahbereichsfahndung brachte allerdings kein Ergebnis.

„So klein ist Borkum nicht", stellte Enno fest. „Wer weiß, wo sich die junge Frau verkriecht. Wenn sie mit ihren Eltern schon so oft auf der Insel war, wird sie hier Freundinnen oder Bekannte haben, bei denen sie Unterschlupf finden kann. Und falls sie sich mit der Fähre aufs Festland abgesetzt hat, können wir suchen, bis wir schwarz werden."

„Apropos Fähre", sagte Mona. „Heute kommen ja noch vier Kollegen aus Hannover als Verstärkung für den Streifendienst. Ich soll sie vom Anleger abholen und zu ihren Quartieren bringen. Gut, dass mir das noch eingefallen ist. Sonst hätte mich Oltbeck wegen Pflichtvergessenheit einen Kopf kürzer gemacht."

„Das wird schon nicht passieren. Du hast noch etwas Zeit, bis die Fähre anlegt. Setzt du mich an der Richthofenstraße ab? Ich werde zu Fuß die Strecke zwischen Geert-Bakker-Straße und Süderreihe ablaufen und versuchen, Zeugen aufzutreiben. Hattest du eigentlich jetzt immer vor, mich Onkel Enno zu nennen?"

Mona blinzelte ihm zu.

„Nur, um dich zu ärgern. Dann ist es also okay, wenn ich den Wagen nehme?"

„Ja, jeder Gang macht schlank."

Wenig später ließ Mona ihren Kollegen auf Höhe des Restaurants *Alt Borkum* aussteigen. Sie hatte Enno im Verdacht, dass er sich erst einmal mit einem leichten Mittagessen stärken wollte, bevor er nach Zeugen Ausschau hielt. Mona selbst war der Fall schon auf den Magen geschlagen, was ihr eher selten passierte. Wenn die Kommissarin die Täterin verhaftete, dann hatte diese Frau in der Vergangenheit bereits unendlich unter ihrem späteren Opfer gelitten. Mona würde garantiert keine Genugtuung verspüren, wenn sie eine solche Verbrecherin hinter Gitter brachte.

Der Polizeiberuf soll ja auch nicht meiner persönlichen Bespaßung dienen, dachte sie grimmig. Mona biss die Zähne zusammen und lenkte den Dienstwagen über die schnurgerade Reedestraße Richtung Fähranleger. Sie kam pünktlich an. Der Kleinbahnzug mit den bunten nostalgischen Waggons wartete bereits abfahrbereit auf das große Schiff aus Emden, dessen Leinen wenig später an den Pollern des Piers festgezurrt wurden. Außer Mona standen noch einige andere Menschen gespannt herum, weil sie Freunde oder Verwandte in Empfang nehmen wollten.

Und dann kam die Menge von mit Koffern und Taschen schwer bepackten Urlaubern aus dem stählernen Bauch der Fähre geströmt, wobei ein regelrechtes Wettrennen einsetzte. Jeder wollte den besten Platz auf den harten Holzbänken der Inselbahn ergattern. Manche Urlauber zogen es auch vor, auf den Plattformen der Wagen stehen zu bleiben und sich schon die erste Portion Hochseewind um die Nase wehen zu lassen.

Mona kannte die neu ankommenden Kollegen nicht persönlich, was aber nichts ausmachte, da sie in Uniform waren. Sie winkte den vier Polizisten und trat mit ihrem Dienstausweis in der Hand auf sie zu.

„Moin, ich bin Kommissarin Mona Sander. Willkommen auf Borkum! Ich hoffe, ihr hattet eine gute Überfahrt.“

Ein junger Polizeimeister war etwas käsig um die Nase herum, aber sonst schien es den Uniformierten gut zu gehen. Die Urlaubermassen strömten an ihnen vorbei auf die Inselbahn zu. Aus dem Augenwinkel registrierte Mona einen bulligen tätowierten Kerl, der ihr bekannt vorkam. Sie hätte schwören können, ihn schon einmal gesehen zu haben. Und gleich darauf fiel es ihr ein.

Es war der angeblich erfundene Freund von Helena, der auf dem Foto seinen muskelbepackten Arm um ihre Schultern gelegt hatte!

Kapitel 6

Die uniformierten Kollegen schauten Mona erwartungsvoll an. Sie starrte dem Mann hinterher, als ob sie einen Geist gesehen hätte. Am liebsten wäre Mona hinter ihm hergerannt und hätte ihn am Kragen gepackt. Aber sie hatte ja gegen den Kerl nichts in der Hand. Zu dem Zeitpunkt, als Helena abgehauen war, hatte er sich ja noch nicht einmal auf der Insel befunden. Andererseits konnte dieser Mann die Ermittler womöglich zu der Schwester des Mordopfers führen.

Beruhigt stellte die Kommissarin fest, dass der Tätowierte in eines der wenigen Taxis stieg. Dann würde es kein Problem sein, seine Zieladresse herauszufinden. Es gab nur wenige Taxler auf der Insel, und mit ihnen allen hatte die Polizei ein gutes Verhältnis.

Also konnte sie sich zunächst getrost um die neu angekommenen Polizisten kümmern.

„Im Sommer haben wir es hier hauptsächlich mit Schlägereien unter Alkoholeinfluss und mit Taschendiebstählen zu tun", plapperte Mona, während sie die Kollegen zum Dienstwagen führte. „Also normales Tagesgeschäft wie in den meisten anderen Nordseebädern."

Ihre Gedanken waren allerdings ganz bei ihrem aktuellen Fall. Nachdem sie die Polizisten bei ihrer Pension abgesetzt und ihnen den Weg zur Inselwache beschrieben hatte, rief sie Enno an und berichtete ihm von der Zufallsbegegnung.

„Helena könnte den Typen zur Unterstützung herbeizitiert haben", vermutete der ostfriesische Kommissar. „Die Preisfrage lautet nur, wobei er ihr helfen soll."

„Das werde ich herausfinden, wenn ich mir den Knaben vorknöpfe", gab Mona tatendurstig zurück.

„Willst du mich nicht lieber erst abholen? Es könnte gefährlich werden, wenn du allein zu dem Kerl gehst, Mona."

Sie lachte.

„Glaubst du, ich habe das Besteckklappern und das Stimmengewirr im Hintergrund nicht gehört? Ich will dir nicht deinen Zwischenstopp im *Alt Borkum* vermiesen. Ich verspreche dir, dass ich nichts Unbedachtes unternehmen werde, in Ordnung? Und nun weiterhin guten Appetit", sagte Mona.

„Jetzt fühle ich mich ertappt."

„Mir kann man eben nichts vormachen. – Also, bis später!"

Mona beendete das Telefonat. Die Verstärkung vom Festland würde auch allein zur Wache finden, die Pension lag nur wenige Straßenzüge von der Strandstraße entfernt. Die Kommissarin hatte sich die Nummer des Taxis gemerkt, mit dem der Muskelmann abgedampft war. Sie suchte die Telefonnummer des Fahrers in ihrem Adressspeicher und rief ihn an.

„Moin, Mona. Ist euer Dienstwagen kaputt?"

„Das hättest du wohl gern, Hauke. Nein, Scherz beiseite. Du hattest vorhin einen großen tätowierten Kerl als Fahrgast. Ich wüsste gern, wo du ihn abgesetzt hast. Oder hast du ihn noch im Wagen?"

„Nee, zum Glück nicht. Der Gorilla war mir irgendwie unheimlich. Er blickte so düster drein, als ob er etwas Übles planen würde. Ich habe ihn zur Süderreihe gefahren, zum Haus von Aafke Oltsma."

Der Name sagte Mona nichts, aber Enno würde die Frau garantiert kennen. Nachdem sie von Hauke auch noch die Hausnummer in der Süderreihe erfahren hatte, bedankte sie sich. Die Kommissarin lenkte ihren Dienstwagen zu der Adresse. Es zeigte sich, dass das schmucke Friesenhaus von Aafke Oltsma nur einen Steinwurf weit vom Ferienhaus der Kiebings stand.

Ob sich Helena in unmittelbarer Nähe ihrer Eltern verborgen hielt? Und aus welchem Grund war der Muskelmann auf der Bildfläche erschienen? Warum hatte sie überhaupt Ennos Haus verlassen, ohne sich abzumelden? Und warum ging sie nicht an ihr Smartphone?

Mona wollte ursprünglich vor dem Haus parken, änderte aber ihre Meinung. Sie fuhr am Ferienhaus der Kiebings vorbei und bemerkte, dass dort das Spurensicherungsteam aus Oldenburg schon bei der Arbeit war. Mona fuhr um die Ecke und stellte ihren Opel Vectra so ab, dass er von Aafke Oltsmas Haus aus nicht gesehen werden konnte.

Eigentlich wäre es wirklich besser gewesen, auf Enno zu warten. Andererseits erschien ihr eine Überrumpelung sinnvoller zu sein. Mona entschloss sich zu einer spontanen Undercover-Aktion.

Sie schlenderte zu Fuß auf das Haus von Aafke Oltsma zu und bemerkte ein ZIMMER-FREI-Schild im Fenster, das allerdings mit dem Vermerk BELEGT versehen worden war. Trotzdem bot die Zimmervermietung ihr einen willkommenen Vorwand, um an der Tür zu klingeln.

Wenig später öffnete eine blonde braun gebrannte Frau, die ungefähr in Monas Alter war. Sie kam der Kommissarin vom Sehen bekannt vor, während sie die Ermittlerin nicht wiederzuerkennen schien. Das konnte ihr natürlich nur recht sein.

„Hallo, ich suche für ein paar Nächte ein Zimmer auf Ihrer schönen Insel", sagte Mona laut und versuchte, möglichst touristisch zu wirken.

Die Frau, bei der es sich vermutlich um Aafke Oltsma handelte, lächelte geschäftsmäßig und schüttelte bedauernd den Kopf.

„Es tut mir leid, aber wir haben Hochsaison und sind vollkommen ausgebucht“, beteuerte sie.

„Das ist aber schade.“ Mona machte einen langen Hals und spähte in den Flur. Sie hatte nämlich hinter Aafke Oltsma die Reisetasche des tätowierten Gorillas entdeckt.

„Sind Sie sicher, dass nichts mehr frei ist?“, sagte sie laut. „Ich habe auf der Fähre einen netten Herrn kennengelernt, der auch bei Ihnen untergekommen ist. Diese Tasche gehört doch ihm, oder?“

„Äh ...“, begann die Vermieterin. Sie machte ein Gesicht, als ob sie in eine saure Zitrone gebissen hätte. Da ertönte eine dunkle Männerstimme.

„Was ist denn los, zum Henker?“

Aafke Oltsma drehte sich zu ihm um.

„Hast du auf der Fähre mit dieser Frau gesprochen, Udo?“

„Ich habe die Alte noch nie gesehen“, grollte der Muskelmann namens Udo. „Was soll dieser Zirkus?“

Mona konnte sehr penetrant sein, wenn sie wollte.

„Du hast heftig mit mir geflirtet, und jetzt weißt du schon nichts mehr davon?“, rief sie ihm zu. Sein Gesichtsausdruck zeigte eine Mischung aus Verwunderung und Ärger. Die Kommissarin erkannte, dass die Lage jederzeit aus dem Ruder laufen konnte. Oltbeck hätte angesichts ihrer Aktion die Hände über dem Kopf zusammengeschlagen, doch ihr Vorgesetzter war zum Glück nicht hier.

Stattdessen erschien plötzlich Helena an Udos Seite. Sie spähte an ihm vorbei. Und als sie Mona bemerkte, war sie nicht mehr so cool wie bei den vorherigen Begegnungen. Stattdessen drehte sie sich auf dem Absatz um und rannte davon.

„Hey, was soll das?“, blaffte Udo.

„Die Tussi ist von der Polizei!“, rief Helena. Mona hörte eine Tür klappen. Udo ballte die Fäuste und bewegte sich drohend auf Aafke Oltsma und die Kommissarin zu.

„Das ist eine ganz schlechte Idee, Freundchen“, sagte Mona und zog ihre Dienstwaffe. Daraufhin machte sich der Muskelmann ebenfalls aus dem Staub, während die Vermieterin immer noch an der offen stehenden Haustür verharrte. Es war, als ob sie vor Schreck wie gelähmt wäre.

Mona schob sie zur Seite und drang in den Flur ein. Er sah so aus wie in vielen anderen Borkumer Pensionen, in denen sie schon gewesen war. Es gab auf dem breiten Korridor ein Tischchen, wo die Post für die Feriengäste abgelegt wurde. Außerdem befanden sich dort Broschüren und Flugblätter, die auf Insel-Attraktionen wie das Gezeitenland oder den Nordseekletterpark hinwiesen.

„Polizei! Stehen bleiben!“, rief Mona mit gellender Stimme. Jetzt bereute sie es, allein hier aufgekreuzt zu sein. Gemeinsam mit Enno hätte sie dieses saubere Duo in die Zange nehmen können. Andererseits wäre ihnen von Aafke Oltsma vielleicht der Eintritt verwehrt worden, weil sie keinen begründeten Verdacht für eine Hausdurchsuchung hatten.

Durch ihre spontane Flucht hatten Helena und Udo jedenfalls selbst das polizeiliche Interesse auf sich gezogen. Diese Gedankenfetzen spukten Mona durch den Kopf, während sie quer durch das Erdgeschoss sprintete. Die Hintertür stand offen. Sie sah gerade noch, wie Udo über die Hecke flankte.

Natürlich hätte Mona ihm hinterherrennen können. Es war allerdings nicht sehr sinnvoll, ganz allein zwei Verdächtige festnehmen zu wollen. Sie griff zum Funkgerät.

„Kommissarin Sander hier. Ich bin an der Süderreihe und verfolge zwei Verdächtige, einen Mann und eine Frau. Bei der Frau handelt es sich um die blonde und schlanke Helena Kiebing, der Mann ist circa 1,90 Meter groß, sehr muskulös und heißt ...“

„Hulk Hogan?“

„Halte gefälligst Funkdisziplin, Grietje!“, fauchte Mona ihre junge Kollegin an. „Bisher ist nur sein Vorname Udo bekannt. Möglicherweise sind die Personen bewaffnet, also unbedingt auf Eigensicherung achten.“

„Funkdisziplin oder nicht, Hinderk und ich sind momentan Am langen Wasser. Wir kommen zu dir“, entgegnete Grietje und beendete den Funkkontakt.

Gleich darauf meldete sich Enno, der Monas Meldung natürlich auch gehört hatte.

„Bist du okay?“, fragte er besorgt. Immerhin machte Enno ihr keine Vorwürfe. Mona war ihm dankbar dafür, sie fühlte sich sowieso schon schlecht wegen ihrer undurchdachten Eigenmächtigkeit.

„Ja, mir fehlt nichts. Ich erzähle dir alles später. Jetzt müssen wir die Verdächtigen erst mal einfangen. Weit werden sie hoffentlich nicht kommen“, sagte Mona.

Gleich darauf erhielt sie auch einen Funkspruch von Claas Lammer und Femke Boldt, die im Streifenwagen unterwegs waren und sich aus Richtung Fähranleger näherten.

Mona versuchte, sich in die Flüchtenden hineinzuversetzen. Wohin würde sie verschwinden, wenn sie auf Borkum untertauchen müsste? Ob Udo die Insel gut kannte? Das wusste die Kommissarin nicht. Bei

Helena konnte sie davon ausgehen, dass sie durch die vielen Ferienaufenthalte eine erstklassige Borkum-Kennerin war.

Die besten Versteckmöglichkeiten tagsüber boten zweifellos die teilweise bewaldeten Naturschutzgebiete, beispielsweise an den Westdünen. In der Nebensaison hätte man auch in ein leer stehendes Ferienhaus einbrechen können, aber zur Hauptreisezeit war alles voll belegt.

Mona war inzwischen in das Haus zurückgekehrt, um sich die Vermieterin vorzuknöpfen. Sie redete nicht lange um den heißen Brei herum.

„Ich bin Kommissarin Sander von der Polizei Borkum und ermittle in einem Mordfall. Haben Sie mitbekommen, dass ein paar Häuser weiter ein Gewaltverbrechen verübt wurde?“

Sie deutete in Richtung des Kiebing-Ferienhauses.

Aafke Oltsma riss die Augen auf.

„Selbstverständlich, Frau Kommissarin! Es war ja nicht zu übersehen, dass die Polizei dort aufgekreuzt ist. Und dann stand plötzlich Helena vor mir und fragte, ob sie einstweilen bei mir übernachten könnte. Das Haus müsse kriminaltechnisch untersucht werden.“

Und das ist noch nicht einmal gelogen, dachte Mona. Allerdings hätte sich Helena nicht einfach aus Ennos Haus verdrücken müssen. Und durch ihre Flucht vor Mona hatte sie sich zusätzlich verdächtig gemacht.

„Ich verstehe, und was ist mit diesem Udo?“, hakte die Kommissarin nach.

„Helena bat mich darum, dass er ebenfalls bei mir wohnen dürfte. Er wäre ihr Freund und sollte sie moralisch unterstützen. Ich konnte nicht Nein sagen, weil ich Helena seit unserer Kinderzeit kenne. Wir haben damals schon miteinander gespielt, wenn die Kiebings auf Borkum waren. Ich verstehe allerdings nicht, weshalb die beiden vor Ihnen abgehauen sind.“

„Das werden sie uns schon noch verraten, keine Sorge“, murmelte Mona. Sie sah durch das Fenster ihre beiden Kollegen auf Fahrrädern anrücken.

Die Kommissarin verließ die Pension durch die Vordertür und winkte den beiden Uniformierten.

Polizeimeisterin Grietje Smit hatte natürlich wieder einen kessen Spruch auf den Lippen.

„So, wir suchen jetzt also nach den ostfriesischen Bonnie und Clyde? Wohin könnten sie verschwunden sein?“

Mona beantwortete die Frage nicht sofort, sondern drehte sich noch einmal zu der Vermieterin um.

„Wissen Sie, ob die Familie Kiebing mit einem Auto nach Borkum reist?“

„Nein, niemals. Sie haben Fahrräder, die im Schuppen neben dem Haus stehen“, erklärte die Vermieterin. Mona drehte sich wieder zu Grietje Smit und ihrem Kollegen Hinderk Ekhoff um.

„Also sind die Verdächtigen zu Fuß unterwegs. Wir fahnden zunächst in dem Gebiet zwischen der Süderreihe und der *Heimlichen Liebe*, schaut euch auch im Kurpark um. Wir bleiben über Funk in Kontakt.“

„Wird gemacht“, erwiderte Grietje. In ihren Augen blitzte das Jagdfieber, daher verzichtete sie ausnahmsweise auf eine freche Bemerkung. Mona hielt sie eigentlich für eine gute Polizistin, wenn man von ihrem losen Mundwerk absah. Doch sie selbst hatte ja ihre Zunge auch nicht immer im Zaum.

Die beiden Uniformierten schwangen sich wieder auf ihre Fahrräder. Mona startete den Motor ihres Dienstwagens und lenkte den Opel Vectra Richtung Reedestraße. Sie bog nach links ab und fuhr an der Neuapostolischen Kirche vorbei, um wenig später in die Gartenstraße zu fahren. Dabei bewegte sie den Wagen so langsam wie möglich vorwärts und musterte sorgfältig die Umgebung.

Mona dachte über Udo nach.

Die Fähre benötigte zweieinhalb Stunden von Emden nach Borkum. Das Muskelpaket musste sich also umgehend an Bord begeben haben, sonst hätte er nicht jetzt schon auf der Insel eintreffen können. Demnach hatte Helena ihn umgehend kontaktiert, wahrscheinlich noch während sie in Ennos Haus gewesen war. Aber aus welchem Grund? Bestimmt nicht, um „moralische Unterstützung“ zu leisten, wie ihr es Aafke Oltsma hatte weismachen wollen. Wenn es in der Familie Kiebing jemanden gab, der nicht über den gewaltsamen Tod des Stalkers schockiert war, dann sicherlich seine Schwester.

Es musste einen anderen Grund für Udos Anwesenheit geben. Aber welchen?

Noch während Mona über diese Frage nachdachte, erblickte sie plötzlich den Flüchtenden.

Udo hatte das zivile Polizeiauto zwar bemerkt, war aber noch nicht misstrauisch geworden.

Logisch, dachte Mona. *Er hat ja auch zuvor nicht gesehen, dass dies mein Dienstfahrzeug ist.*

Er kam Mona auf der Gartenstraße entgegen, wobei er zügig ging und sich mehr oder weniger unauffällig umdrehte. Sie ließ kurz die Sirene aufheulen, schlug das Lenkrad ein und fuhr vor Udo auf den Bürgersteig. Er zuckte zusammen, drehte sich um und wandte sich erneut zur Flucht.

Doch da war Mona schon aus dem Wagen gesprungen und hatte ihre Waffe in Anschlag gebracht.

„Keine Bewegung! Hände hoch!"

Der bullige Kerl wandte sich nun wieder langsam Mona zu.

„Was wollen Sie überhaupt von mir? Ich habe nichts verbrochen", behauptete Udo.

„Das wird sich zeigen. Wenn Sie so unschuldig sind, wie Sie behaupten, haben Sie sicher nichts gegen eine Leibesvisitation einzuwenden", entgegnete die Kommissarin.

Der Muskelmann grinste schmierig.

„Nee, durchsuchen Sie mich ruhig. Ich wette, Sie kommen auf den Geschmack."

Mona hatte ihre Pistole weiterhin auf Udo gerichtet. Sie wollte einerseits keine Angst zeigen. Andererseits hätte sie schwören können, dass er einen miesen Trick versuchen würde. Durch ihre Berufserfahrung hatte sie einen siebten Sinn für gewalttätige Männer, und Udo gehörte für Mona zweifellos in diese Kategorie.

Immerhin ermittelte sie in einem Mordfall. Und es war sehr gut möglich, dass dieser Verdächtige etwas mit Volker Kiebings Tod zu schaffen hatte.

Udos Visage nahm einen lauernden Ausdruck an, als Mona sich ihm langsam näherte. Sie wartete förmlich darauf, dass er sich auf sie stürzen würde, um ihr die Pistole zu entreißen. Es waren genau solche Situationen, die in der Nachwuchswerbung für den Polizeiberuf niemals erwähnt wurden.

Das Adrenalin jagte durch Monas Körper.

Genau in diesem Moment kam ein Streifenwagen aus Richtung Inselbahnhof. Das Fahrzeug hielt, Aiske Berend und Enno stiegen aus.

„Ich habe deinen Kollegen eingesammelt, er wollte sich unbedingt an der Nahbereichsfahndung beteiligen", erklärte die junge uniformierte Polizistin.

Mona stieß langsam die Luft aus den Lungen. Sie gab sich keine Mühe, ihre Erleichterung zu verbergen. Sie trat einen Schritt zurück, wobei sie Udo immer noch mit ihrer Waffe in Schach hielt.

„Enno, dieser Herr möchte gründlich durchsucht werden. Könntest du das bitte übernehmen?"

Der hünenhafte Ostfriese nickte gleichmütig und begann damit, den Verdächtigen mit seinen riesigen Pranken abzutasten. Udo schnitt eine wütende Grimasse. Er hatte sich offenbar schon darauf vorbereitet gehabt, Mona zu überwältigen. Daraus wurde nun nichts. Und Enno brauchte nicht lange, bis er fündig wurde.

Der Oberkommissar hielt mit zwei Fingern ein Springmesser hoch.
„Ein verbotener Gegenstand, dessen Mitführen in der Öffentlichkeit gegen § 42a Waffengesetz verstößt“, sagte Enno in bestem Amtsdeutsch.
„Ich bin Angler, das Ding gehört zu meiner Ausrüstung“, behauptete Udo.
„Verschaukeln können wir uns allein“, rief Mona. „Ich wette ein Monatsgehalt gegen ein Heringsbrötchen, dass wir in Ihrem Gepäck noch nicht mal einen Angelhaken finden.“
„Und Sie wissen bestimmt auch nicht, was ein Pilker ist“, ergänzte Enno.
Der Muskelmann warf den Polizisten wütende Blicke zu, hielt ab sofort allerdings die Klappe. Udo hatte erkannt, dass er sich ansonsten um Kopf und Kragen redete.
Außer dem Klappmesser fand Enno in seinen Taschen ein Smartphone sowie 10.000 Euro in bar.
„Woher stammt das Geld?“, fragte der Oberkommissar. Udo presste die Lippen aufeinander.
„Ihnen hat es die Sprache verschlagen“, stellte Mona fest. „Gut, dann werden wir auf der Polizeiwache Licht ins Dunkel bringen.“
Enno legte dem Verdächtigen Handschellen an und schob ihn in den Streifenwagen. Während Udo von Aiske Berend Richtung Strandstraße kutschiert wurde, blieben Enno und Mona zusammen. Nachdem sie sich in den Opel Vectra gesetzt hatten, berichtete die Kommissarin von ihrem Erlebnis bei Aafke Oltsma.
„Das ist ja ein Ding“, erwiderte Enno. „Ich kenne Aafke, sie ist auf Borkum genauso verwurzelt wie ich. Eigentlich kann ich mir nicht vorstellen, dass sie an einer krummen Sache beteiligt sein könnte. Allerdings ist Aafke sehr hilfsbereit und auch ein wenig leichtgläubig. Vielleicht ist sie von Helena Kiebing um den kleinen Finger gewickelt worden. Wenn die beiden Frauen sich seit ihrer Kindheit kennen, kann ich mir das sehr gut vorstellen.“
Mona nickte. Sie lenkte den Wagen nun Richtung *Heimliche Liebe*, wobei sie ihre Blicke wieder über die Umgebung schweifen ließ.
„Aafke können wir für den Moment ausklammern. Helena ist es, die mich interessiert. Sie hat mich gleich bei unserer ersten Begegnung angelogen. Udo ist offensichtlich für sie mehr als nur ein Kerl, mit dem sie sich einmalig hat fotografieren lassen. Dieses saubere Duo verbirgt etwas vor uns, darauf gebe ich dir Brief und Siegel.“
„So förmlich musst du gar nicht werden“, erwiderte Enno gemütlich lächelnd. „Wenn sich unser muskulöser Messerbesitzer in Schweigen

hüllen will, kann er das gern tun. Womöglich blicken wir besser durch, wenn wir sein Smartphone ausgewertet haben. Darin verstecken die Menschen ja heutzutage ihr halbes Leben."

„Messerbesitzer ist ein gutes Stichwort, Enno. Du hast mich schwer beeindruckt, als du das Waffengesetz frei zitieren konntest, mein Lieber. Ein bisschen kenne ich mich allerdings auch aus. Das Mitführen eines Springmessers stellt nur eine Ordnungswidrigkeit dar. Mehr können wir Udo momentan nicht nachweisen. Und die Tatsache, dass er vor der Polizei flitzen gegangen ist, macht ihn noch nicht zum Mörder."

„Fest steht, dass Udo zur Tatzeit wahrscheinlich gar nicht auf der Insel war. Die letzte Fähre nach Emden oder Eemshaven geht um 17.40 Uhr. Der Muskelmann hat sich offensichtlich nicht auf Borkum befunden, sonst hätte er vorhin nicht mit der Fähre von Emden kommen können", stellte Enno fest.

„Ja, mit der Tatausführung selbst wird er nichts am Hut haben. Dennoch, der Kerl hat keine weiße Weste. Das sagt mir mein Bauchgefühl. Apropos: Wie war es im *Alt Borkum*?", fragte Mona und tätschelte Ennos imposanten Bauch.

Der Oberkommissar lachte.

„Falls du glaubst, dass ich mir die Zeit nur mit Essen vertrieben habe, bist du schief gewickelt. Ich habe eine Zeugin finden können, aber das erzähle ich dir später in der Dienststelle. Wir sollten uns jetzt auf die Suche nach Helena konzentrieren."

Wenig später wurden die Ermittler angefunkt.

„Wir konnten die flüchtige weibliche Person festnehmen und bringen sie zur Polizeistation", meldete Grietje Smit triumphierend. „Sie hat versucht, sich im Kurpark zu verkriechen. Aber ich und Hinderk haben die Verfolgung aufgenommen und sie schließlich gestellt."

„Gute Arbeit, wir sehen uns dann später", entgegnete Enno, der den Funkspruch entgegengenommen hatte.

Mona seufzte, stoppte und wendete das Auto.

„Dank dieses Fahndungserfolgs wird Grietje in den nächsten Tagen garantiert unausstehlich sein, aber das müssen wir wohl in Kauf nehmen. Wir sollten auf jeden Fall die beiden Verdächtigen getrennt voneinander vernehmen", sagte sie.

Wenig später fuhren die Ermittler auf den Parkplatz hinter der Polizeistation. Enno wollte Tee kochen, aber Mona hielt ihn am Arm fest.

„Nicht so eilig. Du weißt, ich mag keine Geheimniskrämerei. Sag mir bitte sofort, was deine Zeugin beobachtet haben will."

Enno lächelte.

„Offenbar stimmt die Aussage, dass Volker Kiebing gestern Abend einen Spaziergang gemacht hat. Die Zeugin ist ihm gegen einundzwanzig Uhr begegnet, und zwar auf dem befestigten Dünenweg beim *Strandcafé Seeblick*. Und er war in Gesellschaft."

Mona kniff die Augen zusammen.

„Willst du damit sagen, dass der Stalker auch auf Borkum einer Frau nachgestiegen ist?"

„Nein, das nicht. Laut der Zeuginnenaussage ging Kiebing Arm in Arm mit seiner Begleiterin Richtung *Haus Sturmeck*. Und der Beschreibung nach könnte die Frau an Kiebings Seite Hanna Koopmann gewesen sein."

Kapitel 7

Mona war von den Socken.

„Bist du sicher, dass deine Zeugin keine Tomaten auf den Augen hatte, Enno? Hanna Koopmann hat Kiebing wegen Stalkings angezeigt, genau wie ihre beiden Freundinnen es getan haben. Da wird sie doch wohl kaum mit ihm turtelnd den Sonnenuntergang auf Borkum genossen haben."

Der ostfriesische Ermittler hob seine breiten Schultern.

„Natürlich kann sich meine Zeugin irren, obwohl ich sie für zuverlässig halte. Wir könnten eine Gegenüberstellung anschieben, dadurch würden wir mehr Klarheit bekommen."

Mona wedelte mit der Hand, als ob sie sich verbrannt hätte.

„Ich bin dabei, aber so einen Vorschlag müssen wir erst mal Oltbeck schmackhaft machen. Er ist doch ziemlich konservativ, was Ermittlungstechniken angeht."

Enno grinste.

„Früher hättest du dich nicht so diplomatisch ausgedrückt, Mona."

„Auch ich bin lernfähig, stell dir vor."

Bevor Enno etwas erwidern konnte, vernahmen sie eine laute Stimme vorn im Wachlokal. Die Ermittler gingen dorthin, um nach dem Rechten zu sehen. Professor Kiebing war auf der Bildfläche erschienen und protestierte lautstark, während Polizeimeister Hauke Knudsen hinter dem Empfangstresen ruhig blieb.

„Ich verlange auf der Stelle, dass meine Tochter freigelassen wird!", rief Helenas Vater und richtete seinen Zeigefinger drohend auf Mona und Enno.

„Woher wissen Sie, dass wir Helena festgenommen haben?", fragte Mona direkt. Bevor der wütende Vater etwas erwidern konnte, antwortete Grietje für ihn. Die Polizeimeisterin war in ihren wenig kleidsamen Radlershorts neben Mona aufgetaucht.

„Wir haben der Verdächtigen ein Telefonat gestattet, und da hat sie natürlich gleich bei Daddy gepetzt", sagte Grietje und schaute den Professor herausfordernd an.

„Es gibt keinen Grund dafür, meine Tochter festzuhalten", wütete der Professor. „Ich werde meinen Familienanwalt hinzuziehen, und wenn ich ihn einfliegen lassen muss!"

„Das ist Ihr gutes Recht", sagte Mona schnell, bevor Grietje sich um Kopf und Kragen reden konnte. „Helena hat sich durch Flucht einer polizeilichen Befragung entzogen, und sie ist übrigens auch einfach aus Oberkommissar Molls Haus verschwunden, ohne sich abzumelden. Wir haben Grund zu der Annahme, dass sie uns wichtige Informationen über den Tod ihres Bruders verschweigt."

Friedrich Kiebings Augen quollen beinahe aus dem Schädel.

„Wollen Sie behaupten, meine Tochter hätte Volker ermordet? Sie sind ja nicht ganz bei Trost!"

Bevor bei Mona die Pferde durchgingen, griff Enno ein.

„Ich schlage vor, Sie warten auf Ihren Rechtsbeistand. Wir werden Helena nicht befragen, bevor er auf der Insel eingetroffen ist. Falls sich dann kein Haftgrund ergibt, kann Ihre Tochter natürlich ihrer Wege gehen."

Die Zornesader auf der Professorenstirn schwoll etwas ab.

„Wenigstens gibt es einen vernünftigen Mann in diesem Zirkus hier", sagte er mit ruhigerer Stimme. „Ich hoffe, dass ich Dr. Bredstedt noch heute nach Borkum schaffen lassen kann."

Er wandte sich um und verließ grollend die Inselwache.

„Na toll", regte Mona sich auf. „Ein teurer Anwalt, und schon ist das Töchterchen aus dem Schneider."

„Nicht unbedingt", widersprach Enno. „Wir haben immerhin noch Udo, den können wir uns gleich mal vorknöpfen. Für ihn hat der Professor keinen Verteidiger verlangt. Vielleicht weiß er gar nicht, dass dieser Typ mit seiner Tochter verbandelt ist. Wenn wir Helenas und Udos gemeinsame Verstrickung in kriminelle Machenschaften beweisen können, wird auch dieser Dr. Bredstedt nicht viel ausrichten können."

„Deinen Optimismus möchte ich haben", erwiderte Mona. „Darf ich dich daran erinnern, dass Udo momentan stumm wie ein Karpfen ist?"

„Das kann sich schnell ändern. Lassen wir ihm etwas zum Essen bringen. Es soll niemand behaupten können, dass die Borkumer Polizei ihre Gefangenen schlecht behandeln würde."

„Soll ich den Herrn fragen, welche Mahlzeit ihm genehm ist?", fragte Grietje ironisch.

„Gib ihm einfach die Preisliste der Pizzeria, die hast du doch sowieso immer an deinem Arbeitsplatz", schlug Mona vor. Dann wandte sie sich an ihren Kollegen: „Ich könnte auch einen Happen vertragen, mit leerem Magen denkt es sich schlecht."

„Gute Idee", stimmte Enno zu und klopfte auf seinen Bauch.

Sie verließen die Polizeiwache und gingen an die Fischtheke im Supermarkt direkt neben der Dienststelle, wo man auch frisch zubereitete Meeresspezialitäten bekommen konnte. Mona und Enno entschieden sich für Backfisch mit Kartoffelsalat.

„Nach dem Essen nehmen wir erst mal Udo genauer unter die Lupe", schlug Enno kauend vor. „Bei der Leibesvisitation habe ich auch seinen

Personalausweis sichergestellt. Wenn wir seine Vergangenheit durchleuchtet haben, sehen wir vielleicht schon klarer."

Mona nickte.

„Und ich befasse mich mit seinem Smartphone. Ich bin gespannt, was für düstere Geheimnisse ich dort zutage fördern kann. Und woher die 10.000 Euro stammen, wüsste ich auch gern."

„Es ist nicht verboten, größere Bargeldsummen mit sich herumzuschleppen, Mona. Wir sind hier nicht an der Schweizer Grenze."

„Nee, nur an der niederländischen. Aber unverdächtig wird man mit so einem Haufen Zaster in der Tasche nicht unbedingt."

„Da kann ich dir nicht widersprechen."

Das Jagdfieber hatte Mona gepackt. Sie schlang ihr Mittagessen möglichst schnell herunter. Als die beiden Ermittler ihren Platz räumten, rückten sofort die nächsten Gäste nach. Es herrschte Hochbetrieb an der Fischtheke.

Mona und Enno kehrten in ihr gemeinsames Büro zurück und stürzten sich in die Arbeit, während sie Unmengen von Tee tranken. Das ostfriesische Lebenselixier half Mona ungemein bei der Konzentration, und Enno als echter Borkumer war das Getränk aus Fernost ohnehin seit Kindesbeinen gewöhnt.

Nach einer Stunde blickte Mona auf.

„Wie wäre es mit einer Zwischenbilanz?"

Der Oberkommissar nickte und machte eine auffordernde Handbewegung.

„Soll mir recht sein. *Ladies first*."

„Die Smartphone-Daten sind hochinteressant. Udo und Helena kennen sich schon seit mindestens einem Jahr. Und der Muskelmann ist niemals nur ein Pseudo-Freund für sie, sondern ihr Liebhaber. Die schreiben sich Textnachrichten, die meine Ohren rot werden lassen. Und dabei habe ich mir eingebildet, abgebrüht zu sein."

„Udo ist also Helenas Liebhaber. Warum hat sie das dir gegenüber nicht gleich zugegeben, Mona?"

„Zuerst dachte ich, sie würde sich einfach für diese Beziehung schämen. Helena ist die Tochter eines Professors und studiert Jura, während Udo eher ein schlichtes Gemüt zu haben scheint. Das habe ich zumindest aus den Rechtschreibfehlern bei seinen Textnachrichten geschlussfolgert."

„Und damit liegst du richtig", bestätigte Enno. „Udo ist ein Schulabbrecher, der sich mit Gelegenheitsjobs über Wasser hält. Und er ist mehrfach straffällig geworden, wegen Körperverletzung und räuberischer Erpressung. Also nicht gerade ein Traum-Schwiegersohn für den Herrn Professor Kiebing."

Mona lachte.

„Das hast du schön gesagt. Erpressung ist übrigens ein gutes Stichwort. Ich habe hier einen Chatverlauf, den man als Vorbereitung einer Geldübergabe verstehen könnte. Es geht um eine Person namens Eilert."

„Das ist ein Allerweltsname, jedenfalls außerhalb von Ostfriesland", stellte Enno fest.

„Richtig, und darum habe ich mich zunächst auf Köln konzentriert. Dort sind einige Menschen mit dem Nachnamen Eilert gemeldet, wie du dir denken kannst. Aber es gibt nur eine Person namens Manfred Eilert, die in demselben Haus wohnt wie Janina Fürst!"

Der Oberkommissar zog nachdenklich seine buschigen Augenbrauen zusammen.

„Also haben Helena und Udo einen Nachbarn eines Stalkingopfers ihres Bruders erpresst? Das klingt ziemlich weit hergeholt, ehrlich gesagt."

Mona beugte sich vor. Sie war jetzt so richtig in ihrem Element.

„Ja, aber es passt alles zusammen. Ich bin stutzig geworden, als ich die Liste der Eilerts in Köln überflogen habe und auf die Goldenfelsstraße gestoßen bin. So einen Namen vergisst man nicht so leicht. Er war mir zuvor schon aufgefallen, als ich die Heimatadressen von Kiebings Stalkingopfern gecheckt habe."

Enno lehnte sich in seinem Bürostuhl zurück und nahm noch einen Schluck Tee.

„Also ist Volker Kiebing Janina Fürst nachgestiegen und hat dabei durch Zufall etwas entdeckt, mit dem er diesen Manfred Eilert erpressen konnte? Das würde aber bedeuten, dass die Schwester mit ihrem Bruder gemeinsame Sache gemacht hat. Oder hältst du auch Helena für eine Stalkerin?"

„Das kann ich mir nicht vorstellen. Außerdem ist es ja eine Tatsache, dass Volker Kiebing Janina Fürst verfolgt hat. Dazu gibt es immerhin ein Gerichtsurteil. Ich könnte mir eher denken, dass Kiebing für die Erpressung Unterstützung brauchte und deshalb seine Schwester mit ins Boot holte. Und Helena hatte offensichtlich nichts dagegen, schnell und illegal zu Geld zu kommen. Vielleicht zählte für sie auch nur der Nervenkitzel, was weiß ich", erwiderte Mona.

„Und wo kommt Udo ins Spiel?", fragte Enno. „Ich habe übrigens noch nicht erwähnt, dass er mit Nachnamen Lampe heißt und in einer miesen Ecke von Emden wohnt."

„Dann wird das Foto am Rheinufer wohl entstanden sein, als Udo seine Freundin in Köln besucht hat. Vielleicht fand da gerade die Geldübergabe statt und sie haben deshalb so in die Kamera gegrinst. Und das Foto hat womöglich Volker Kiebing gemacht. – Dieses blonde Biest hat mich nach Strich und Faden verschaukelt, Enno. Helena wurde gar nicht von ihrem Bruder belästigt, sie war in Wirklichkeit seine Komplizin."

„Wenn du mit deiner Erpressungstheorie recht hast, dann hat dieses saubere Trio eventuell auch andere Erpressungsopfer gefunden. Meinst du, das Stalking war nur, um Kiebings wahre Absicht zu verschleiern?"

Mona schüttelte heftig den Kopf.

„Nein, auf keinen Fall. Dieser Täter hat die Frauen wirklich aufs Übelste terrorisiert, ich habe mir die Akten angeschaut. Er war völlig von ihnen besessen. Die Sache mit Eilert hat sich wohl eher zufällig ereignet. Fragen wir doch Udo Lampe, was er zu diesen Tatvorwürfen zu sagen hat."

„Du glaubst, die 10.000 Euro stammen aus der Erpressung? Das wäre momentan wirklich die einzig logische Erklärung", meinte Enno. „Udo Lampe lebt in einer Sozialwohnung und bezieht seit einem halben Jahr Hartz IV. Unter solchen Lebensumständen kann man kein kleines Vermögen zusammensparen."

„Das stimmt", erwiderte Mona. „Aber bevor wir uns den Verdächtigen vorknöpfen, will ich das mutmaßliche Erpressungsopfer genauer beäugen. Vielleicht kriegen wir ja heraus, womit das saubere Trio den Mann unter Druck gesetzt hat."

„Und wie willst du das anstellen?", fragte Enno.

„Keine Ahnung, ich fange einfach erst mal an", erwiderte Mona und loggte sich in das Melderegister der Stadt Köln ein. Wenig später schnippte sie mit den Fingern.

„Na also, da hätten wir doch schon etwas", sagte sie. Der Oberkommissar warf ihr einen gespannten Blick zu.

„Die Wohnung in der Goldenfelsstraße ist nur eine Zweitadresse, wenn man genauer hinschaut", erklärte Mona eifrig. „Sie ist auf den Namen Manfred Eilert angemeldet. An seiner Hauptadresse in Köln-Porz tauchen noch drei weitere Namen auf, nämlich Dagmar Eilert sowie Finn und Pia Eilert."

Enno zuckte mit den Schultern.

„An der Hauptadresse wird der gute Mann mit seiner Ehefrau und seinen Kindern leben, und die Zweitwohnung – ah, jetzt kapiere ich! Du glaubst, Manfred Eilert hätte sie als Liebesnest benutzt, um sich mit seiner Geliebten zu treffen?"

„Das wäre zumindest ein überzeugendes Motiv für eine Erpressung, oder? Wir tun im Verhör einfach so, als ob wir schon alles wüssten und nicht nur Vermutungen anstellen. Udo Lampe ist nicht besonders clever. So kriegen wir ihn hoffentlich dazu, ein Geständnis abzulegen“, sagte Mona.

„Einverstanden, wenn du den Part übernimmst. Du kannst besser lügen als ich“, meinte Enno augenzwinkernd.

„Das ist keine Lüge, sondern eine Verhörtaktik“, behauptete Mona.

Die Ermittler ließen den Verdächtigen aus der Arrestzelle holen. Udo Lampe war inzwischen mit einer Pizza und einer Cola verpflegt worden, doch er blickte immer noch genauso mürrisch drein wie zuvor. Und er machte keine Anstalten, den Mund zu öffnen. Mona und Enno nahmen ihm gegenüber im Befragungsraum Platz. Nachdem die Kommissarin ihn noch einmal über seine Rechte belehrt hatte, begann sie: „Herr Lampe, Sie müssen keine Angaben machen, mit denen Sie sich selbst belasten. Allerdings ist es so, dass Sie am meisten zu verlieren haben. Volker Kiebing ist tot, er kann nicht mehr belangt werden. Und Helena Kiebing wird mit einem blauen Auge davonkommen, wenn Sie weiterhin schweigen. Ich kann Ihnen prophezeien, dass Ihre Freundin alle Schuld auf Sie abwälzen wird. Ein teurer Spitzenanwalt ist schon auf dem Weg nach Borkum, um Helena rauszupauken. Und wer hilft Ihnen?“

Obwohl Udo Lampe versuchte ruhig zu bleiben, verfehlten Monas Worte ihre Wirkung nicht. Sie registrierte ein nervöses Flattern seines linken Augenlides. Außerdem begann er damit, pausenlos seine spröden Lippen zu lecken. Sie musste keine Psychologin sein, um seine innere Unruhe zu erkennen.

„Ihr Bullen wollt mich doch bloß verladen!“, stieß der Kriminelle hervor.

Mona verbuchte es als einen Anfangserfolg, dass er überhaupt den Mund aufmachte.

„Haben Sie wirklich geglaubt, dass die Erpressung von Manfred Eilert unentdeckt bleiben würde?“, fragte sie. Mona bewegte sich auf dünnem Eis. Wenn ihre Vermutungen falsch waren, würden die Ermittler von diesem Verdächtigen überhaupt nichts mehr erfahren.

Doch seine Reaktion sprach Bände.

Udo Lampe war nicht in der Lage, seine Gefühle zu beherrschen. Sein Gesichtsausdruck zeigte Mona nur allzu deutlich, dass sie einen Volltreffer gelandet hatte.

„Sie wissen es also“, brachte Udo Lampe mit tonloser Stimme hervor.

Die Kommissarin nickte.

„Sie können Ihre Lage nur verbessern, indem Sie ein lückenloses Geständnis ablegen. Auf Helena sollten Sie sich nicht verlassen. Sie wird mithilfe ihres Vaters versuchen, ihren Kopf aus der Schlinge zu ziehen“, sagte Mona.

Der Muskelmann nickte grimmig.

„Ja, Helena war immer schon ein verwöhntes Töchterchen ihres tollen Papas. Ich hätte mich auf die Sache niemals einlassen dürfen. Aber ich konnte das Geld gut gebrauchen, und ... na ja, Helena sieht eben auch verflixt gut aus. Ich bin auch nur ein Mann.“

Enno schaltete sich ein.

„Am besten erzählen Sie von Anfang an. Woher kannten Sie Helena überhaupt?“, fragte er.

„Wir haben uns hier auf Borkum getroffen. Vor ein paar Jahren habe ich in der Sommersaison bei einem Strandkorbvermieter gejobbt. Zwischen Helena und mir hat es sofort gefunkt. Sie steht eben auf harte Burschen, und da bin ich natürlich der Richtige.“

Udo Lampe grinste selbstverliebt. Ob es sich wirklich so abgespielt hatte? Mona wusste, dass es gebildete Frauen gab, die auf primitive Kerle standen. Falls das auf Helena Kiebing zutraf, hatte sie mit diesem Muskelpaket zweifellos einen guten Fang gemacht.

„Was sagte denn Professor Kiebing zu Ihrer Beziehung?“

Udo Lampe lachte, als ob Mona einen Witz gemacht hätte.

„Vor dem Alten haben wir natürlich geheim gehalten, was zwischen uns lief! Der feine Herr hätte doch einen Herzkasper bekommen, wenn er gewusst hätte, dass sein kostbares Töchterchen mit einem Typ wie mir rummacht.“

Das konnte Mona sich lebhaft vorstellen, aber es interessierte sie nur am Rande.

„Erzählen Sie uns von der Erpressung“, forderte sie.

„Als mein Sommerjob beendet war, blieben Helena und ich in Verbindung. Manchmal nahm sie die Fähre und besuchte mich in Emden. Ich hatte übrigens schon auf Borkum mitgekriegt, dass Helenas Bruder so ein perverser Stalker war. Das hat sie mir ganz offen unter die Nase gerieben. Aber ich hätte nie gedacht, dass ich dank dieses Schleimers mal ein Ding drehen würde.“

„Wie kam es dazu?“, hakte Mona nach. Udo Lampe redete jetzt wie ein Wasserfall, das musste sie ausnutzen.

„Volker ist mehreren Frauen nachgestiegen, dieser Versager. So etwas habe ich nicht nötig, aber ich bin ja auch nicht so ein armes Würstchen, wie er es war. Jedenfalls war Helenas Bruder auch hinter einer Süßen her, die in Köln wohnte. Da kriegte Volker durch Zufall mit, dass ihr verheirateter Nachbar sich dauernd mit irgendwelchen heißen Miezen vergnügte. Und er beschloss, sich sein Schweigen teuer bezahlen zu lassen“, berichtete der Komplize.

„Das wussten wir schon“, behauptete Mona. „Allerdings ist uns noch nicht klar, weshalb Volker Kiebing die Erpressung nicht allein über die Bühne gebracht hat. Warum holte er Helena und Sie noch mit ins Boot?“

„Weil Volker ein Feigling und Warmduscher war!“, stieß Udo Lampe verächtlich hervor. „Der reiche Kerl, dieser Manfred Eilert, ist Bauunternehmer. Volker befürchtete wahrscheinlich, dass er ein paar Schläger zur Geldübergabe schicken würde. Helena selbst wollte natürlich auch nicht ihren Kopf hinhalten. Dafür ist das Professorentöchterchen die Falsche. Also bat sie mich um Hilfe. Einer schönen Frau konnte ich noch nie einen Gefallen abschlagen. Ich fuhr also nach Köln und ging dorthin, wo Eilert die Kohle deponiert hatte. Weit und breit war kein Schläger zu sehen, die ganze Aufregung umsonst. So leicht habe ich noch nie Geld verdient.“

„Das kann ich mir vorstellen. Und was wissen Sie über den Mord an Volker Kiebing?“, wollte Mona wissen.

„Nichts, Frau Kommissarin! Wir deponierten das Geld bei mir in Emden. Helena, Volker und ich dachten an weitere Erpressungen, weil alles so glatt gelaufen war. Ich fand den Stalker zwar total widerlich, aber warum hätte ich ihn umlegen sollen? Durch ihn bin ich problemlos an einen Haufen Zaster gekommen. Helena rief mich an und sagte mir, dass ihr Bruder tot wäre und die Bullen herumschnüffeln würden. Ich sollte nach Borkum kommen und das Geld mitbringen, sie wollte mich bei Aafke Oltsma treffen.“

Lampes Erklärung klang plausibel. Wichtiger als seine Worte war für Mona allerdings die Tatsache, dass der Muskelmann zur Tatzeit gar nicht auf der Insel gewesen war.

„Könnte Manfred Eilert etwas mit dem Tod von Helenas Bruder zu tun haben?“, fragte Enno direkt.

Udo Lampe hob seine breiten Schultern.

„Ich weiß nicht, den Kerl habe ich nie zu Gesicht bekommen. Mein Job bestand darin, das Geld aus einem Mülleimer am Rheinufer zu klauben. Es war in eine schwarze Plastiktüte verpackt. Wie dieser Eilert aussieht, kann ich nicht sagen. Ich habe nur durch Volker und Helena von ihm gehört“, beteuerte der Muskelmann.

Die Ermittler beendeten das Verhör. Es war mit Lampes Einverständnis per Tonband aufgenommen worden. Lampe wurde zurück in die Arrestzelle geschafft. Am nächsten Tag sollte er für seinen Haftprüfungstermin nach Emden überführt werden.

„Wir haben jetzt richtig Munition gegen Helena in der Hand“, stellte Mona zufrieden fest. „Sie wird sich auch mithilfe eines Staranwalts nicht so leicht aus der Affäre ziehen können.“

„Ja, den Erpressungsfall haben wir sauber aufgeklärt, die Kölner Kollegen können uns dankbar sein“, stimmte Enno zu. „Allerdings wissen wir immer noch nicht, wer Volker Kiebing getötet hat. Ich werde mir morgen mal das Alibi von Manfred Eilert anschauen. Womöglich hat der Unternehmer einen Auftragskiller nach Borkum geschickt.“

Mona hob die Augenbrauen.

„Auftragskiller? Ich fürchte, du liest zu viele Krimis.“

„Du weißt, wir müssen in alle Richtungen ermitteln. Jetzt wünsche ich dir erst mal einen schönen Feierabend.“

„Danke, Enno. Das wünsche ich dir auch.“

Aber Mona war noch völlig überdreht, als sie sich auf ihr Fahrrad schwang und zur Walfangerstrate fuhr. Sie konnte nicht so einfach abschalten und ging den Fall in Gedanken immer wieder durch.

Sie musste dringend eine Runde laufen, um zur Ruhe zu kommen. Daheim schlüpfte Mona sofort in ihre Joggingklamotten und lief los. Sie nahm eine ihrer Lieblingsrouten, bewegte sich zunächst langsam Richtung Flugplatz und wählte dann den abgelegenen Weg bei den Bantjedünen. An diesem schönen Sommerabend waren hier kaum Touristen unterwegs. Selbst in der Hauptsaison fanden sich auf Borkum immer noch einsame Ecken, in denen man die Natur, den Wind und die Sonne genießen konnte.

Mona war ungefähr einen Kilometer gelaufen und hatte gerade ihren üblichen Rhythmus gefunden, als eine helle Frauenstimme erklang.

„Moin!“

Die Kommissarin drehte sich zur Seite. Von hinten näherte sich eine andere Läuferin. Sie musste aus Richtung Geflügelhof gekommen sein, denn der Barbaraweg mündete in Monas Laufroute. „Moin!“, gab Mona zurück. Eigentlich hatte sie keine Lust auf Gesellschaft, wollte lieber mit ihren Gedanken allein sein. Andererseits machte die andere Frau einen netten und freundlichen Eindruck. Die Kommissarin musterte sie genauer.

Die andere Joggerin trug ihr dunkles Haar zu einer modischen Frisur geschnitten. Mona schätzte sie als etwa gleichaltrig ein, also Anfang dreißig. Die Läuferin war schlank, sie trug Shorts und ein langärmliges T-Shirt. Sie hatte sich jetzt an Monas Tempo angepasst und joggte neben ihr her.

„Wir kennen uns vom Sehen. Du arbeitest doch auch in der Strandstraße, oder? Ich bin Lissy.“

„Ich heiße Mona. – Ja, irgendwie kommst du mir bekannt vor. Aber ich bin nicht ganz sicher."

„Du hast ja auch noch nichts bei uns gekauft", stellte Lissy lachend fest. „Ich bin in der Drogerie tätig. Zunächst nur für die Saison, aber ich werde wohl bleiben."

„Und ich arbeite bei der Polizei", erwiderte Mona.

„Echt? Das ist bestimmt total spannend, jedenfalls aufregender, als Sonnenmilch und Wattepads zu verkaufen."

„Manchmal schon. Wie hat es dich denn nach Borkum verschlagen?"

„Ich brauchte einen Neuanfang. Ein Mann hat mich nach Strich und Faden verschaukelt, er hat mir falsche Hoffnungen gemacht. Es war einfacher für mich, das Festland hinter mir zu lassen. Hier auf Borkum kenne ich bisher keine Menschenseele, außer meinen Kolleginnen. Aber die haben alle ihre Familie und wollen privat nichts von mir wissen."

„Es ist auf der Insel nicht schwer, neue Leute kennenzulernen. Allerdings reisen die meisten von ihnen nach spätestens ein paar Wochen wieder ab. Und die Borkumer sind ein Menschenschlag für sich. Es ist nicht leicht, ihre Herzen zu gewinnen. Aber wenn es dir gelingt, dann hast du Freunde fürs Leben gefunden."

Mona musste an Enno denken, als sie diese Sätze von sich gab. Und sie fragte sich selbst, weshalb sie so locker mit einer Wildfremden über Privates sprach. Vielleicht, weil Lissy ein Mensch war, den sie spontan als vertrauenswürdig einstufte.

„Das klingt so, als ob du selbst keine Inselfriesin wärst, Mona."

„Damit liegst du richtig. Wie gesagt: Die meisten Menschen, denen du auf Borkum begegnen wirst, sind entweder Touristen oder Kurgäste. Die wenigsten bleiben ganzjährig hier."

„Jetzt habe ich ja immerhin schon dich kennengelernt. Läufst du öfter? Als Polizistin musst du bestimmt fit sein, oder?"

„Allerdings. Einen schlechten Krimi erkennst du daran, dass der Kommissar völlig unsportlich ist, Kette raucht und jeden Abend in der Kneipe hängt. So etwas ist völlig wirklichkeitsfremd. Ich könnte in meinem Job keine Leistung bringen, wenn ich so leben würde."

„Wie eine Sumpfeule siehst du mir jedenfalls nicht aus", lachte Lissy fröhlich.

„Das nehme ich mal als Kompliment."

„So war es auch gemeint. – Hör mal, ich biege da vorn ab. War schön, mit dir geredet zu haben, Mona. Vielleicht sehen wir uns ja öfter."

„Ich habe auch noch andere Joggingstrecken im Köcher. Aber wenn du regelmäßig trainierst, könnte das passieren."

„Prima, ich wünsche dir einen schönen Abend."

„Danke, ebenso!“

Lissy beschleunigte, winkte Mona zu und bog Richtung Ostfriesenstraße ab.

Die Kommissarin lächelte die ganze Zeit, während sie den Rest ihrer Trainingsrunde absolvierte. Und sie freute sich darüber, dass sie wenigstens in der Freizeit halbwegs normale Menschen kennenlernen konnte.

Kapitel 8

Am nächsten Morgen gab es viel zu tun.

Der Rechtsanwalt Dr. Richard Bredstedt traf mit der ersten Fähre auf der Insel ein. Er war ein magerer Mann mit schulterlangem grau meliertem Haar. Nach Monas Meinung sah er aus wie ein in die Jahre gekommener Junkie, den man in einen Maßanzug gesteckt hatte.

„Ich will umgehend mit meiner Mandantin sprechen", schnarrte der Verteidiger, nachdem er die Polizeiwache betreten hatte. Grietje Smit brachte den Juristen zu Helena Kiebing. Mona hoffte inständig, dass ihre junge Polizeikollegin ausnahmsweise keine Frechheiten von sich geben würde. Mona kannte Männer wie Dr. Bredstedt, sie verstanden absolut keinen Spaß. Und wenn er die Gelegenheit bekam, einer Beamtin das Leben schwer zu machen, würde er sie garantiert nutzen.

Wenig später kehrte Grietje zurück.

„Der Althippie ist jetzt bei der eingebildeten Ziege", teilte sie Mona mit.

„Alles klar, hilfst du bitte Enno bei den Vorbereitungen für die Gegenüberstellung? Du musst einfach nur ein paar Touristinnen finden, die Hanna Koopmann ähnlich sehen und bereit sind, für eine halbe Stunde bei der Maßnahme mitzumachen", erklärte die Kommissarin.

„Schon kapiert, ich bin ja nicht von gestern. Ich komme mir vor wie bei einer Castingshow, *Borkum sucht die Super-Verdächtige* oder so ähnlich. Zum Glück sieht diese Hanna Koopmann ziemlich normal aus. Wenn sie einen riesigen Zinken und abstehende Ohren hätte, würden wir nie ein paar ähnliche Frauen auftreiben."

Mit diesen Worten verließ Grietje die Wache. Die Gegenüberstellung sollte noch am selben Nachmittag stattfinden. Ob Hanna Koopmann wirklich den Stalker ermordet hatte? Sie hatte Volker Kiebing zweifellos genauso sehr gehasst, wie es die anderen beiden Geschädigten getan hatten. Aber aus welchem Grund war sie mit ihm zu einem Spaziergang verabredet gewesen?

Mona schob ihre Überlegungen zurück und aß erst mal ein Käsebrötchen, um ihre Nerven zu beruhigen. Sie spülte die letzten Krümel mit Tee herunter, als Enno ihr gemeinsames Büro betrat.

„Die Gegenüberstellung ist in trockenen Tüchern, Mona. Wir haben vier junge Frauen gefunden, die unserer Verdächtigen vom Typ her sehr ähnlich sind. Sogar die Haarfarbe und Frisur unterscheiden sich kaum. Grietje geht ganz in ihrer Rolle als selbst ernannte Showmasterin auf und wird die Maßnahme organisieren."

„Sehr gut, Enno. Dann bin ich gespannt, was deine Zeugin sagen wird. Wer ist sie überhaupt?“

„Sie heißt Tatje Andersen und ist eine alteingesessene Borkumerin. Sie betreibt einen Fahrradverleih an der Waterdelle. Ich traue ihr eine gute Beobachtungsgabe zu“, erwiderte der ostfriesische Oberkommissar.

Bevor Mona etwas erwidern konnte, betrat Polizeimeister Claas Lammer den Raum.

„Moin, der Rechtsanwalt und seine Mandantin sind jetzt für die Befragung bereit.“

Die Ermittler bedankten sich und betraten den Verhörraum, wo bereits Helena und Dr. Bredstedt warteten. Mona und Enno stellten sich vor, dann nahmen sie den beiden gegenüber am Tisch Platz.

Die Schwester des Stalkers wirkte noch arroganter als am Vortag, sie hatte offenbar durch die Anwesenheit des Staranwalts Oberwasser bekommen. Mona nahm sich vor, ihre Selbstsicherheit wie eine Seifenblase platzen zu lassen.

„Ich hoffe, dass wir diese Farce umgehend beenden können“, schnarrte der Jurist. „Meine Mandantin hat sich nichts zuschulden kommen lassen, ihre Verhaftung war ein reiner Willkürakt, für den ich Sie beide zur Verantwortung ziehen werde.“

Einschüchterungstaktik? Fällt dir nichts Besseres ein?, dachte Mona. Sie sagte: „Also hat Helena Kiebing nichts mit der Erpressung von Manfred Eilert zu tun?“

Während sie diese Frage stellte, schaute Mona nicht den Anwalt, sondern dessen Mandantin an. Helena blinzelte kurz, zeigte ansonsten aber keine Reaktion.

„Nein, selbstverständlich nicht. Wie kommen Sie zu dieser absurden Annahme, Frau Sander?“

Monas Stimme wurde härter, als sie antwortete.

„Helena Kiebing hat mich schon bei meiner ersten Begegnung mit ihr belogen. Sie hat entgegen ihrer Aussage ein länger andauerndes Verhältnis mit einem gewissen Udo Lampe.“

„Das ist alles?“, höhnte Dr. Bredstedt. „Seit wann hat sich die Polizei für das Liebesleben von unbescholtenen Bürgern zu interessieren?“

„Seit Udo Lampe nicht nur der Bettgenosse Ihrer Mandantin, sondern auch ihr Komplize war. Die beiden haben gemeinsam mit Volker Kiebing den Kölner Bauunternehmer Manfred Eilert erpresst und dabei mindestens 10.000 Euro erbeutet. Udo Lampe war intelligent genug, ein komplettes Geständnis abzulegen.“

„Wie schön, dann haben Sie ja Ihren Täter! Warum wollen Sie meine Mandantin noch in diese Angelegenheit hereinziehen?“

„Weil sie an dem Verbrechen beteiligt war, Herr Dr. Bredstedt", entgegnete Mona. „Ganz abgesehen davon, dass ich keine Verbindung zwischen einem arbeitslosen Gelegenheitsjobber aus Emden und einem Erpressungsopfer aus Köln feststellen kann."

„Dann haben Sie eben schlampig ermittelt", behauptete der Verteidiger.

Früher wäre Mona angesichts dieser Unterstellung aus der Haut gefahren, aber jetzt ließ sie nur ein charmantes Lächeln sehen.

„Das wird sich zeigen. Für eine behütet aufgewachsene junge Frau wie Sie war es gewiss ein aufregendes Abenteuer, ein Verbrechen zu begehen. Und dann hat es auch noch alles reibungslos geklappt! Ihr Freund Udo kehrte mit einer ganzen Plastiktüte voller Banknoten zurück. Ich kann mir lebhaft vorstellen, dass Sie die Beute mit allen Sinnen erfassen wollten. Sie griffen zu und ließen die Banknotenbündel durch Ihre Hände gleiten, berauschten sich an dem illegal erworbenen Vermögen."

Enno ergänzte: „Sie wurden erkennungsdienstlich behandelt, als wir Sie gestern festgenommen haben. Die bei Udo Lampe sichergestellten Geldscheine werden in diesem Moment im kriminaltechnischen Labor von Oldenburg untersucht. Was glauben Sie, Frau Kiebing? Werden unsere Kollegen Ihre DNA-Spuren an einigen der Euronoten finden? Oder vielleicht sogar Ihre Fingerabdrücke?"

Helena wirkte jetzt etwas käsig um die Nase herum. Es hatte nicht lange gedauert, ihr Selbstvertrauen zu erschüttern.

„Es ist stickig hier drin, nicht wahr? Sollen wir ein Fenster öffnen?", fragte Mona mit absichtlich schlecht gespielter Fürsorglichkeit.

„Meine Mandantin wird sich zu diesen Anschuldigungen nicht äußern", sagte der Anwalt und warf Helena einen warnenden Blick zu.

„Ich möchte eine Sache klarstellen", betonte Mona. „Für dieses Erpressungsdelikt ist die Kölner Polizei zuständig, wenngleich wir den Kollegen natürlich unsere Ermittlungsergebnisse zukommen lassen werden. Oberkommissar Moll und ich wollen den Mord am Bruder Ihrer Mandantin aufklären. Und wenn sie kooperiert und unsere Arbeit unterstützt, dann wird sich das gewiss strafmildernd auswirken."

Dr. Bredstedt war Profi genug, um zu erkennen, dass die Kommissare momentan die besseren Karten hatten. Er bat darum, sich nochmals kurz mit Helena beraten zu dürfen.

Die beiden Ermittler gingen hinaus.

„Wie schön, wenn auch einem Starverteidiger mal die Felle wegschwimmen", spottete Mona. „Ich hole mir eben einen

Schokoriegel, während die beiden miteinander palavern. Möchtest du auch etwas?“

„Nein, ich will mir den Appetit aufs Mittagessen nicht verderben“, erklärte Enno und strich über seinen runden Bauch.

„Bin gleich wieder da“, sagte Mona und trat in den Sonnenschein vor der Polizeiwache hinaus. Natürlich hätte sie sich auch im benachbarten Supermarkt einen Schokoriegel holen können. Stattdessen ging sie zur weiter entfernten Drogerie. Mona hatte die Hoffnung, dort Lissy wiederzutreffen. Die kurze Plauderei mit der anderen Joggerin am Vorabend war sehr schön gewesen. Doch Mona hatte dadurch wieder einmal vor Augen geführt bekommen, wie wenige Freunde sie doch hatte. Eigentlich war Enno auf Borkum ihr einziger Freund und Vertrauter. Ihre beste Freundin Kati lebte schon seit Jahren in London. Mona und Kati telefonierten und skypten oft, aber das war eben nicht dasselbe wie ein Gespräch von Angesicht zu Angesicht.

Mona betrat den Laden und fischte einen Riegel aus dem Regal. Sie erblickte Lissy sofort. Die junge Frau trug nun den Uniformkittel der Drogeriekette und war gerade damit beschäftigt, Ware zu etikettieren. Nun hatte auch Lissy die Kommissarin bemerkt.

„Moin, Mona! So schnell trifft man sich wieder. Hast du gerade Pause?“

„Ja, genau. Wir haben gerade ein Verhör unterbrochen, aber es geht gleich weiter. Und dann wird hoffentlich die Wahrheit ans Licht kommen.“

„Du führst echt ein spannendes Leben“, schwärmte Lissy. „Da könnte man glatt neidisch werden.“

„Dafür gibt es keinen Grund. Polizeiarbeit besteht zu neunzig Prozent aus langweiliger Routine. Wie lange bist du eigentlich schon auf Borkum?“

„Seit Saisonbeginn, warum fragst du?“

„Wie wäre es, wenn wir heute Abend nicht joggen gehen, sondern zusammen um die Häuser ziehen?“, schlug Mona vor. Dieser Einfall war ihr spontan gekommen. Die Insel bot mehr als genügend Freizeitmöglichkeiten, aber ganz allein war es eben nur der halbe Spaß. Außerdem wollte sie Lissy gern näher kennenlernen.

„Ja, das ist eine tolle Idee! Treffen wir uns am Inselbahnhof? Um zwanzig Uhr?“

„Abgemacht“, stimmte Mona zu. „Jetzt muss ich aber zurück, die Pflicht ruft. Tschüs, bis heute Abend.“

Sie bezahlte schnell an der Kasse ihren Schokoriegel und eilte zur Wache zurück. Dort hatte der Verteidiger soeben grünes Licht für die Fortsetzung der Befragung gegeben.

„Meine Mandantin bedauert, dass sie sich in diese Erpressung hereinziehen ließ. Sie wird uneingeschränkt mit Ihnen kooperieren", sagte Dr. Bredstedt. Er sprach wie ein Roboter, seine Stimme ließ keine Emotion erkennen. Ob er wirklich angenommen hatte, dass Helena unschuldig war? Das wusste Mona nicht, und es spielte für sie auch keine Rolle.

Nun ergriff Enno das Wort.

„Haben Sie gemeinsam mit Ihrem Bruder noch weitere Menschen erpresst?"

Helena schüttelte den Kopf.

„Nein, Herr Moll. Das müssen Sie mir glauben."

„Aber Ihnen war bekannt, dass Ihr Bruder junge Frauen verfolgt?", vergewisserte sich der stämmige Ostfriese.

Helena wand sich wie ein Aal.

„Volker war kein Mensch, der sich leicht etwas sagen ließ. Er lebte in seiner eigenen Welt, wenn man das so ausdrücken kann. Für ihn war es unvorstellbar, dass eine Frau nichts von ihm wissen wollte. Das empfand er als eine persönliche Beleidigung", erklärte sie.

„Sie sind doch selbst eine Frau! Hatten Sie kein Mitgefühl mit seinen Opfern?", blaffte Mona.

„Sprechen Sie nicht in diesem Ton mit meiner Mandantin, Frau Sander", warnte der Anwalt. „Frau Kiebing hat ihre Kooperationsbereitschaft signalisiert, sie muss sich von Ihnen keine Moralpredigten anhören."

„Das ist keine Frage der Moral", stellte Enno richtig. „Wer von einer Straftat Kenntnis erhält und sie verschweigt, macht sich mitschuldig."

„Ich wusste nicht, wie weit Volker bei seinen Nachstellungen gegangen ist", behauptete Helena. „Das habe ich erst während des Prozesses gegen ihn erfahren."

Mona wollte auf dem Thema nicht herumreiten. Im Nachhinein ließ sich sowieso nicht beweisen, wie viel Helena zu welchem Zeitpunkt gewusst hatte.

„Könnte der Mord an Ihrem Bruder mit der Erpressung zusammenhängen?", fragte sie.

Helena schüttelte den Kopf.

„Das kann ich mir eigentlich nicht vorstellen. Woher hätte Eilert wissen sollen, dass wir uns auf Borkum aufhalten? Wir haben ihm jedenfalls keine Ansichtskarte geschickt."

„Und wenn Ihr Bruder nun auf eigene Faust eine weitere Rate Schweigegeld kassieren wollte?“, schlug Enno vor.
„Dafür war er zu feige, Herr Moll. Was glauben Sie, aus welchem Grund Volker mich und Udo eingeweiht hat? Weil er sich allein nicht traute, die Sache durchzuziehen.“
„Nicht jeder Angehörige eines Stalkingopfers vertraut auf die Polizei“, stellte Mona fest. „Wurde Ihr Bruder von jemandem bedroht, der das Recht in die eigene Hand nehmen wollte?“
„Ich weiß es nicht. Volker hat mir nichts davon erzählt“, erwiderte Helena.
„Wie würden Sie Ihr Verhältnis zu Ihrem Bruder beschreiben?“, forschte Mona.
„Ich fand es natürlich abscheulich, wie er den Frauen nachgestiegen ist. Meine Eltern haben die Augen vor der Wirklichkeit verschlossen, für sie war dieser Versager immer noch ihr kleiner Prinz. Durch die gemeinsame Erpressung haben wir eine Art Arbeitsbeziehung aufgebaut. Geliebt habe ich Volker nicht, das müssen Sie mir glauben.“
Du liebst doch sowieso nur dich selbst, sagte Mona innerlich zu Helena. Sie fragte: „Wussten Sie, was Ihr Bruder am Abend vor seiner Ermordung getan hat?“
Die Erpresserin schüttelte den Kopf.
„Nein. Er behauptete, dass er spazieren gehen wollte. Ich nahm an, dass er in Wirklichkeit wieder ein Opfer gefunden hatte, dem er nachsteigen konnte.“
„Also war Ihnen nicht bekannt, ob er sich mit jemandem treffen wollte?“
Die Schwester des Stalkers schüttelte den Kopf.
„Volker und ich hatten kein besonders vertrautes Verhältnis. Ehrlich gesagt könnte ich Ihnen sowieso niemanden nennen, der ihm nahestand. Er war ein Einzelgänger, vielleicht ist er deshalb so merkwürdig geworden. Ich bin keine Psychologin. Vielleicht wollte er aus genau diesem Grund Udo und mich als Komplizen gewinnen – weil er eben nicht wusste, wen er sonst fragen sollte.“
Mona nickte. Das war durchaus möglich, interessierte sie aber nur am Rand.
„Hatten Sie Kontakt zu den Opfern Ihres Bruders? Sie sind Ihnen bei dem Prozess gewiss begegnet.“
Helena beantwortete die Frage der Kommissarin mit einem Kopfschütteln.
„Ja, ich habe die Frauen vor Gericht gesehen. Ich weiß nicht, ob ihnen überhaupt bekannt war, dass Volker eine Schwester hat. Und ich konnte

mir nicht vorstellen, dass sie etwas mit mir zu tun haben wollten", erklärte Helena.

„Wir fragen uns immer noch, woher den Damen der Aufenthalt Ihres Bruders auf Borkum bekannt war", bemerkte Enno. „Das Trio behauptet, nichts davon gewusst zu haben. Aber wir glauben diese Version nicht unbedingt."

Helena wirkte überrascht. „Volkers Stalkingopfer sind auf Borkum?"

„Ja, sie haben sich hier gemeinsam ein Ferienhaus gemietet", erklärte Mona. „Wussten Sie nichts davon?"

„Nein, ich hatte keine Ahnung. Ich würde Ihnen gern helfen, wenn ich könnte. Die Frauen haben von mir nichts erfahren, ehrlich."

Mona fiel plötzlich ein anderer Gesichtspunkt ein.

„Wann ist Ihr Bruder eigentlich auf der Insel erschienen?", wollte sie wissen.

„Vor drei Tagen", erwiderte Helena.

„Und die Frauen sind laut ihren Kurtaxe-Beiträgen schon seit einer Woche hier", dachte Mona laut nach. „Demnach sind sie Ihrem Bruder nicht nachgereist, sondern umgekehrt."

„Wäre Volker wirklich so dumm gewesen, Frauen noch einmal zu stalken, wegen denen er bereits zu einer Gefängnisstrafe verurteilt worden war?", fragte Enno.

Helena hob die Schultern.

„Ich weiß wirklich nicht, was in seinem Kopf vorgegangen ist, Herr Moll. Volker war immer der Meinung, dass die Gesetze für ihn nicht gelten würden. Er hatte keinen Realitätsbezug. Deshalb hat er wohl auch die Haftstrafe nicht angetreten. Vielleicht haben meine Eltern ihn zu sehr verwöhnt, was weiß ich. Auf jeden Fall war er in seinem Leben niemals erfolgreich, noch nicht einmal beim Stalken. Andernfalls wäre er ja nicht überführt worden, oder?"

Mona ging nicht auf die Bemerkung ein. Für sie stand nur fest, dass der gleichzeitige Aufenthalt des Stalkers und seiner früheren Opfer auf Borkum kein Zufall gewesen sein konnte. Mona beschloss, zunächst die Gegenüberstellung abzuwarten. Außerdem erhoffte sie sich neue Indizien durch die Ergebnisse der kriminaltechnischen Untersuchung und der Obduktion des Leichnams.

Die Kommissarin wandte sich an den Rechtsanwalt.

„Aus unserer Sicht ist die Befragung beendet. Beim Haftprüfungstermin in Emden wird sich herausstellen, ob Ihre Mandantin in Untersuchungshaft bleiben muss. Ich denke allerdings nicht, dass Fluchtgefahr besteht. Außerdem hat sie ihre Kooperationsbereitschaft bewiesen."

Dr. Bredstedt klappte seinen Aktenkoffer zu.

„Sehr gut, Frau Kommissarin. Dann werde ich jetzt in Emden anrufen, um eine Beschleunigung zu erreichen."

Mit diesen Worten machte sich der Verteidiger aus dem Staub, während Helena einstweilen zurück in die Arrestzelle gebracht wurde.

„Was glaubst du, Mona – hat die Schwester die Wahrheit gesagt?"

„Im Großen und Ganzen schon, obwohl sie ihre eigene Rolle wahrscheinlich geschönt hat. Schauen wir doch mal, wie weit Grietje mit den Vorbereitungen ist."

Die Borkumer Polizeistation verfügte über keinen Raum mit Einwegspiegel. Da die Zeugin aber für die verdächtige Hanna Koopmann unsichtbar bleiben sollte, hatte Grietje einfach eine Kamera installiert. So konnte die Zeugin von einem Nebenraum aus unbemerkt die Frauen in Augenschein nehmen.

Enno stieß einen anerkennenden Pfiff aus, als er das Zimmer betrat. Es diente ansonsten als Pausenraum. Grietje hatte die Tische und Stühle entfernt und Schilder mit Nummern beschriftet.

„Höchst professionell, Frau Kollegin. Ich komme mir vor wie in einer US-Krimiserie", lobte der stämmige Ostfriese.

„Verschaukeln kann ich mich selbst", erwiderte die junge Polizeimeisterin. „Wird deine Zeugin denn auch pünktlich anrollen? Ich habe gerade schon einen Kameracheck gemacht, meine Technik funktioniert tipptopp."

„Du hast ja richtig Lampenfieber", sagte Mona augenzwinkernd.

Grietje rollte mit den Augen und hätte garantiert wieder eine ihrer Frechheiten vom Stapel gelassen. Aber in diesem Moment erschien Hinderk Ekhoff mit den freiwilligen Teilnehmerinnen sowie mit Hanna Koopmann. Das Stalkingopfer machte kein Hehl daraus, was sie von dieser Polizeiaktion hielt.

„Ich weiß wirklich nicht, weshalb ich bei so einer Farce mitmache!"

„Wir sind Ihnen für die Unterstützung sehr dankbar", sagte Mona förmlich. Grietje verteilte die Pappschilder mit den Nummern, Hanna Koopmann war Nummer vier. Mona musste Grietje und Enno zugestehen, dass sie sich mit der Auswahl der anderen Frauen viel Mühe gegeben hatten. Ihre Typähnlichkeit mit Hanna Koopmann war sehr groß.

„Ich schaue nach meiner Zeugin, sie sollte durch den Hintereingang kommen", raunte Enno Mona zu.

Grietje war in ihrem Element. Sie dirigierte die Frauen, bis sie sich alle in einer Reihe aufgestellt hatten und ihre Schilder gut sichtbar Richtung Kameralinse hielten. Die junge Polizeimeisterin flitzte in den

Nebenraum und kehrte gleich darauf zurück, wobei sie den Daumen nach oben drehte.

„Die Übertragung funktioniert eins a!“, trompetete sie strahlend.

„Wie lange wollen Sie uns eigentlich noch die Zeit stehlen?“, fragte Hanna Koopmann giftig.

„Bitte haben Sie noch einen Moment Geduld“, erwiderte Mona. Sie ging nun ebenfalls hinüber in den Nebenraum, wo eine ältere Frau vor dem PC-Monitor Platz genommen hatte. Enno stellte sie Mona als Tatje Andersen vor.

„Lass dir Zeit“, brummte der Ostfriese gemütlich und legte seine große Hand auf die Schulter der Frau. „Wir wollen dich nicht beeinflussen. Wir können auch eine der Frauen vortreten lassen, wenn du sie dir genauer ansehen willst.“

„Das brauche ich nicht, auf meine Augen kann ich mich verlassen, Enno. Es ist die Nummer vier. Ich habe die Nummer vier gesehen, die mit dem Mann auf dem Foto Händchen haltend spazieren gegangen ist!“

„Und Sie sind wirklich sicher, Frau Andersen?“, bohrte Mona nach.

„Natürlich bin ich das, mein Mädchen! Es war zwar schon nach neun Uhr abends, aber um diese Jahreszeit ist es dann immer noch hell.“

Das wusste Mona natürlich auch. Sie konnte es kaum abwarten, der Verdächtigen ihre Fragen zu stellen. Und sie würde sich nicht mit einer faulen Ausrede abspeisen lassen.

Die Kommissarin kehrte in den anderen Raum zurück und wandte sich an die Touristinnen.

„Haben Sie vielen Dank dafür, dass Sie die Polizei Borkum bei wichtigen Ermittlungen unterstützt haben. – Frau Koopmann, Sie bleiben bitte noch hier. Wir müssen unbedingt mit Ihnen reden.“

„Ich wüsste nicht, worüber“, sagte die Angesprochene trotzig. Doch sie war nicht so resolut wie ihre Freundin Reina Paal. Mona konnte in ihren Augen deutlich die Angst ablesen.

Sie öffnete den Mund, um eine gepfefferte Antwort zu geben.

Doch in diesem Moment kam Hinderk Ekhoff hereingestürmt.

„Alle Einsatzkräfte werden am Nordstrand benötigt. Wir haben eine Geiselnahme!“

Kapitel 9

Monas Schrecksekunde dauerte nur kurz. Dann hakte sie sofort nach: „Wie viele Personen sind beteiligt? Gibt es Verletzte?“

Der junge Polizeimeister schüttelte den Kopf.

„Genaueres weiß ich noch nicht. In den letzten Minuten sind hier mehrere Notrufe eingegangen. Es ist von einer Täterin und einer Geisel die Rede.“

„In Ordnung, dann machen wir uns selbst ein Bild“, sagte Mona. Sie wandte sich noch einmal an Hanna Koopmann.

„Unser Gespräch muss warten, wir haben einen Notfall. Aber Sie werden die Insel nicht verlassen, bevor ich mit Ihnen gesprochen habe. Sonst lasse ich Sie zur Fahndung ausschreiben, haben wir uns verstanden?“

Die Kommissarin wartete keine Antwort ab, sondern rannte hinaus, dicht gefolgt von Enno. Sie warfen sich in den Opel Vectra und rasten mit Blaulicht und Sirene Richtung Strand. Zwei markierte Polizeifahrzeuge waren ebenfalls im Einsatz. Jeder Inselpolizist, der nicht gerade einer dringenden anderen Aufgabe nachging, wurde benötigt.

Mona bremste das Auto vor der Nordsee-Klinik und lief gemeinsam mit Enno zum Strand hinunter. Sie konnten schon von Weitem den Menschenauflauf sehen. Zum Glück waren bereits einige uniformierte Kollegen vor Ort und hielten die Gaffer zurück. Die Neugierigen bildeten einen weiten Ring um die Geiselnehmerin und ihr Opfer.

„Polizei! Aus dem Weg!“, rief Mona mit gellender Stimme, während sie durch den weichen Sand so schnell wie möglich vorwärtszukommen versuchte. Sie wusste, dass es sinnlos war, die Schaulustigen verscheuchen zu wollen. Es waren einfach zu viele. Die Sensationslust schlug immer dann zu, wenn sich menschliches Leid anzubahnen drohte.

Mona drängte sich resolut zwischen den Gaffern in Badekleidung hindurch, von denen bereits viele mit ihren Smartphones filmten.

Und dann sah die Kommissarin, mit wem sie es zu tun hatte.

Die Geiselnehmerin war Theresa Kiebing. Sie hatte Reina Paal gepackt und drückte die Spitze eines Küchenmessers gegen die Kehle der jungen Frau!

Mona unterdrückte einen Fluch. Sie hatte ihre Dienstpistole bereits gezogen, ließ die Waffe nun aber sinken. Sie und Enno mussten versuchen, die Situation mit Worten zu entschärfen, und zwar sofort. Es war keine Zeit, um ein Verhandlungsteam und das SEK vom Festland anzufordern. Bis die Kollegen da waren, konnte es schon zu spät sein.

Mona konnte der Mutter des Stalkers ansehen, dass sie unter einem ungeheuren inneren Druck stand. Theresa Kiebings Unterlippe zitterte ununterbrochen, ihre Augen waren weit aufgerissen und schienen beinahe aus den Höhlen zu quellen. Ihr Atem ging stoßweise. Und dass sie von mehreren Dutzend sensationslüsterner Gaffer angeglotzt wurde, trug sicher auch nicht zu ihrer Beruhigung bei.

„Drängt die Schaulustigen so weit wie möglich zurück“, raunte Mona ihrer Kollegin Aiske Berend zu, die vor dem Eintreffen der Kommissare schon vor Ort gewesen war. Aiske nickte und versuchte gemeinsam mit den anderen uniformierten Polizisten ihr Bestes. Aber sie waren einfach zu wenige, um die Menge zerstreuen zu können.

Mona trat einen Schritt auf Theresa Kiebing zu, wobei sie Augenkontakt zu der Frau suchte.

„Stehen bleiben!“, kreischte die Geiselnehmerin. „Oder es passiert ein Unglück!“

Mona stand selbst unter einem enormen Stress. Sie wollte die Situation um jeden Preis unblutig beenden. Sie wusste allerdings nicht, ob sie das schaffen würde. Zum Glück hatte sie Enno an ihrer Seite. Der stämmige Ostfriese überließ Mona die Gesprächsführung, ohne dass sie sich vorher darüber beraten hatten. Doch das war in Ordnung. Wenn zwei Beamte gleichzeitig auf Theresa Kiebing einredeten, würde ihr Stress dadurch womöglich noch vergrößert werden.

Falls das überhaupt noch möglich war.

„Immer mit der Ruhe, Frau Kiebing. Ich will nur mit Ihnen sprechen“, sagte Mona und holsterte ihre Pistole. Danach spreizte sie ihre Finger vom Körper ab und drehte die Handflächen nach außen. Mit dieser Körpersprache wollte sie ihre friedliche Absicht dokumentieren. Und sie hoffte, dass ihre Botschaft zu der Frau mit dem Messer durchdringen würde.

„Es gibt nichts zu sagen“, gab Volker Kiebings Mutter zurück. „Ich habe die Mörderin meines Sohnes gefangen, weil die Polizei völlig unfähig ist.“

„Ich habe Ihren Sohn nicht umgebracht!“, presste Reina Paal hervor. Bei der ersten Begegnung war das Stalkingopfer Mona cool und knallhart erschienen, doch von dieser Fassade war nun nichts mehr vorhanden. Reina Paal fürchtete offensichtlich um ihr Leben, und dazu hatte sie auch allen Grund. Es bedurfte nur einer kurzen Armbewegung der Geiselnehmerin, um sie zu töten oder schwer zu verletzen.

„Die falsche Schlange lügt jetzt das Blaue vom Himmel herunter, um ihre Haut zu retten“, behauptete Theresa Kiebing. „Das müssen Sie doch begreifen, Frau Sander. So blöd können Sie nicht sein, obwohl Sie ziemlich dumm aussehen."

Normalerweise ließ Mona sich nicht ungestraft beleidigen. In der momentanen Lage wusste sie allerdings genau, dass sie die Worte ihres Gegenübers nicht ernst nehmen durfte. Für sie war jetzt nur wichtig, dass Theresa Kiebing weiter mit ihr redete.

Und nicht einfach zustach.

„Ich kann Ihnen versichern, dass unsere Ermittlungen auf Hochtouren laufen", erklärte die Kommissarin mit erzwungener Ruhe. „Und falls Frau Paal wirklich Ihren Sohn erdrosselt hat, werden wir sie dafür zur Verantwortung ziehen. Allerdings gibt es auch noch andere Spuren, die wir verfolgen."

„Welche denn?", fragte die Geiselnehmerin begierig. „Haben diese drei Furien vielleicht ein Mordkomplott geschmiedet und meinen Jungen gemeinsam umgebracht?"

„Verdient hätte er es", warf Reina Paal ein.

Mona hätte der Geisel am liebsten eine Ohrfeige verpasst. Begriff sie denn nicht, dass sie mit diesem Satz die Lunte an ein Pulverfass gelegt hatte und ihr eigenes Todesurteil unterschrieb? Oder sehnte sie sich vielleicht sogar danach, umgebracht zu werden, weil sie ihr traumatisiertes Leben nicht ertrug?

Mona wusste es nicht, sie war keine Therapeutin. Sie verließ sich lieber auf ihre Instinkte und ihre Erfahrung. Und daher wusste sie, dass nun genug Worte gefallen waren.

Mona schnellte vorwärts. Theresa Kiebing war keine eiskalte Killerin, vermutlich hatte sie nie zuvor einen Menschen getötet. Und deshalb besaß sie eine natürliche Hemmung, das Messer einfach in einen lebendigen Körper zu stoßen.

Dieses winzige Zögern nutzte die Kommissarin aus.

Sie beglückwünschte sich selbst dazu, dass sie so durchtrainiert war. Mona überwand die Distanz zu ihrer Widersacherin mit einem weiten Schritt und einem Hechtsprung, wobei sie Theresa Kiebing mit sich zu Boden riss und den Messerarm weit nach außen bog.

„Enno, die Geisel!", rief Mona. Aber der schwergewichtige Kommissar hatte bereits reagiert und war herangestapft, wobei er sich nicht so fix bewegen konnte wie seine Kollegin. Das machte aber nichts aus, denn Reina Paal hatte sich bei Monas Attacke bereits von der Geiselnehmerin losgerissen. Daher konnte Enno sie mühelos aus der Gefahrenzone bringen.

Theresa Kiebing kämpfte wie eine Löwin, aber Mona war jünger und besser trainiert. Außerdem hatte sie während ihrer Zeit bei der Bereitschaftspolizei genügend Prügel bezogen, sodass die Entwaffnung einer älteren Frau zu ihren leichteren Übungen gehörte. Die Kommissarin entwand ihrer hysterischen Gegnerin das Messer und drehte sie auf den Bauch, wobei sie ihr die Arme hinter den Rücken riss.

„Au! Sie tun mir weh!“, beschwerte sich Theresa Kiebing. Da kam bereits Aiske Berend mit Handschellen. Mona nickte ihrer Kollegin zu, und sie fesselten die Frau.

Dann schnappte sich die Kommissarin ein in der Nähe liegendes Badetuch und bedeckte damit Theresa Kiebings Kopf. Zusammen mit Aiske stellte sie die Verhaftete auf die Füße und schaffte sie zum Polizeibus, der oberhalb des Strandes abgestellt worden war.

Das Badetuch sollte das Gesicht der Geiselnehmerin vor den Smartphones der Neugierigen schützen, die unverdrossen den Polizeieinsatz filmten oder fotografierten.

Mona knirschte mit den Zähnen. Sie hätte am liebsten alle Gaffer verhaftet, aber das war illusorisch. Das Adrenalin jagte immer noch durch ihren Körper.

Als sie die Frau in den Polizeibus gesetzt hatten, lehnte sich Mona gegen das Fahrzeug und stieß langsam die Luft aus den Lungen.

Enno kam zu Mona und klopfte ihr anerkennend auf die Schulter.

„Gut gemacht, Kollegin! Perfekt, wie du die Geiselnahme beendet hast.“

„Danke für die Blumen, wenigstens musste kein Blut fließen. Wo ist eigentlich Reina Paal?“

„Grietje bringt sie ins Städtische Krankenhaus, sie hat wahrscheinlich einen Schock. Ich hielt es für besser, wenn sich eine Kollegin um sie kümmert. Auf Männer scheint sie nicht gut zu sprechen zu sein, was nach ihren Erfahrungen mit dem Stalker ja auch kein Wunder ist.“

Mona nickte.

„Ob Reina Paal wirklich Volker Kiebing ermordet hat? Ihr Alibi ist jetzt jedenfalls geplatzt, denn zumindest eine ihrer Freundinnen hat gelogen. Und ich bin brennend daran interessiert, warum Hanna Koopmann mit ihrem Peiniger geturtelt hat.“

Enno erwiderte nichts, sondern schaute Mona prüfend an.

„Was ist los?“, fragte sie irritiert.

„Mit einer Sache hatte Theresa Kiebing allerdings recht.“

„Und womit, Enno?“

„Du hast wirklich ein dummes Gesicht“, meinte der ostfriesische Kommissar augenzwinkernd.

Mona lachte und knuffte ihn in die Rippen.

Die Ermittler kehrten zur Polizeiwache zurück.

Sie gingen zu Oltbeck und erstatteten ihrem Vorgesetzten Bericht, wobei er sich hauptsächlich für die Geiselnahme interessierte.

„Ihre Einzelaktion hätte aber auch ins Auge gehen können, Frau Sander", gab der Hauptkommissar zu bedenken. Mona hatte sich schon gedacht, dass sich Oltbecks Begeisterung in Grenzen halten würde. Ihm wäre es wahrscheinlich am liebsten gewesen, wenn ein Kriseninterventionsteam vom Festland angerückt wäre. Ihr lag die Bemerkung auf der Zunge, dass sie bei dem nächsten Zugriff die Geiselnehmerin um einen zeitlichen Vorlauf bitten wollte. Aber Mona hielt sich ausnahmsweise zurück. Humor gehörte nach wie vor nicht zu den stärksten Eigenschaften ihres Vorgesetzten.

Enno nahm sie natürlich in Schutz.

„Ohne Frau Sanders beherztes Eingreifen hätten wir jetzt wahrscheinlich eine Tote, Herr Oltbeck. Die Geisel hat provoziert, ein tödlicher Stich stand unmittelbar bevor."

„Schön, schön, nun ist ja alles gut ausgegangen, und das ist die Hauptsache, nicht wahr?", murmelte der Dienststellenleiter und schaute in seine Aufzeichnungen. „Wer hat denn nun diesen Volker Kiebing umgebracht?"

„Das ist noch unklar, wir warten auf das Obduktionsergebnis und die kriminaltechnische Auswertung", gab Mona zurück.

„Ich werde mal versuchen, ob ich in Oldenburg etwas Druck machen kann", sagte Oltbeck und griff zum Telefonhörer.

Die Ermittler verließen sein Büro.

„Und wir verhören Hanna Koopmann noch einmal?", vergewisserte sich Enno.

„Ganz recht. Wir könnten natürlich Janina Fürst und Reina Paal nach ihr fragen, wobei Letztere ja noch unter Schock steht. Ich glaube aber nicht, dass die beiden Frauen uns weiterhelfen können. Oder glaubst du, dass Hanna Koopmann ihnen aufs Butterbrot geschmiert hat, dass sie sich heimlich mit Volker Kiebing trifft?", meinte Mona.

„Das kann ich mir auch nicht vorstellen. Vielleicht ist sie ja wirklich ganz brav in das Ferienhaus zurückgekehrt", erwiderte Enno. Er wollte noch mehr sagen, doch in diesem Moment klingelte das Telefon auf seinem Schreibtisch.

„Moin, Oberkommissar Moll hier", meldete er sich. Das Gespräch dauerte nur kurz. Enno grinste, als er den Hörer auflegte.

„Was erheitert dich so?", forschte Mona.

„Unsere Borkumer denken doch wirklich mit. Der Anruf kam vom Flugplatz, wo sich eine höchst nervöse junge Frau nach dem nächsten Flug nach Emden erkundigt hat."

Mona wandte sich zum Gehen.

„Sehr gut, dann wird die Dame umgehend abgeholt – aber nicht mit dem Flieger, sondern mit einem Polizeifahrzeug!"

Die beiden Ermittler stiegen in ihren Opel Vectra.

Nach der aufregenden Verhaftung genoss Mona die Fahrt Richtung Osten. Enno saß am Lenkrad, sie konnte die Augen schließen und sich den warmen Seewind ins Gesicht blasen lassen. Mona hatte ihr Beifahrerfenster heruntergekurbelt.

„Das fühlt sich fast wie Urlaub an, Enno."

„Dann weißt du ja jetzt, weshalb so viele Menschen gern nach Borkum kommen."

Mona lachte.

„Ja, und manche können die Insel gar nicht schnell genug wieder verlassen – jedenfalls dann, wenn sie etwas ausgefressen haben."

Sie öffnete die Augen und ließ ihren Blick über die Dünenkämme am Horizont schweifen. Wenig später erreichten die Kommissare den Flugplatz. Als sie das Gebäude betraten, wurden sie sofort von Hanna Koopmann entdeckt. Die junge Frau sprang auf. Sie unternahm einen halbherzigen Fluchtversuch.

„Stopp, Frau Koopmann!", rief Mona mit gellender Stimme. „Sie machen alles nur noch schlimmer, kapieren Sie das nicht?"

Die Brünette sah verwirrt aus.

„Ich halte es nicht mehr aus, ich muss einfach von dieser Insel herunter", stieß sie hervor.

„Zuvor werden Sie uns aber noch einige Fragen beantworten müssen. Wussten Sie eigentlich, dass Ihre Freundin Reina als Geisel genommen wurde?"

Die Überraschung der jungen Frau wirkte echt. Mona erzählte ihr mit wenigen Sätzen, was sich am Strand abgespielt hatte. Währenddessen begleiteten die Ermittler Hanna Koopmann zum Auto und ließen sie hinten einsteigen. Mona rutschte neben Hanna, um sie im Auge zu behalten. Enno war wieder der Fahrer.

„Das ist ja unglaublich, Frau Sander! Was geschah mit Reina, geht es ihr gut?"

„Körperlich fehlt ihr nichts. Ist Reina Paal eigentlich wirklich Ihre Freundin? Sie haben ihr doch eine wichtige Sache verschwiegen, oder?"

Hanna Koopmann senkte den Kopf.

„Das verstehen Sie nicht."

„Richtig, Ihr Verhalten ist mir ein Rätsel", stimmte Mona zu. „Deshalb werden wir uns auf der Polizeistation ausführlich darüber unterhalten."

„Mögen Sie eigentlich Sanddornmarmelade?", warf Enno ein. „Sie schmeckt köstlich, vor allem auf frischen Brötchen. Gesund ist sie auch noch. Und ein Vitaminstoß kann Ihnen ganz gewiss nicht schaden. Wir nehmen zusammen ein zweites Frühstück ein, dann sieht die Welt schon wieder anders aus."

Hanna Koopmann schnitt ein Gesicht, als ob sie am Verstand der beiden Ermittler zweifeln würde. Aber als sie dann im Verhörraum saßen und Enno außer dem unvermeidlichen Tee auch noch selbst geschmierte Brötchen mit Sanddornmarmelade hereinbrachte, griff sie doch beherzt zu.

„Erzählen Sie uns von Volker Kiebing", bat Mona.

Hanna Koopmann sah zunächst traurig aus, doch dann lächelte sie scheu.

„Ich muss mich zusammenreißen, um meine Trauer um ihn nicht nach außen dringen zu lassen. Meine Freundinnen glauben ja, dass ich Volker genauso gehasst hätte, wie sie es taten."

„Und das war nicht der Fall?", vergewisserte sich Enno.

„Nein, Herr Moll. Anfangs ja, als ich Volker noch nicht so gut kennengelernt hatte, wie ich es später tat. Gewiss, er hat Fehler gemacht. Und doch hat er mich geliebt, und zwar als Einzige. Reina und Janina und die anderen Weiber waren für ihn nur Spielzeuge, um die Langeweile zu vertreiben. Aber ich lag ihm wirklich am Herzen."

Mona tauschte einen kurzen Blick mit Enno. Wurden die Ermittler gerade verschaukelt oder meinte diese Frau ihre Worte ernst?

„Volker Kiebing hatte aber eine merkwürdige Art, seine Zuneigung zu zeigen. Er hat Sie mit Telefonterror überzogen und Ihre Katze umgebracht. Eine Liebesbekundung stelle ich mir anders vor, ehrlich gesagt", stellte Mona fest.

Das Stalkingopfer lächelte verlegen.

„Zugegeben, seine Annäherungsversuche waren etwas unbeholfen. Ich habe auch eine Zeit lang gebraucht, um ihn wirklich zu durchschauen. Sonst hätte ich Volker wohl kaum bei der Polizei angezeigt. Das habe ich später bereut. Er hat mir jedoch vergeben."

„Na, dann war ja alles in bester Ordnung!", stieß Mona hervor. Diese Bemerkung konnte sie sich nicht verkneifen.

„Haben Sie Volker Kiebing mitgeteilt, dass Sie und Ihre Freundinnen sich auf Borkum aufhalten?", warf Enno ein.

Die Frau nickte.

„Ja, und daraufhin meldete er sich sofort bei mir. Volker hätte ja eigentlich die Haftstrafe antreten sollen. Stattdessen wollte er mich unbedingt sehen. Er hielt es vor Sehnsucht nicht mehr aus. Ist das nicht tragisch? Wenn mein Freund ins Gefängnis gegangen wäre, dann würde er jetzt noch leben", sagte Hanna Koopmann.

Das Stalkingopfer hatte offenbar ein gestörtes Verhältnis zur Wirklichkeit, jedenfalls nach Monas Meinung. Sie hakte nach.

„Was war der wahre Grund für diesen gemeinsamen Urlaub mit Reina und Janina? Und diesmal sagen Sie uns bitte die Wahrheit."

„Ich befürchtete, dass meine sogenannten Freundinnen ein Mordkomplott gegen Volker schmieden wollten. Zum Schein ließ ich mich darauf ein, um meinen Freund frühzeitig warnen zu können. Reina ist ja Inselfriesin, deshalb war es für sie naheliegend, dass wir uns ein Ferienhaus auf Borkum gemietet hatten."

„Über dieses Mordkomplott möchten wir gern mehr erfahren", forderte Mona. „Also hat entweder Reina oder Janina Volker Kiebing ermordet?"

Hanna machte eine hilflos wirkende Handbewegung. „Ich weiß es nicht. Der Gedanke daran ist schlimm für mich. Stellen Sie sich vor, ich hätte wirklich meinen Urlaub mit der Mörderin des Mannes verbracht, von dem ich ein Kind bekomme!"

Es dauerte einen Moment, bis die Kommissarin die Tragweite dieser Worte begriff. Mit allem hatte sie gerechnet, aber nicht damit.

„Sie sind also von Ihrem Stalker schwanger?", fragte Mona fassungslos.

Die junge Frau nickte.

„Ja, und das ist mein einziger Trost. So ist es, als ob ein Stück von Volker in mir weiterleben würde."

Mona verkniff sich einen Kommentar. Stattdessen sagte sie: „Kommen wir noch einmal auf diesen Spaziergang zurück. Sie werden Ihren Freundinnen wohl nicht gesagt haben, mit wem Sie sich treffen."

„Natürlich nicht, Frau Sander. Ich konnte bei den beiden auf kein Verständnis hoffen. Also behauptete ich, allein sein zu wollen, um mir ein wenig den Seewind um die Nase wehen zu lassen. Reina und Janina haben Rücksicht genommen. Ich wusste, dass sie mir nicht nachsteigen würden."

Nicht so, wie dein Verehrer es getan hat, dachte Mona. Sie fragte: „Worum ging es während des Spaziergangs? Sie werden doch miteinander gesprochen haben, oder? Wirkte Volker Kiebing angespannt, fühlte er sich von jemandem bedroht? Wussten Sie, ob jemand hinter ihm her war? Hatte er Feinde auf Borkum?"

„Nein, Volker war völlig unbeschwert.“ Hannas Augen glänzten wieder. „So ging es ihm immer, wenn er in meiner Nähe war. Ich tat ihm einfach gut. Und meine Freundinnen wussten wirklich nicht, dass er auf der Insel war. Er kam nur wegen mir“, schwärmte sie.

„In Ordnung, Reina und Janina haben also kein Alibi für die Tatnacht“, stellte Mona fest. „Und was ist mit Ihnen selbst?“

Hanna Koopmann blinzelte irritiert.

„Wovon sprechen Sie?“

„Liebe kann sehr schnell in Hass umschlagen. Womöglich war Volker gar nicht so begeistert von Ihrer Schwangerschaft. Oder wusste er gar nichts davon? Wollten Sie sich dafür rächen, dass er sich nicht für Sie und das Kind entschieden hat?“

Die Augen der jungen Frau füllten sich mit Tränen.

„Sie sind ja wahnsinnig, Frau Sander! Natürlich wollte Volker ein Kind mit mir haben. Er hätte mich bestimmt auch geheiratet, wenn er aus dem Gefängnis gekommen wäre. Ich habe nur leider kein Alibi für die Mordnacht.“

„Vielleicht ja doch“, entgegnete Mona und berichtete von dem Reizgasangriff auf sich selbst.

„Ich gehe davon aus, dass der Mörder mich attackiert hat. Ich konnte ihm einen Schlag versetzen, der garantiert einen hässlichen blauen Fleck zu Folge hatte“, sagte Mona.

Enno erhob sich.

„Ich lasse die Damen dann mal eben allein.“

Nun hatte auch Hanna Koopmann verstanden, worauf Mona hinauswollte. Sie ließ ihr knielanges Strandkleid fallen und stand gleich darauf in Slip und BH vor Mona.

„Sehen Sie? Ich habe nicht gelogen. An meinem Körper werden Sie kein Hämatom und keine Schramme finden“, rief sie triumphierend.

„Sie kamen mir gleich am Strand verdächtig vor, weil Sie ein T-Shirt trugen“, gestand Mona.

„Das tue ich nur, weil ich am Oberkörper besonders empfindlich auf die Sonne reagiere. Ich finde es natürlich gut, wenn Sie mit Hochdruck nach Volkers Mörder fahnden, und ... oh nein!“

Hanna Koopmanns Gesichtsausdruck zeigte nun pures Entsetzen. Sie schlug sich die flache Hand vor den Mund.

„Was haben Sie? Ist Ihnen noch etwas eingefallen?“, wollte Mona eindringlich wissen.

„Ja, Frau Sander. Reina hat mal eine Bemerkung fallen gelassen, über einen Mann. Er würde schon lange für sie schwärmen. Jeder, der ihr zu nahe käme, müsste Schlimmstes von diesem Verehrer befürchten! Vielleicht hat dieser Typ ja herausgefunden, was Volker getan hat!“

Die Möglichkeit bestand natürlich.

„Kennen Sie auch den Namen dieses Verehrers?“, fragte Mona.

„Warten Sie, es fällt mir gleich ein. Der Mann heißt Eike Braren, glaube ich.“

Kapitel 10

An diesem Abend konnte Mona wirklich einen Drink vertragen. Sie trug ein helles Sommerkleid, als sie am Inselbahnhof auf Lissy wartete.

Meine Beine mögen nicht lang sein, dafür sind sie wenigstens ebenmäßig gebräunt, dachte sie und schaute an sich herunter. Das Abschalten fiel ihr schwer, wie immer. Mona schlenkerte mit ihrer Handtasche und ließ ihren Blick über den grünen Georg-Schütte-Platz gegenüber dem Bahnhofsgebäude schweifen. Einige ältere Urlauber saßen auf Parkbänken und genossen die Abendsonne.

Zocker bewegten sich in Gruppen auf die Spielbank zu, der Mona den Rücken zugedreht hatte. Der letzte Zug Richtung Fähranleger war schon abgefahren, jetzt bevölkerten nur noch die Gäste des Eiscafés den Bahnsteig. Mona zwang sich dazu, nicht dauernd auf die Uhr zu schauen. Es war schon viertel nach acht. Ob Lissy sie versetzt hatte? War sie vielleicht zu forsch gewesen, als sie die Verabredung vorgeschlagen hatte?

Mona neigte dazu, den Menschen ihre Sympathie genauso offen zu zeigen wie ihre Abneigung. Damit konnte nicht jeder umgehen. Sollte sie sich so sehr in Lissy getäuscht haben?

Mit ihrem Fall kam sie auch nicht richtig weiter. Hanna Koopmann hatte nach dem Gespräch auf freien Fuß gesetzt werden müssen. Ihre falschen Angaben waren zu dürftig, um Untersuchungshaft zu rechtfertigen.

Bevor Mona endgültig schlechte Laune bekommen konnte, kam ihre neue Freundin aus Richtung Hindenburgstraße herbeigeeilt. Auch Lissy trug ein Sommerkleid, hatte allerdings zusätzlich noch eine dünne weiße Strickjacke angezogen.

„Hallo Mona! Ich hatte schon Angst, dass du weggegangen sein könntest. Ich bin nach Feierabend daheim kurz eingenickt, echt blöd von mir. Bitte sei mir nicht böse!“

Die Kommissarin lächelte.

„Nein, bin ich nicht. Es ist schön, dich zu sehen. Und nun lass uns aufbrechen, ich habe Durst“, erwiderte Mona.

Die beiden Frauen schlenderten gemeinsam die Bismarckstraße zum Strand hinunter. Die Lokale dieser Kneipenmeile waren an dem schönen Sommerabend bis auf den letzten Platz gefüllt.

„Du wirkst so relaxt, obwohl du heute so tapfer gewesen bist“, schwärmte Lissy.

„Also hat sich die Aktion am Strand schon herumgesprochen“, stellte Mona seufzend fest.

Lissy erwiderte eifrig: „Nicht nur das, du bist auch noch Internet-Star!“

Mit diesen Worten holte sie ihr Smartphone hervor und hielt es Mona unter die Nase. Auf YouTube gab es ein kurzes Video, auf dem zu sehen war, wie die Kommissarin die Geiselnehmerin ansprang und entwaffnete. Es trug den Titel: *Heute auf Borkum: Coole Polizistin stellt durchgeknallte Omi kalt.*

Mona lächelte, als ob sie in eine saure Zitrone gebissen hätte.

„So cool fühlte ich mich in dem Moment gar nicht. Ich fürchtete eher um das Leben der Geisel.“

„Worum ging es denn überhaupt? War diese ältere Frau geisteskrank, hat sie sich die Jüngere rein zufällig gegriffen?“

„Nein, aber ich darf mit dir nicht über laufende Ermittlungen sprechen. Außerdem sollten wir jetzt den Feierabend genießen und uns darüber freuen, dass wir unsere Jobs auf dieser tollen Insel haben.“

„Du hast recht, Mona. Ich muss mich immer noch eingewöhnen, wahrscheinlich kenne ich die schönsten Ecken von Borkum noch gar nicht.“

Die Kommissarin freute sich, dass Lissy ihr nicht länger ein Loch in den Bauch fragte. Sie gingen hinunter zu *Rias Beach Café*, wo sie trotz des großen Andrangs noch zwei freie Liegestühle mit Blick auf die Musikkuppel fanden. Die Frauen bestellten sich Cocktails, die wenig später serviert wurden.

„Dann leidest du also nicht unter Heimweh?“, fragte Mona im Plauderton.

Lissy schüttelte den Kopf. „Nein, dafür ist es einfach zu schön hier. Es kommt mir so vor, als ob wir uns schon lange kennen würden.“

„Ja, das geht mir genauso. Dann gibt es also niemanden, den du zurücklassen musstest?“

„Nur eine unglückliche Liebe, nichts von Polizeiinteresse“, sagte Lissy mit einem traurigen Lächeln auf den Lippen. „Und deshalb möchte ich auch nicht darüber sprechen, einverstanden?“

„Einverstanden“, sagte Mona nickend. „Ich habe meine eigenen Erfahrungen mit idiotischen Männern gemacht.“

Für einen Moment musste sie an Eike Braren denken, den verdächtigen Verehrer von Reina Paal. Ob er wirklich hinter dem Mord steckte? Sie wollte sich den Knaben am nächsten Morgen gemeinsam mit Enno vorknöpfen. Momentan versuchte sie krampfhaft, nicht an ihren Fall zu denken, was ihr trotz des Panoramablicks auf die Nordsee und der netten Gesellschaft nicht gelang.

„Man sieht einem Kerl leider nicht immer sofort an, ob er ein Blödian ist“, behauptete Lissy und folgte zwei muskulösen Blondschöpfen mit den Blicken.
„Gefallen dir die Surfertypen?“, wollte Mona wissen.
„Siehst du denen an, dass sie surfen?“, staunte Lissy.
Mona lachte.
„Ich würde mich gern mit meinem kriminalistischen Scharfsinn brüsten, aber die beiden Sahnestücke habe ich zufällig wirklich am Strand beim Windsurfen gesehen.“
„Schade, ich dachte schon, du wärst so eine Art weiblicher Sherlock Holmes.“
Mona winkte der Kellnerin.
„Ich werde dich jetzt so lange abfüllen, bis du nicht mehr über Kriminalität redest!“, drohte sie an.
„Entschuldige, ich habe eben noch nie zuvor eine Polizistin getroffen. Es ist, als würde ich dich schon ewig kennen, Mona. Ich glaube, mit dir kann man über alles reden“, gestand Lissy.
Mona war gerührt. Es fiel ihr normalerweise nicht leicht, sich anderen Menschen zu öffnen. Sie war ebenfalls von Männern enttäuscht worden, genau wie es Lissy offenbar geschehen war. Vielleicht verstanden die beiden Frauen sich deshalb so gut miteinander.
An diesem schönen Abend konnte Mona jedenfalls ihren kniffligen Kriminalfall für einige Stunden vergessen. Sie und Lissy hatten einen guten Draht zueinander, konnten über dieselben Dinge lachen. Die Chemie zwischen ihnen stimmte einfach.
Gegen Mitternacht verabschiedeten sie sich mit einer herzlichen Umarmung voneinander.
„So einen Mädelsabend sollten wir öfter machen“, schlug Lissy mit schwerer Zunge vor.
„Von mir aus gern“, stimmte Mona zu, die ebenfalls nicht mehr nüchtern war. „Aber morgen joggen wir wieder, sonst setzen die Cocktail-Kalorien zu sehr an.“
Die Kommissarin zog es vor, ihr Fahrrad zur Walfangerstrate zu schieben. Es wäre doch zu peinlich, wenn sie von ihren eigenen Kollegen beim Slalomfahren erwischt werden würde.

***

Mona hatte nur leichte Kopfschmerzen, als sie am nächsten Morgen in der Dienststelle eintrudelte. Ihre Stimmung war immer noch gut, was Enno sofort auffiel.

„Moin, Mona. Du strahlst ja so. Hattest du gestern einen schönen Feierabend?“

„Ja, aber nicht so, wie du es dir denkst“, erwiderte sie blinzelnd und goss sich eine Tasse Tee ein.

„Woher willst du wissen, was in meinem Kopf vorgeht?“

„Weil ihr Männer alle gleich seid“, neckte Mona ihn. „Nein, ernsthaft: Ich habe mich mit einer Frau angefreundet, die auch erst vor Kurzem nach Borkum gezogen ist und hierbleiben will. Sie arbeitet ganz in der Nähe, in der Drogerie.“

„Das freut mich für dich, eine gute Freundschaft ist sehr viel wert. Übrigens sind die Obduktionsergebnisse aus Oldenburg eingetroffen. Es scheint etwas gebracht zu haben, dass Oltbeck Dampf gemacht hat.“

„Und das sagst du mir erst jetzt?“, erwiderte Mona und ging zu Enno hinüber, um ihm beim Lesen über die Schulter zu linsen.

„Ich dachte mir, du willst erst mal in Ruhe einen Tee trinken“, verteidigte er sich.

„Gewöhn dir das Denken ab, lass uns lieber die Fakten checken. – Gut, Tod durch Strangulation ist keine weltbewegende Neuigkeit. Offenbar konnte Fremd-DNA unter den Fingernägeln sichergestellt werden.“

„Und zwar von einer weiblichen Person“, ergänzte Enno, während er die Zeilen überflog. „Wenn wir eine Verdächtige haben, können wir von ihr einen genetischen Fingerabdruck verlangen und einen Abgleich vornehmen lassen.“

„Für mich ist Hanna Koopmann momentan die Hauptverdächtige“, stellte Mona klar. „Ihre Aussagen würde ich mit Vorsicht genießen. Noch gibt es keinen Beweis dafür, dass sie wirklich von dem Stalker schwanger ist. Zwischen den beiden könnte so eine Art Hassliebe geherrscht haben. Das wäre auf jeden Fall ein überzeugendes Mordmotiv.“

„Oder sie leidet am Stockholm-Syndrom“, mutmaßte Enno.

Mona legte die Stirn in Falten.

„Damit ist so eine Art Sympathie des Opfers für den Täter gemeint, oder?“

Enno nickte.

„Der Begriff entstand, nachdem in der schwedischen Hauptstadt Stockholm Straftäter Geiseln genommen hatten. Nach ihrer Befreiung setzten sich die Geiseln für ihre Peiniger ein und besuchten sie sogar teilweise im Gefängnis. Frag mich nicht, was in den Köpfen der Leute vorgeht, ich bin kein Psychologe.“

„Tatsache ist, dass Hanna Koopmann für die Tatzeit kein Alibi hat. Die Frage lautet, ob sie kräftig genug ist, um einen Mann wie Volker

Kiebing strangulieren zu können. Er war immerhin fast einen Kopf größer als sie“, stellte Mona klar.

„Bei einer Strangulation kommt es nicht auf die körperliche Stärke an. Du musst die Schlinge nur konsequent zusammendrehen, dann hat das Opfer keine Chance. Übrigens solltest du den Bericht zu Ende lesen. Da ist von Barbiturat-Resten im Blut die Rede. Der Stalker hatte vermutlich ein Schlafmittel intus, das er kurz zuvor eingenommen hat. Er war also schon benommen, als die Schlinge um seinen Hals gelegt wurde. Ich gehe davon aus, dass die Mörderin hinter ihm stand, als sie ihn umgebracht hat. Kiebing konnte wild um sich schlagen, ohne sie zu treffen. Und je enger sie die Schlinge um seinen Hals zuzog, desto schwächer wurde sein Widerstand. Er konnte auch nicht schreien, weil er dafür nicht mehr genügend Luft bekam. Der Mord wird nicht länger als ein paar Minuten gedauert haben“, sagte Enno.

Mona fand die Vorstellung gruselig, nicht mehr atmen zu können und ein schmales Seil am Hals zu spüren.

„Wir bitten Hanna Koopmann um eine freiwillige DNA-Probe“, schlug sie vor. „Falls sie sich weigert, müssten wir problemlos einen Gerichtsbeschluss erwirken können. Aber jetzt würde ich gern Reina Paal im Krankenhaus besuchen. Ich möchte ihre Version von der Geiselnahme hören, bevor wir uns Theresa Kiebing vorknöpfen. Außerdem könnte ich mir vorstellen, dass der Professor wieder seinen Hausanwalt anheuert, um seine Frau zu verteidigen.“

Enno schmunzelte.

„Wie hast du das nur erraten, Mona? Professor Kiebing hat wirklich vorhin angerufen. Sein Rechtsbeistand ist schon wieder auf dem Weg nach Borkum. Bevor Dr. Bredstedt hier eingetroffen ist, wird Theresa Kiebing sowieso keinen Mucks von sich geben.“

„Wie schade, dass wir Hochsaison haben, sonst könnte sich der Herr Anwalt gleich ein Hotelzimmer auf der Insel nehmen“, witzelte Mona. „Ich bin gespannt, wie es Reina Paal geht.“

Die Ermittler meldeten sich ab und fuhren zum Städtischen Krankenhaus in der Gartenstraße. Als sie dort eintrafen, hörten sie schon von Weitem ein lautstarkes Wortgefecht.

„Ich will jetzt sofort zu Frau Paal – oder es passiert ein Unglück!“, rief ein Mann. Er war zunächst nur von hinten zu sehen. Der Randalierer stand mitten auf dem Korridor und wurde von einem Arzt und zwei Krankenschwestern am Betreten eines Zimmers gehindert. Das passte ihm offenbar überhaupt nicht.

„Nun halt mal den Ball flach, Eike“, brummte Enno in Zimmerlautstärke. „Reina braucht Ruhe, da kannst du hier doch keinen Tumult veranstalten.“

Wieder einmal bewunderte Mona die Fähigkeit ihres Kollegen, Menschen allein an ihrer Stimme oder ihrer Statur zu erkennen. Der Mann drehte sich zu den Ermittlern um.

Mona schätzte ihn auf Mitte bis Ende dreißig. Er trug eine zerschlissene Jeans und ein verwaschenes Polohemd. Trotzdem konnte es sich bei ihm nicht um einen armen Schlucker handeln, denn an seinem Handgelenk prangte eine Edelarmbanduhr, die mindestens 10.000 Euro gekostet haben musste. Eike trug die seltsame Mischung aus Understatement und Protzerei zur Schau, die man ansonsten eher auf Sylt als auf Borkum antrifft.

Der Mann war ebenmäßig gebräunt und wirkte auf eine raue Art attraktiv. Er kam Mona bekannt vor, aber das traf auf viele ganzjährige Bewohner der Insel zu.

„Moin, Enno“, erwiderte Eike. „Was passieren hier denn für irre Sachen? Kaum bin ich mal auf dem Festland, schon fällt Reina einem Verbrechen zum Opfer. Ist das die Art, wie ihr hier auf Borkum für Ordnung und Sicherheit sorgt?“

Er warf den Kommissaren einen vorwurfsvollen Blick zu. Davon ließ sich Enno nicht aus der Ruhe bringen.

„Darf ich vorstellen, Eike? Das ist meine Kollegin, Kommissarin Mona Sander. – Mona, Eike Braren ist ein renommierter Goldschmied, der den Familienbetrieb auf Borkum weiterführt.“

Und außerdem ein Verdächtiger, dem Hanna Koopmann den Mord an Kiebing zutraut, dachte Mona. Eike Braren wandte sich nun direkt an sie.

„Ich kenne dich, du hast Reina vor dieser irren Alten gerettet. Dafür sollte ich dir dankbar sein. Trotzdem, die Polizei hätte die Geiselnahme verhindern müssen“, schimpfte Eike Braren.

Also wusste Eike ebenfalls durch die sozialen Medien von der geglückten Beendigung der Geiselnahme. Mona hatte keine Probleme damit, von einem Insulaner geduzt zu werden. Zumal dann nicht, wenn Enno diesen Mann offenbar schon länger persönlich kannte. Doch wenn jemand ihre Arbeit und die ihrer Kollegen schlechtmachte, konnte sie grantig werden.

„Wir sind Polizisten und keine Hellseher“, stellte sie klar. „Als ich das letzte Mal mit der Tatverdächtigen sprach, wirkte sie niedergeschlagen und nicht aggressiv. Die Frau wird umgehend von uns vernommen.“

„Und Reina ist ja eigentlich auch nichts passiert“, fügte Enno beruhigend hinzu.
„Weshalb liegt sie dann im Krankenhaus? Und warum lässt man mich nicht zu ihr?“, regte sich der Mann erneut auf.
„Weil Sie kein Verwandter sind, das habe ich Ihnen schon einmal erklärt“, sagte der Arzt. „Die Patientin braucht Ruhe.“
Eike Braren nickte mürrisch.
„Nachdem ich das Video gesehen hatte, musste ich Reina sofort eine Textnachricht schreiben. Ich war gestern in Oldenburg, um eine Ausstellung mit meinen Goldschmiedearbeiten vorzubereiten. Zum Glück antwortete Reina mir bald. Es ginge ihr angeblich gut, behauptete sie. Ich weiß, wie tapfer sie ist, und wollte mich selbst davon überzeugen. Also kehrte ich heute Morgen sofort nach Borkum zurück“, erklärte er.
„Bist du Reinas Freund?“, fragte Mona direkt.
Eike Braren seufzte.
„Ich wünschte, das wäre so. Ich würde sie auf Händen tragen und ihr jeden Wunsch von den Augen ablesen. Reina ist eine stolze Frau, die sich nicht leicht erobern lässt. Sie kennt meine Gefühle für sie. Vielleicht wird eines Tages doch noch ein Paar aus uns. Ich gebe die Hoffnung jedenfalls nicht auf“, sagte der Goldschmied. Seine aggressive Stimmung war verflogen. Mona bemerkte, dass er geradezu ins Schwärmen geriet, sobald es um Reina Paal ging. Seine Augen leuchteten.
Enno legte seine große Hand auf Eikes Schulter.
„Ich finde es gut, dass du dich so um Reina sorgst. Wir kümmern uns um sie, das verspreche ich dir. Wir haben die Geiselnehmerin verhaftet, und Reinas Stalker wurde zu einer Gefängnisstrafe verurteilt. Gib es zu, so schlecht arbeitet die Polizei nicht.“
„Das stimmt schon“, murrte der Goldschmied. „Trotzdem konnte sich Volker Kiebing hier auf Borkum amüsieren, bevor ihn sein Schicksal ereilt hat. Na ja, es gibt eben doch noch so etwas wie Gerechtigkeit.“
Mit dieser Bemerkung hatte sich Eike Braren auf Monas Verdächtigenliste ganz nach oben katapultiert. Doch ein Krankenhausflur war kein passender Ort für ein ausführliches Verhör.
„Geh jetzt nach Hause oder zur Arbeit“, schlug Enno vor.
Eike Braren war für den Moment besänftigt.
„Also gut, ich verschwinde. Aber ich werde genau darauf achten, ob ihr Reina ordentlich beschützt.“
Als der Goldschmied das Gebäude verlassen hatte, nickte der Arzt den Ermittlern zu.

„Vielen Dank für die Unterstützung. Wir wollten ohnehin gerade die Polizei rufen, weil dieser Mensch sich hier wie ein Berserker aufgeführt hat."

„Wenn es um Reina geht, kennt Eike kein Pardon", stellte Enno fest. „Dürfen wir kurz mit Ihrer Patientin sprechen?"

Der Mediziner seufzte.

„Eigentlich braucht Frau Paal absolute Ruhe. Versprechen Sie mir, dass Sie nach fünf Minuten wieder gehen."

Darauf konnten Mona und Enno sich einlassen. Sie betraten das Krankenzimmer. Selbst eine medizinische Laiin wie Mona konnte erkennen, dass die junge Frau unter dem Einfluss von Beruhigungsmitteln stand. Sie lächelte scheu, als sie die Ermittler erblickte. Ihre Augenlider waren nur halb geöffnet.

„Ich habe gerade Eikes Stimme gehört. Konnten Sie ihn loswerden? Er ist sehr hartnäckig, wenn es um mich geht."

Die Ermittler nahmen links und rechts von dem Krankenbett auf Besucherstühlen Platz. Reina Paal hatte das Zimmer für sich allein.

„Ja, Eike Braren ist weggegangen. Uns interessiert vor allem, wie Sie sich fühlen", sagte Mona.

„Ich konnte kaum klar denken, nachdem Sie die Alte entwaffnet hatten. Ich habe mich noch gar nicht richtig bei Ihnen bedankt, Frau Sander. Ohne Sie würde ich nicht mehr leben. Wie kann ich das nur jemals wieder gutmachen?"

„Indem Sie uns die Wahrheit sagen", erwiderte Mona schnell. „Ihr Alibi für die Mordnacht ist nämlich geplatzt."

Reina Paal zog die Augenbrauen zusammen.

„Wie meinen Sie das?"

Mona berichtete von Hanna Koopmanns geänderter Aussage. Reina Paal fiel aus allen Wolken. Mona hielt es für unwahrscheinlich, dass sie Überraschung und Enttäuschung so überzeugend schauspielern konnte.

„Hanna ist schwanger von diesem Mistkerl? Das soll sie mir ins Gesicht sagen!", ereiferte sich Reina Paal.

„Spätestens in neun Monaten wird die Wahrheit ans Licht kommen", stellte Enno trocken fest. „Und mit einem Vaterschaftstest lässt sich auch nach Volker Kiebings Tod nachweisen, ob er das Kind gezeugt hat."

„Also hat er Hanna auch noch vergewaltigt", grollte Reina Paal.

Mona schüttelte den Kopf.

„Laut ihren eigenen Angaben hat sie sich freiwillig mit ihm eingelassen. Sie war angeblich verliebt in ihn. Daher noch einmal unsere Frage: Was haben Sie wirklich während der Mordnacht getan?"

„Ich war den ganzen Tag lang am Strand gewesen, und die Nordseeluft macht ja bekanntlich müde. Außerdem hatte ich auch noch Wein getrunken. Gegen zweiundzwanzig Uhr ging ich allein ins Bett und habe geschlafen wie ein Murmeltier. Aufgestanden bin ich erst am nächsten Morgen um acht Uhr. Das ist ein miserables Alibi, aber es entspricht der Wahrheit", behauptete Reina Paal.

„Und was ist mit Ihrer Freundin Janina?"

„Was Janina getan hat, weiß ich nicht. Wir haben gemeinsam im TV einen Film angeschaut, um zweiundzwanzig Uhr zogen wir uns auf unsere Zimmer zurück. Ob Janina das Haus noch einmal verlassen hat, kann ich nicht sagen."

„Ihnen war also wirklich nicht bekannt, dass sich Hanna mit Kiebing getroffen hat?", hakte Mona nach.

„Nein, ganz gewiss nicht! Janina und ich würden sie gestoppt haben, wenn wir davon gewusst hätten. Das müssen Sie mir glauben."

„Ihr eigenes Alibi ist nun aber auch geplatzt", stellte Mona trocken fest. Allerdings hatte sie Reina zuvor schon im Bikini am Strand gesehen. Der Körper der Inselfriesin wies kein Hämatom auf. Natürlich war es auch vorstellbar, dass es sich bei dem Mörder und dem Einbrecher nicht um ein und dieselbe Person handelte. Diese Variante erschien Mona aber äußerst unwahrscheinlich.

Reina Paal zuckte mit den Schultern.

„Es stimmt, rein theoretisch hätte ich mich unbemerkt aus dem Ferienhaus schleichen und den Mistkerl umbringen können. In meiner Fantasie habe ich Kiebing schon x-mal abgemurkst, aber das ist ja nicht strafbar. Ich muss einfach darauf vertrauen, dass Sie den wahren Mörder finden und ich ihm persönlich gratulieren kann."

Kapitel 11

Der Arzt kam herein und warf den Ermittlern einen warnenden Blick zu. Daraufhin verabschiedeten sich Mona und Enno. Auf dem Weg nach draußen erfuhren sie, dass Reina Paal wahrscheinlich noch am selben Tag aus der Klinik entlassen werden würde.

„Diese Frau tut nichts, um unverdächtig zu erscheinen", stellte Mona fest. „Das ist natürlich noch kein Beweis für ihre Unschuld. Die Frauen haben sich offensichtlich alle gegenseitig ein falsches Alibi gegeben, weil sie einander die Tat zugetraut hätten."

Enno nickte.

„Auch bei Janina Fürst wissen wir nun nicht mehr, was sie wirklich zur Tatzeit getrieben hat. Wir sollten ihr noch einmal auf den Zahn fühlen."

„Ja, das machen wir jetzt. Ich frage mich sowieso, warum sie nicht im Krankenhaus bei Reina war."

„Vielleicht, weil die Freundschaft doch nicht so innig ist, wie die drei Frauen vorgaben", mutmaßte Enno.

Sie fuhren zu dem Ferienhaus, das die Stalkingopfer gemietet hatten.

„Hier stimmt etwas nicht", stellte Mona fest. Es war für ihren Geschmack zu still. Natürlich konnte sich Janina am Strand aufhalten. Aber würde sie das wirklich tun, wenn die eine Freundin mit einem Schock im Krankenhaus lag und die andere Freundin sie offensichtlich angelogen hatte? Mona konnte sich jedenfalls nicht vorstellen, dass Janina und Hanna nach diesen Ereignissen noch Busenfreundinnen waren.

Enno klopfte an die Tür, doch es öffnete niemand. Die Ruhe gefiel Mona nicht. Sie umrundete das Haus und linste durch die Fenster.

Da sah sie einen leblosen Körper auf dem Boden liegen.

„Verflixt, Enno! Da drin braucht jemand dringend unsere Hilfe!", rief sie.

Die beiden Ermittler rannten zur Hinterfront. Die Tür zum Garten war nicht verschlossen. Die bewusstlose Frau war Hanna Koopmann. Mona drehte sie in die stabile Seitenlage und tastete nach ihrer Halsschlagader.

„Hanna hat eine Platzwunde am Hinterkopf, aber sie lebt. Ruf einen Rettungswagen!"

Enno telefonierte bereits. Das Zimmer, in dem die Ohnmächtige lag, war durchwühlt worden. Mona überlegte, was hier geschehen sein konnte. Sie durchsuchte schnell die übrigen Räume, aber Janina war verschwunden.

„Also, die beiden Frauen gerieten aus irgendeinem Grund in Streit. Janina schlägt Hanna nieder und haut ab. Was würdest du an ihrer Stelle tun, Enno?“, fragte Mona.

„Ich würde die Insel so schnell wie möglich verlassen“, erwiderte der ostfriesische Kommissar.

„Richtig, und die nächste Fähre läuft in ... zwanzig Minuten aus!“, rief Mona, während sie auf die Uhr blickte.

„Schnapp dir die Verdächtige, ich bleibe bei der Verletzten“, schlug Enno vor. Das ließ sich Mona nicht zweimal sagen. Sie rannte hinaus und startete den Opel Vectra. Außerdem nahm sie Funkkontakt mit ihren Kollegen auf. Womöglich befand sich eine Streife näher am Fährhafen als sie selbst. Aber das war nicht der Fall. Außerdem wusste Mona, wie Janina Fürst aussah.

Die Kommissarin trat das Gaspedal durch und raste über die Reedestraße auf den Hafen zu. Ob Hanna ihre Freundin als Mörderin entlarvt hatte? Oder war Janina einfach nur enttäuscht gewesen, weil sich Hanna mit dem Stalker eingelassen hatte? Wusste sie überhaupt davon oder hatte Hanna ihr Geheimnis nur im Polizeiverhör preisgegeben?

Wilde Spekulationen nutzten nichts.

Mona sah bereits von Weitem, dass die große Autofähre der AG-Ems-Reederei bereits in das Hafenbecken eingelaufen war. Hinter dem Haltepunkt der Inselbahn drängten sich die abreisenden Touristen mit ihren Rollkoffern und Reisetaschen, denn jeder von ihnen wollte am liebsten als Erster an Bord gelangen.

Noch waren die Stahltüren des Schiffs nicht geöffnet worden. Mona erkannte ihre Chance. Sie hatte wohlweislich auf die Einsatzsirene verzichtet, auf der Reedestraße war ohnehin nicht viel Autoverkehr gewesen. Die Kommissarin sprang aus dem Wagen, den sie so nah wie möglich an die wartende Menschenmenge herangefahren hatte.

Dann begann sie, sich mit vollem Körpereinsatz zwischen den Leuten hindurchzudrängeln. Dabei verfluchte sie innerlich ihre geringe Körpergröße. Viele Reisende überragten sie mindestens um Haupteslänge. Schätzungsweise warteten mindestens dreihundert Menschen auf die Emden-Fähre. Mona fing sich viele unfreundliche Bemerkungen ein.

„He, nicht schubsen!“

„Unverschämtheit!“

„Nicht so stürmisch, junge Frau!“

Die Kommissarin stand unter einem enormen Stress. Janina Fürst war gefährlich, sie hatte ihre Freundin offenbar niedergeschlagen. Es kam jetzt darauf an, sie so schnell wie möglich kaltzustellen. Mona ließ ihre Blicke schweifen, konnte aber Janina nirgendwo erblicken.

Sie entschloss sich zur Flucht nach vorn.

„Dies ist ein Polizeieinsatz!“, rief sie mit gellender Stimme. „Frau Fürst, geben Sie auf! Wenn Sie an Bord gelangen sollten, dann wird die Fähre sowieso nicht auslaufen. Sie können nicht entkommen!“

Monas Worte blieben nicht ohne Folgen. Sie hörte, wie vor ihr ein Tumult entstand. Offenbar wollte die Flüchtende entkommen, was sich inmitten der Menschenmenge schwierig gestaltete. Sie kam auch nicht schneller voran als Mona.

Die Kommissarin arbeitete sich schwitzend weiter vor, stolperte über abgestellte Reisetaschen und wurde von unfreundlichen Leuten abgedrängt. Dann erblickte sie plötzlich ihre Widersacherin.

Janina Fürst flankte über das metallene Absperrgitter.

Dahinter stand niemand mehr, also konnte sie jetzt ungehindert loslaufen. Und sie rannte auf den Opel Vectra zu!

Monas Atem stockte. Siedend heiß fiel ihr ein, dass sie den Zündschlüssel stecken gelassen hatte. Natürlich würde es der Verdächtigen längerfristig nichts nützen, ein Polizeiauto zu klauen. Borkum war nun mal eine Insel, von der man nicht so einfach entkommen konnte. Trotzdem wollte Mona sich selbst die Schande ersparen, sich das Einsatzfahrzeug stehlen zu lassen. Sie konnte sich lebhaft vorstellen, was für Sprüche sie sich daraufhin insbesondere von Grietje würde anhören müssen.

Doch vor allem musste verhindert werden, dass Janina Fürst weiteres Unheil anrichtete.

Ob sie die Mörderin war?

Diese Gedanken spukten Mona durch den Kopf, während sie ebenfalls das Absperrgitter erreichte und hindurchkrabbelte. Janina hatte sich inzwischen auf den Fahrersitz des Opel Vectra geworfen und setzte zurück, um zu wenden.

Da gab Mona einen Warnschuss in die Luft ab!

Unter den Wartenden brach Panik aus, was die Kommissarin nur am Rand mitbekam. Sie hatte sich nämlich vom Fähranleger abgewandt und ging mit der Waffe im Anschlag langsam auf das Auto zu.

Janina hatte sich erschrocken und den Motor abgewürgt, was insgeheim Monas Hoffnung gewesen war. Die Kommissarin zielte weiterhin auf die Frau hinter dem Lenkrad.

„Sie steigen jetzt sofort aus, Frau Fürst! Und halten Sie die Hände dort, wo ich sie sehen kann!“

Janina war totenbleich geworden. Sie stieß die Fahrertür auf, angeschnallt war sie nicht. Mona packte sie am Kragen und drückte ihren Oberkörper auf die Motorhaube.

„Beine auseinander!“, kommandierte Mona.

„Au, Sie tun mir weh!“, jammerte Janina.

„Wenn ich eine Mordverdächtige verhafte, gehe ich kein Risiko ein“, erklärte die Kommissarin mit zusammengebissenen Zähnen. Sie hielt ihre Pistole immer noch auf Janina gerichtet, während sie mit der freien Hand die Frau durchsuchte. Mona zog einen Samtbeutel mit teuer aussehendem Schmuck sowie 2.000 Euro in bar aus Janinas Jacke.

„Ich soll eine Mörderin sein? Sie spinnen doch!“, protestierte die Verhaftete.

„Ihre Freundin Hanna hätten Sie jedenfalls beinahe totgeschlagen, und über Volker Kiebing reden wir auch noch“, knurrte Mona. Dann legte sie Janina Fürst Handschellen an und belehrte sie über ihre Rechte.

Danach durfte die junge Frau wieder im Auto Platz nehmen, diesmal allerdings mit gefesselten Händen auf dem Rücksitz.

Mona gab über Funk durch, dass sie mit einer verhafteten Person zur Polizeiwache zurückkehren würde. Sie startete den Motor. Das Adrenalin jagte immer noch durch Monas Körper, doch allmählich beruhigte sie sich. Es war ein gutes Gefühl, die Verhaftung unblutig über die Bühne gebracht zu haben. Wenn Janina Fürst mitten unter den Wartenden eine Waffe bei sich gehabt hätte, wäre die Sache vielleicht nicht so glimpflich zu Ende gegangen.

„Ich habe mit dem Tod des Stalkers nichts zu tun, Frau Kommissarin. Sie sollten sich lieber Hanna zur Brust nehmen. Dieses Biest hat uns eiskalt belogen und sich diesem widerwärtigen Kerl an den Hals geworfen. Und als er nichts mehr von ihr wissen wollte, musste er sterben“, tönte es vom Rücksitz aus.

„Eine nette Theorie. Darüber können wir uns in aller Ruhe auf dem Revier unterhalten“, erwiderte Mona. Allerdings musste sie sich eingestehen, dass Hanna Koopmann wirklich noch auf ihrer Verdächtigenliste stand. Dabei glaubte Mona durchaus, dass das Stalkingopfer in Volker Kiebing verknallt gewesen war. Aber sie wusste ebenfalls, dass Liebe im Handumdrehen in Hass umschlagen konnte. Womöglich hatte der Stalker nichts von dem Kind wissen wollen, das er gezeugt hatte? Mona konnte sich gut vorstellen, dass eine Frau daraufhin die Nerven verlor.

Als sie in der Strandstraße angekommen waren, übergab die Kommissarin zunächst ihre Gefangene an Hinderk Ekhoff. Janina Fürst musste routinemäßig erkennungsdienstlich behandelt werden. Monas

Magen knurrte laut, sie hatte heute noch nicht richtig gefrühstückt. Aber bevor sie sich etwas Essbares besorgte, rief Enno sie an.

„Moin, Mona. Ich bin noch im Städtischen Krankenhaus. Hannas Zustand ist nicht lebensbedrohlich, aber sie hat eine Gehirnerschütterung erlitten und noch nicht das Bewusstsein wiedererlangt. Ich habe gerade mit dem Arzt gesprochen. Er will sich melden, sobald sie vernehmungsfähig ist. Wie läuft es bei dir?“

Mona erzählte mit mühsam unterdrücktem Stolz von der geglückten Verhaftung im Alleingang.

„Du brauchst mich bald gar nicht mehr“, sagte Enno schmunzelnd.

„Natürlich brauche ich dich, du Spinner. Wenn Hanna noch ohnmächtig ist, dann könntest du doch eigentlich jetzt zur Dienststelle kommen, oder? Dann verhören wir Janina gemeinsam.“

„Das klingt nach einem guten Vorschlag, Mona.“

„Ich will mir nur eben schnell ein Brötchen holen, soll ich dir was mitbringen?“

Enno wollte drei belegte Brötchen und ein Mandelhörnchen, was die Kommissarin nicht verwunderte. Irgendwoher musste seine Leibesfülle ja kommen. Sie verließ die Polizeiwache und ging zum Supermarkt hinüber. Als sie mit der Brötchentüte in der Hand zurückkehrte, erblickte sie Lissy. Mona winkte lächelnd ihrer neuen Freundin zu.

Lissy kam strahlend zu ihr hinüber. Die Frauen umarmten einander.

„Moin, musst du gar nicht arbeiten, Mona?“

„Doch, ich habe einen richtig guten Tag. Es läuft wie am Schnürchen.“

„Dann kommst du also mit deinem aktuellen Fall voran?“, hakte Lissy nach.

„Du weißt, dass ich dir nichts davon erzählen darf.“

„Ich habe ja auch nur so allgemein gefragt, sperr mich nicht gleich ein.“

„Das hatte ich nicht vor, Lissy. Und warum spazierst du um diese Zeit über die Strandstraße?“

„Ich bin auf dem Weg zur Drogerie, heute kann ich später anfangen. Sonst sammeln sich zu viele Überstunden an“, erklärte Lissy. Mona hörte ihr zu, als sie im Augenwinkel eine bekannte Gestalt entdeckte.

Professor Kiebing schickte sich gerade dazu an, aus Richtung Bahnhof die Kleinbahngleise zu überqueren. Aber als er Mona mit ihrer Freundin mitten auf der Strandstraße stehen sah, machte er auf dem Absatz kehrt und wandte sich nun dem Leuchtturm zu. Mit schnellen Schritten entfernte er sich.

Mona hatte nichts dagegen, dem Professor so selten wie möglich zu begegnen. Sie mochte ihn nach wie vor nicht. Falls er durch die Aussage seiner Frau belastet werden würde, konnten Mona und Enno ihn sich immer noch vornehmen. Lissy hatte bemerkt, dass Mona für den Moment abgelenkt gewesen war.

„Was ist mit dir? Hast du ein bekanntes Gesicht gesehen?"

„Nicht weiter wichtig", erwiderte Mona lächelnd. „Hast du Lust, mich heute Abend wieder zu treffen? Aber diesmal nicht zum Trinken, sondern zum Joggen."

„Abgemacht. Dann treffen wir uns wieder um zwanzig Uhr am Bahnhof, okay? Jetzt muss ich aber los, sonst komme ich zu spät in die Drogerie."

Die beiden umarmten sich noch einmal zum Abschied, dann eilte Lissy davon.

„Du strahlst ja so", stellte Enno fest, als er wenig später Mona in der Dienststelle traf. „Die gelungene Verhaftung, von der du mir gerade erzählt hast, muss deine Laune ja mächtig verbessert haben."

„Das stimmt, aber ich freue mich hauptsächlich über die Verabredung mit meiner neuen Freundin Lissy. Ich habe dir doch neulich schon von ihr erzählt. Wir wollen heute Abend joggen gehen."

„Ihr trefft euch schon wieder? Offenbar versteht ihr euch sehr gut miteinander. Dann bin ich wohl abgemeldet", meinte Enno schelmisch grinsend.

Mona schüttelte den Kopf.

„Unsinn, das wird niemals passieren. Doch es gibt einfach Dinge, die man von Frau zu Frau besser besprechen kann. Außerdem ist Lissy locker drauf, wir haben uns auf Anhieb gut verstanden. Sie ist noch nicht lange auf Borkum und sucht Anschluss, glaube ich. Und das Beste: Sie wird ganzjährig auf der Insel bleiben und nicht nach der Hauptsaison wieder abdampfen."

„Das klingt ja wirklich gut, ich freue mich für dich."

Die Ermittler tranken Tee und aßen ihre Brötchen, während Mona von Janinas misslungener Flucht berichtete. Sie legte den Schmuck und das Bargeld auf den Tisch.

„Hier, schau mal, was die Frau bei sich hatte."

Enno nickte.

„Janina muss das ganze Haus durchwühlt haben. Schätzungsweise gehören der Schmuck und das Geld entweder Hanna oder Reina oder beiden. Es sieht ganz danach aus, dass die Verdächtige ihre Freundinnen abgezogen hat und dann türmen wollte."

„Es wird sich leicht feststellen lassen, wem das Geschmeide und die Euros wirklich gehören. Ich bin keine Expertin, aber die Ketten und Broschen sowie die Ohrringe dürften zusammen mindestens 5.000 Euro wert sein. Der Beutezug hätte sich also richtig gelohnt, wenn Janinas Flucht gelungen wäre."

Hinderk Ekhoff kam herein.

„Die Verdächtige wurde erkennungsdienstlich behandelt. Ich habe sie in den Verhörraum gebracht."

„Danke dir, Hinderk", gab Mona zurück. Nach ihrer Erfahrung wirkte allein schon das Abnehmen von Fingerabdrücken sowie das Fotografieren auf Ersttäter extrem einschüchternd. Viele von ihnen wurden sich erst des Ernstes ihrer Lage bewusst, wenn sie sich auf einer Polizeistation befanden und einer Straftat verdächtigt wurden.

Janina Fürst machte auf Mona jedenfalls nicht den Eindruck einer verstockten und abgebrühten Kriminellen. Gewiss, sie hatte einen Fluchtversuch unternommen. Aber die Kommissarin musste ihr zugutehalten, dass sie sich bei der Verhaftung nicht gewehrt hatte und auch später auf dem Revier sehr kooperativ gewesen war. Das hatte zumindest Hinderk berichtet.

Nun saß Janina wie ein Häufchen Elend auf ihrem Stuhl, die Hände im Schoß gefaltet wie eine Musterschülerin. Sie trug keine Handschellen mehr, weil sie sich auf der Dienststelle bisher vernünftig aufgeführt hatte. Sie war unter der Urlaubsbräune bleich, ihre Augen wiesen dunkle Ringe auf. Das hatte Mona zuvor nicht bemerkt.

„Dann wollen wir mal, Frau Fürst", sagte die Kommissarin zum Einstieg. „Oberkommissar Moll kennen Sie ja bereits. Möchten Sie einen Rechtsvertreter hinzuziehen?"

„Nein, ich will das hier so schnell wie möglich hinter mich bringen", stieß sie hervor. „Ich bin kein schlechter Mensch, wirklich nicht."

„Erzählen Sie uns doch einfach, was vorgefallen ist", schlug Enno vor. Janina nickte und sammelte sich innerlich, dann begann sie mit ihrem Bericht.

„Ich besuchte Reina im Krankenhaus und erfuhr von ihr, dass Hanna uns verraten hatte. Das machte mich unheimlich sauer, ehrlich gesagt. Es ist mir wirklich nicht leichtgefallen, das Geld für diesen Urlaub aufzutreiben. Ich hatte geglaubt, in Reina und in Hanna Schicksalsgenossinnen und vielleicht sogar Freundinnen gefunden zu haben. Und nun musste ich erfahren, dass Hanna mit dem Kerl ins Bett geht, der uns allen das Leben zur Hölle gemacht hat. Wie kann eine Frau nur so dämlich sein?"

„Hanna Koopmann hat ausgesagt, dass sie Volker Kiebing geliebt hätte", gab Mona zu bedenken.

„Ja, das warf sie mir auch an den Kopf. Ich stellte sie natürlich zur Rede, als ich ins Ferienhaus zurückgekehrt war. Dieses reiche

Töchterchen weiß doch gar nicht, wie ich mich fühle. Sie kann sich einen teuren Psychotherapeuten leisten und zur Kur nach Locarno fahren, wo sie in einem Fünf-Sterne-Hotel wohnt. Und wie kuriere ich die seelischen Narben, die ihr toller Freund mir geschlagen hat? Mit Schokolade und Liebesfilmen im Fernsehen."

„Also gerieten Sie mit Hanna in Streit?", vergewisserte sich Enno.

„Das kann man wohl sagen, Herr Moll. Ich begriff, dass Reina, Hanna und mich in Wirklichkeit gar nichts verband. Es ist einfach zu wenig, wenn man von demselben Psychopathen belästigt wurde, verstehen Sie? Reina ist eine willensstarke Frau. Ich kann sie respektieren, aber richtig warm geworden bin ich mit ihr nie. Hanna kommt aus sogenannten besseren Verhältnissen, wahrscheinlich hat sie noch nie richtig arbeiten müssen. Und ich bin arm wie eine Kirchenmaus."

„Haben Sie Hanna Koopmann niedergeschlagen?", fragte Mona direkt.

„Ja, und ich würde es wieder tun!", gab Janina heftig zurück. „Diese arrogante Ziege brachte mich auf die Palme. Sie sagte mir auf den Kopf zu, dass ich wohl noch niemals richtig geliebt hätte. Was für eine Unverschämtheit! Es war ganz anders. Ihr toller Stalker hat mich so fertiggemacht, dass ich überhaupt keine Lust mehr auf Männer hatte und mich sogar von meinem Freund Tobias trennte. Dabei war ich wirklich verknallt in ihn. Aber ich konnte seine Gegenwart irgendwann nicht mehr ertragen."

„An Volker Kiebing konnten Sie sich nicht mehr rächen, der ist ja schon tot", stellte Mona fest.

„Richtig, und deshalb hielt ich mich an Hanna. So habe ich das noch gar nicht betrachtet, Frau Kommissarin. Sie haben recht. Es ist gut möglich, dass ich Hanna sozusagen stellvertretend für den Stalker niederschlug."

„Haben Sie eine Waffe benutzt?", wollte Enno wissen.

„Ich suchte gerade einen Besen, aber dann fand ich plötzlich einen Hammer aus dem Werkzeugschrank. Ich griff ihn mir ganz spontan und verpasste Hanna damit einen Schlag. Sie ging sofort zu Boden."

„Und was taten Sie dann?"

Janina Fürst senkte den Blick, Monas Frage schien sie in Verlegenheit zu bringen.

„Sie spielen darauf an, dass ich Hannas Schmuck und das Geld meiner beiden Freundinnen genommen habe. Versetzen Sie sich doch bitte mal in meine Lage. Ich kann kaum meine Miete zahlen, und diese beiden Hühner schwelgen im Luxus. Na ja, jedenfalls im Vergleich zu mir. Die Verlockung war einfach zu groß. Also nahm ich alles von Wert an mich, das mir in die Finger kam. Diese Kurzschlussreaktion bereue ich jetzt zutiefst."

Du bereust höchstens, dass wir dich erwischt haben, sagte Mona innerlich zu Janina. Die Kommissarin lehnte sich in ihrem Stuhl zurück.

„Ich möchte auf Ihr Alibi für die Mordnacht zu sprechen kommen."

Die Beschuldigte zuckte mit den Schultern.

„Leider habe ich keins. Ich ging gegen halb elf Uhr auf mein Zimmer und habe gelesen, bis mir die Augen zufielen. Es gibt leider niemanden, der diese Angaben bestätigen kann."

„Wer sagt uns eigentlich, dass Sie von Volker Kiebings Inselaufenthalt wirklich nichts wussten?", fragte Mona. „Sie könnten ihn zufällig aus der Ferne gesehen haben, womöglich sogar in Hannas Begleitung. Es gibt auch eine andere Zeugin, die das Paar eindeutig identifizieren konnte. Ich kann mir vorstellen, dass Ihr Hass auf den Stalker sich ins Unendliche gesteigert hat. Nach all dem, was er Ihnen angetan hat, kann er auch noch Ihre Freundin um den kleinen Finger wickeln."

Janina Fürst rang nach Luft.

„Es stimmt, Frau Sander – so oder ähnlich hätte ich reagiert. Doch ich wusste nicht, dass der Mistkerl zum Greifen nahe war."

Mona fuhr unbeirrt fort: „Ich glaube Ihnen, dass Sie in Geldnot sind. Übrigens können wir ganz leicht überprüfen, ob Sie finanziell wirklich aus dem letzten Loch pfeifen. Und dann haben Sie diesen Verbrecher vor der Nase, der aus einer privilegierten Familie kommt. Sein Vater ist ein Professor mit Privatvermögen, den Kiebings gehört ein schönes Ferienhaus. Und anstatt seine gerechte Strafe im Gefängnis abzusitzen, macht sich der Stalker dort eine schöne Zeit."

Die junge Frau nickte düster.

„Ja, das ist wirklich dreist, wenn man sich die Situation so vor Augen führt."

„Sie wollten es ihm heimzahlen", mutmaßte Mona. „Also drangen Sie in das Ferienhaus ein. Wahrscheinlich haben Sie sein Zimmer gesucht, aber da kam Ihnen der Zufall zu Hilfe. Volker Kiebing lief Ihnen über den Weg. Vielleicht kehrte er gerade von seinem Rendezvous mit Hanna zurück. Oder er war bereits in seinem Zimmer gewesen und wollte sich in der Küche noch etwas zu trinken holen. Jedenfalls warfen Sie ihm die Schlinge über den Kopf und strangulierten ihn so lange, bis er zu Boden glitt. Dann ließen Sie die Leiche in dem Hauswirtschaftsraum und rannten davon."

Janina Fürst hörte Monas Behauptungen zu. Ihr Mund stand halb offen, sie wirkte noch ängstlicher und eingeschüchterter als zu Beginn der

Befragung. Doch dann änderte sich ihr Gesichtsausdruck plötzlich. Sie lächelte und schüttelte den Kopf.

„Ihre Theorie könnte stimmen, Frau Kommissarin. Allerdings hat mir Hanna erzählt, dass Sie am Körper der Täterin oder des Täters einen Bluterguss vermuten. Nun, damit kann ich nicht aufwarten."

Janina Fürst hob plötzlich den Saum ihres T-Shirts, woraufhin Enno fluchtartig den Verhörraum verließ. Die Verdächtige vollendete ihren Striptease. Und Mona musste sich eingestehen, dass sie bei Janina nicht das kleinste Hämatom feststellen konnte.

Das Verhör war beendet. Während die Verdächtige in der Arrestzelle darauf wartete, zu ihrem Haftprüfungstermin nach Emden geschafft zu werden, zogen Mona und Enno gemeinsam mit Oltbeck eine Zwischenbilanz.

„Vielleicht habe ich mich zu sehr darauf versteift, dem Einbrecher einen heftigen Schlag versetzt zu haben", räumte Mona selbstkritisch ein. „Außerdem gibt es immer noch keinen Beweis dafür, dass der Einbruch etwas mit dem Mord zu tun hat. Der Zusammenhang scheint mir allerdings auf der Hand zu liegen."

„Wir müssen uns an die Fakten halten", mahnte der Dienststellenleiter. „Wenn ich Sie richtig verstanden habe, hatte diese Janina Fürst sowohl Motiv als auch Gelegenheit zu der Tat."

„Ja, aber das trifft auch auf ihre beiden Freundinnen zu", stellte Enno fest. „Immerhin hat Janina Fürst uns freiwillig eine DNA-Probe gegeben."

„Der Täter oder die Täterin wird das Opfer von hinten überrumpelt haben", meinte Mona. „Kiebing war größer und kräftiger als alle drei Frauen. Wäre es zu einem Kampf gekommen, hätte die Sache ganz anders ausgehen können. Nein, Kiebing wurde überrascht. Dann zog sich die Schlinge so schnell zusammen, dass er keinen Widerstand mehr leisten und auch nicht um Hilfe rufen konnte."

Oltbecks Stimme verriet deutlich seine Unzufriedenheit.

„Sie müssen die Mörderin zu einem Geständnis bewegen, eine andere Chance sehe ich nicht. Vielleicht haben Sie den Einbrecher mit Ihrer Dienstwaffe wirklich nicht so hart getroffen, wie Sie glaubten, Frau Sander. Immerhin wurde Ihnen zuvor Reizgas in die Augen gesprüht. Übrigens ist es gefährlich, eine Pistole als Schlaginstrument zu verwenden."

„Die Waffe war gesichert", verteidigte Mona sich.

„Wie auch immer – suchen Sie nicht länger nach blauen Flecken, sondern bringen Sie mir einen geständigen Mörder, egal ob Mann oder Frau", forderte der Dienststellenleiter.

„An diesem Spruch muss Oltbeck wohl lange gefeilt haben“, wütete Mona, als sie später mit Enno in ihrem Büro allein war.

„Reg dich nicht auf. Du weißt, dass er im Grunde recht hat. Ich bin mir allerdings sicher, dass die wahre Täterin oder der wahre Täter einen Fehler begehen wird. Eike ist ja auch noch immer nicht aus dem Schneider, wenn ich dich daran erinnern darf. – Wusstest du übrigens, dass Professor Kiebing Polizeischutz beantragt hat?“

Mona machte große Augen, als Enno ihr diese Frage stellte.

„Nein, mir erzählt ja niemand etwas. Wie begründet er diese Forderung?“

„Kiebing fing mich ab, als ich vorhin die Wache betreten wollte. Er behauptete, aufgrund der Geiselnahme im Fokus der Öffentlichkeit zu stehen und bedroht zu werden. Einen konkreten Hinweis konnte er mir allerdings nicht geben“, sagte Enno.

Mona schüttelte den Kopf.

„Als ich mit meiner Freundin auf der Strandstraße geplaudert habe, hat der Professor mich auch gesehen. Aber er konnte sich gar nicht schnell genug aus dem Staub machen. Da beruht unsere Abneigung wohl auf Gegenseitigkeit. Du als gestandener Polizeibeamter und Insulaner genießt hingegen sein Vertrauen.“

Enno grinste.

„Aus deinem Mund klingt das so, als ob es etwas Verwerfliches wäre.“

„Da hast du mich missverstanden“, lachte Mona. „Ich bin nur froh, dass ich den Professor nicht an der Backe habe.“

Als Nächstes wollten die Ermittler Eike Braren intensiver befragen. Doch in seiner Goldschmiedewerkstatt trafen sie nur seine Mitarbeiterin an.

„Herr Braren ist schon wieder auf dem Festland“, erklärte sie.

„Wir müssen ihn unbedingt sprechen“, betonte Mona.

„Morgen kehrt mein Chef zurück. Wegen der großen Goldschmiedekunstausstellung pendelt er momentan zwischen Borkum und Oldenburg“, sagte die Assistentin.

***

An diesem Abend liefen Mona und Lissy Richtung Süddünen. Es war heiß, und ausnahmsweise herrschte einmal Flaute. Es kam kein nennenswerter Wind auf, der Abkühlung hätte bringen können.

„Warum tun wir uns das bloß an?“, fragte Lissy und nahm einen großen Schluck aus ihrer Trinkflasche, während sie weiterrannte.

„Um den Männern zu gefallen?“, schlug Mona augenzwinkernd vor. Es fiel ihr nicht ganz leicht, mit ihrer neuen Freundin Schritt zu halten. Lissy hatte einfach längere Beine als sie.

„Ich hätte dich nicht für so oberflächlich gehalten!“, blaffte Lissy und zog das Tempo noch weiter an.

Mona war überrascht und auch ein wenig verletzt. Bisher war von Lissy noch niemals ein unfreundliches Wort gekommen.

„Hast du schon mal was von Ironie gehört, Süße?“, feuerte Mona zurück. „Ich laufe hauptsächlich, um in Form zu bleiben. Polizeibeamte müssen ein gewisses Quantum an Dienstsport absolvieren, falls es dich interessiert. Auch mein Kollege Enno trainiert regelmäßig, auch wenn man es ihm vielleicht nicht ansieht. Er ist Ringer.“

Lissy wurde etwas langsamer und lächelte entschuldigend.

„Es tut mir leid, ich habe völlig überreagiert. Du bist ganz bestimmt nicht oberflächlich, Mona. Es ist so, dass ich von einem Mann zutiefst enttäuscht wurde, verstehst du? Er hat mir Liebe vorgegaukelt und geschworen, dass er sich scheiden lassen würde. Doch es war alles nur Lug und Trug. Seitdem bin ich auf Männer nicht gut zu sprechen.“

„Das verstehe ich, aber ... interessierst du dich jetzt für Frauen?“, fragte Mona und warf Lissy einen prüfenden Seitenblick zu.

Ihre Freundin grinste.

„Nee, bilde dir bloß nichts ein. Und wenn ich mich in eine Frau verlieben würde, dann bestimmt nicht in so eine lahme Ente wie dich!“

„Lahme Ente? Das werden wir sehen. – Wer zuerst beim Nordsee-Aquarium ist!“, rief Mona und sprintete los. Da sie beide im Sand liefen, kamen sie nicht so schnell voran wie auf Asphalt. Die beiden Frauen waren in etwa gleich schnell.

Als sie auf der Höhe des Aquariums angelangt waren, ließen sie sich lachend und prustend in die Brandung fallen.

Kapitel 12

„Gehen Sie nur zum Verhörraum durch, Sie sind hier ja schon beinahe zu Hause."

Mit diesen Worten begrüßte Grietje Smit am nächsten Morgen Theresa Kiebings Rechtsbeistand. Dr. Bredstedt war soeben mit der Fähre eingetroffen und hatte die Dienststelle betreten. Er schien keine Lust zu haben, auf den frechen Spruch der jungen Polizeimeisterin einzugehen. Der Anwalt warf ihr einen undefinierbaren Blick zu und marschierte vorwärts wie ein Soldat bei einem Himmelfahrtskommando.

Mona hatte die Szene von der Teeküche aus beobachtet. Sie seufzte und steuerte mit ihrer Tasse in der Hand ebenfalls den fensterlosen Raum an, in dem Theresa Kiebing und Enno bereits Platz genommen hatten.

Der Verteidiger schien seine Strategie diesmal schon zuvor ausgearbeitet zu haben. Er verlangte jedenfalls nicht, mit seiner Mandantin Rücksprache zu halten.

„Sie sagen kein Wort, Frau Kiebing. Überlassen Sie das Reden bitte mir", forderte er.

„Dann können Sie uns also den Tathergang schildern, Herr Dr. Bredstedt? Und das, obwohl Sie überhaupt nicht anwesend waren?"

Monas Ironie schien dem Rechtsanwalt nicht zu gefallen.

„Meine Mandantin befand sich zum Tatzeitpunkt in einem psychischen Ausnahmezustand, hervorgerufen durch den gewaltsamen Tod ihres Sohnes", sagte er steif. „Ich werde ein medizinisches Gutachten nachreichen, um diese Tatsache zu untermauern."

„Ob Frau Kiebing schuldfähig ist oder nicht, muss sowieso das Gericht entscheiden", stellte Mona fest. „Aber am Tathergang selbst ändert das nichts. Wir haben mindestens zwei Dutzend Zeugen, die gesehen haben, wie Ihre Mandantin Reina Paal ein Messer an die Kehle hielt. Uns interessiert die Vorgeschichte."

„Dieses Biest hat doch den Tod verdient!", platzte Theresa Kiebing heraus. „Und da die Polizei nichts unternommen hat, musste ich eben selbst aktiv werden."

„Haben Sie nicht gehört, was ich Ihnen gesagt habe?"

Dr. Bredstedt sprach seine Mandantin mit gereiztem Tonfall an. Und das gefiel ihr überhaupt nicht.

„Sie können mir nicht den Mund verbieten. Und es passt mir auch nicht, dass Sie mich als verrückt abstempeln wollen. Ich bin momentan doch die einzig normale Person in diesem Raum. Sie und diese Polizisten verstehen doch gar nicht, was ich getan habe."

„Dann sagen Sie es uns bitte“, forderte Enno Theresa Kiebing freundlich auf. „Möchten Sie vielleicht eine Tasse Tee?“

„Ja, gern.“

Während Enno den Tee holte, unternahm der Anwalt noch einen weiteren Versuch, seine Mandantin zum Schweigen zu bringen. Aber je mehr er auf sie einredete, desto bockiger wurde sie.

Als der Oberkommissar mit den Tassen und der Kanne zurückkehrte, ignorierte Theresa Kiebing ihren Rechtsbeistand vollständig. Stattdessen sprach sie die Kommissare an.

„In unserem Ferienhaus fiel mir die Decke auf den Kopf. Ich wollte einen Spaziergang machen, um auf andere Gedanken zu kommen. Also lief ich zunächst zur Promenade herunter. Dort waren viele Urlauber, wie man es in der Hauptreisezeit erwarten kann. Ich mischte mich unter sie, weil ich fremde Gesichter sehen wollte. So fiel es mir leichter, nicht ständig an den Tod meines Sohnes zu denken. Aber das Schicksal schien mich zu verfolgen. Plötzlich hörte ich ein helles Lachen.“

Theresa Kiebing machte eine kurze Pause und nahm einen Schluck Tee.

„Sie merken hoffentlich, dass meine Mandantin seelisch immer noch stark verletzt ist“, betonte Dr. Bredstedt und schaute Mona so intensiv in die Augen, als ob er sie hypnotisieren wollte. Die Kommissarin zuckte mit den Schultern.

„Hören wir uns an, wie es weiterging.“

„Es war Reina Paal, die gelacht hat. Sie hatte mich nicht gesehen, ich sie aber schon. Sie flirtete hemmungslos mit einem jungen Kerl, diese eiskalte Mörderin.“

Mona hakte ein und ließ sich den Mann genauer beschreiben. Eike Braren konnte es nicht gewesen sein, wenn man Theresa Kiebing glauben wollte. Die Kommissarin hatte Reina Paal bisher eher als kalt und abweisend erlebt, was sie auf die Stalking-Erfahrungen zurückgeführt hatte. Aber ihre Persönlichkeit hatte offenbar noch mehr Facetten.

„Dieses alberne Lachen machte mich maßlos wütend“, gestand Theresa Kiebing. „Es kam mir so vor, als ob Reina Paal meinen Sohn verhöhnen wollte. Sie verabschiedete sich von dem Schönling und ging die Holztreppe zum Strand hinunter. Da beschloss ich spontan, mit ihr abzurechnen. Ich lief in eines der Restaurants auf der Promenade, griff mir von einem leeren Teller ein Steakmesser und rannte dieser falschen Schlange nach.“

„Warum haben Sie die Frau zunächst als Geisel genommen?“, fragte Mona.

„Weil ich wollte, dass Reina Paal den Mord an meinem Sohn gesteht. Diese Chance ist nun vertan, weil Sie sich einmischen mussten“, warf sie den Ermittlern vor.

Mona ging nicht darauf ein. Stattdessen fragte sie: „Woher wussten Sie eigentlich, wer Reina Paal war? Beim Strafprozess gegen Ihren Sohn waren Sie nicht zugegen. Und ich kann mir auch nicht vorstellen, dass Ihr Sohn Ihnen von den Frauen erzählte, denen er aktuell gerade nachstieg.“

Theresa Kiebing wirkte plötzlich verlegen. Es dauerte einen Moment, bis sie weitersprach.

„Natürlich wusste ich, dass mein Sohn etwas ungeschickt im Umgang mit Frauen war. Also kontrollierte ich ihn, wenn er es nicht bemerkte. Volker hatte auf seinem Notebook viele Materialien über die Frauen, denen er seine Gunst schenken wollte. Da fanden sich auch Dateien mit Fotos und anderen persönlichen Angaben.“

Mona nickte. Der Stalker hatte regelrechte Dossiers von seinen Opfern angelegt. Allerdings hätte die Kommissarin es nie für möglich gehalten, dass Kiebings Mutter in seinem Computer geschnüffelt hatte. Irgendwoher musste sie ja wissen, wer Reina Paal war. Oder spielte Theresa Kiebing den Ermittlern eine Komödie vor?

Die Familie hatte schließlich seit vielen Jahren die Ferien auf Borkum verbracht. Es wäre also auch möglich gewesen, dass der Stalker sein späteres Opfer schon von Kindesbeinen an gekannt hatte. Aber warum sollte seine Mutter die Polizei in die Irre führen wollen? Versuchte Theresa Kiebing, etwas zu vertuschen?

„Und warum glaubten Sie, dass ausgerechnet Reina Paal Ihren Sohn getötet hat?“, fragte Mona. „Es waren noch weitere Stalking-Opfer auf Borkum, als die Tat geschah. Es hätte auch Janina Fürst oder Hanna Koopmann sein können. Und vielleicht gab es noch andere Frauen, denen Volker nachgestiegen ist.“

Theresa Kiebing machte ein Gesicht, als ob sie der Kommissarin am liebsten ins Gesicht gesprungen wäre.

„Ich spürte einfach, dass diese Frau Dreck am Stecken hat. Und Sie hätten Reina Paal schon längst überführt, wenn Sie eine gute Polizistin wären!“, warf die Mutter des Stalkers Mona an den Kopf.

Normalerweise ließ Mona sich nicht gern beleidigen, aber bei dieser Frau durfte sie nicht jedes Wort auf die Goldwaage legen. Die Kommissarin verstand den Schmerz ihres Gegenübers. Dennoch konnte sie Theresa Kiebing nicht davonkommen lassen.

„Sie werden sich wegen der Geiselnahme und des versuchten Tötungsdelikts verantworten müssen“, stellte Mona abschließend fest. „Über Ihre Schuldfähigkeit wird ein ärztliches Gutachten entscheiden.“

Das Verhör war beendet. Dr. Bredstedt machte seiner Mandantin Hoffnungen, dass er sie beim Haftprüfungstermin in Emden freibekommen könnte. Einstweilen musste sie in die Arrestzelle zurück.

„Da wird sich der Professor ja freuen“, meinte Enno, als er und Mona wenig später die Polizeistation verließen. Sie wollten zu Eike Brarens Goldschmiedewerkstatt, die sich nicht weit von der Strandstraße in der Straße Am Westkaap befand.

„Wieso? Weil er bald wieder seine geliebte Frau in die Arme schließen kann?“

„Ja, deshalb auch, Mona. Aber der Professor macht auf mich einen sehr nervösen Eindruck. Er scheint wirklich Angst vor weiteren Attacken auf sich und seine Familie zu haben. Und hinter Gittern kann Theresa Kiebing wenigstens nichts geschehen.“

Mona legte nachdenklich die Stirn in Falten.

„Und falls nun noch mehr hinter Volker Kiebings Tod steckt, als wir bisher vermutet haben? Wenn es noch weitere Erpressungsopfer gibt, von denen wir nichts wissen? Vielleicht sind wir völlig auf dem Holzweg, indem wir Reina Paal und die anderen Frauen verdächtigen.“

„Also haben Volker, Helena und Udo Lampe noch weitere Leute ausgenommen?“, hakte Enno ungläubig nach. „Und an wen hast du dabei gedacht? Hinweise darauf konnten wir nicht finden, die Datenauswertung des Notebooks hat auch nichts ergeben.“

Mona machte eine ungeduldige Handbewegung. Sie gingen am Neuen Leuchtturm vorbei, der trotz der Hitze von neugierigen Touristen bestiegen wurde. Auf den Parkbänken vor dem Turm ließen sich sportlich weniger ambitionierte Urlauber die Sonne auf den Bauch scheinen.

„Du hast selbst gesagt, dass der Professor unruhig ist. Du wirst ihn doch bestimmt ausgequetscht haben, damit er dir den Grund für seine Nervosität nennt. Hat er gar keinen Verdacht?“

„Angeblich nicht, Mona. Ich konnte ihm aber nicht so richtig glauben.“

„Wenn der Prof wichtige Informationen zurückhält, dann wird das der Grund für seine Unruhe sein“, erwiderte die Kommissarin. „Er muss begreifen, dass wir ihm nur helfen können, wenn er die Karten auf den Tisch legt.“

Enno nickte. „Nehmen wir mal an, dass alle Kiebings bedroht werden. Den Grund dafür kennen wir noch nicht. Vielleicht haben ihre Widersacher einfach nur zufällig den Sohn als erstes Opfer ausgewählt.“

„Ja, vielleicht“, bestätigte Mona. „Es ist ja wirklich denkbar, dass jemand mit der Familie abrechnen möchte und einfach zufällig mit Volker angefangen hat. Es hätte ebenso auch Helena oder eines der Elternteile treffen können. Wir sollten Friedrich Kiebing noch einmal ins Gebet nehmen.“

Enno grinste.

„Ob das eine gute Idee ist? Deine Abneigung gegen den Professor scheint jedenfalls auf Gegenseitigkeit zu beruhen. Er hat mir gesagt, dass er dir nicht trauen würde, Mona. Er wird sich weigern, von dir befragt zu werden.“

Die Kommissarin runzelte die Stirn.

„Und was hast du geantwortet?“

„Ich habe gesagt, dass du die beste Ermittlerin bist, die ich kenne.“

Mona war gerührt. Ihre Augen wurden feucht, als sie den neben ihr gehenden Enno anschaute.

„Wirklich?“

„Na ja, ich kenne ja auch nicht so viele ...“, gab er augenzwinkernd zurück. Und fing sich dafür von Mona einen sanften Ellenbogenstoß zwischen die Rippen ein.

„Es wäre jedenfalls hilfreich, wenn wir den Grund für die Panik des Professors kennen würden“, stellte Mona fest. „Lass uns die Sache im Hinterkopf behalten, jetzt ist erst mal Eike Braren an der Reihe.“

Als Mona und Enno den Laden erneut betraten, blickte die Assistentin auf. Ihr freundliches Lächeln verschwand, als ob sie einen Schalter umgelegt hätte. Sie hatte inzwischen natürlich mitbekommen, dass diese Besucher Polizisten waren und sie von ihnen keinen Kauf erwarten konnte. Die junge tief gebräunte Frau baute sich vor dem Durchgang zur Werkstatt auf und verschränkte abweisend die Arme vor der Brust.

„Herr Braren hat zu arbeiten und darf nicht gestört werden!“, sagte sie resolut.

Mona verdrehte genervt die Augen.

„Hören Sie, Frau ...“

„Tjaden. Ich heiße Gesa Tjaden.“

„Schön. Ich bin Kommissarin Sander, das ist mein Kollege, Oberkommissar Moll. Und ich kann Ihnen versichern, dass wir nicht zu unserem Vergnügen hier sind. Also, befindet sich Ihr Chef in seiner Werkstatt oder muss ich ihn auf die Polizeistation vorladen lassen?“

Mona hatte ziemlich laut gesprochen. Ihr stand an diesem Vormittag wirklich nicht der Sinn nach widerspenstigen Angestellten, die ihr Steine in den Weg legen wollten. Auf jeden Fall steckte Eike Braren wenig später seinen Kopf durch eine schmale Tür, die sich hinter der Ladentheke befand.

„Was soll denn dieser Lärm?“

„Ich habe versucht, die Polizisten abzuwimmeln“, sagte Gesa Tjaden und warf Mona einen provozierenden Blick zu. Die Kommissarin kochte bereits innerlich, konnte aber einen ihrer berüchtigten Wutausbrüche noch unterdrücken.

Der Goldschmied warf den Ermittlern einen gereizten Blick zu.

„Ach, ihr seid das. Na, dann kommt meinetwegen zu mir in die Werkstatt. – Gesa, du kannst schon Mittagspause machen. Und schließe den Laden bitte ab, damit wir nicht gestört werden.“

Die Blonde zögerte, sie drehte den Kopf zwischen ihrem Chef und den Ermittlern hin und her.

„Bitte“, bekräftigte Braren seine vorherige Anweisung, wobei er seiner Verkäuferin ein charmantes Lächeln schenkte. Gesa Tjaden wandte sich schnell ab. Mona hätte schwören können, dass sie bis über beide Ohren in ihren Arbeitgeber verliebt war. Aber das tat jetzt nichts zur Sache.

Oder?

Sie machte sich in Gedanken eine Notiz, später noch einmal in Ruhe mit der Angestellten zu sprechen. Jetzt war Braren wichtiger.

Der Goldschmied hatte sich wieder in seine Werkstatt zurückgezogen, wo er offenbar gerade an einem Fingerring gearbeitet hatte.

„Wie geht es Reina? Darf ich bald mit ihr sprechen?“, fragte er.

„Sie wird vermutlich bald aus der Klinik entlassen“, entgegnete Mona. „Du warst sehr aufgebracht, als wir dich vor ihrem Krankenzimmer getroffen haben.“

„Das ist doch verständlich, oder etwa nicht? Es ist schon schlimm genug, dass dieser Perverse Reina mit seinen Belästigungen gequält hat. Und dann wurde sie auch noch von seiner Mutter attackiert.“

Eike Braren hatte die Faust um sein Werkzeug geballt. Auf seiner Stirn schwoll eine Zornesader. Für einen Inselfriesen war er sehr temperamentvoll, wie Mona fand.

„Es ist offensichtlich, dass Reina dir sehr viel bedeutet“, sagte sie ihm auf den Kopf zu. „Bist du nie auf den Gedanken gekommen, dir Volker Kiebing einmal vorzuknöpfen? Ihm von Mann zu Mann ins Gesicht zu sagen, was du von dem Stalking hältst?“

Der Goldschmied kniff die Augen zusammen.

„Ich weiß, worauf du hinauswillst, Mona. Aber ich habe den Schleimbeutel nicht umgebracht. – Sag doch auch mal was, Enno! Traust du mir einen Mord zu?“

Der Oberkommissar ließ die Frage unbeantwortet. Stattdessen sagte er: „Wir machen hier nur unsere Arbeit, Eike. Du musst doch verstehen, dass wir den Mörder fangen wollen.“

Darauf erwiderte Braren nichts. Mona nannte ihm das Datum der Mordnacht und wollte wissen, ob er ein Alibi hatte. Er schüttelte den Kopf.

„Da habe ich noch lange in meiner Werkstatt gearbeitet, fast bis Mitternacht. Dann bin ich allein nach Hause gegangen. Eine Freundin, die das bestätigen kann, habe ich zurzeit nicht. Bin ich jetzt verhaftet?“

„*Dumm Tüch*“, brummte Enno. „Wir kennen uns doch nun schon eine ganze Zeit lang. Klammern wir deine Reina und dich mal für den Moment aus. Wem würdest du denn sonst noch einen Mord an Volker Kiebing zutrauen?“

Der Goldschmied legte den Kopf in den Nacken, er schien nachzudenken.

„Ich will niemanden reinreiten“, murmelte er.

„Das tust du nicht, denn letztlich müssen wir die Tat immer noch beweisen“, betonte Mona. „Aber wir können keinen Mörder davonkommen lassen, nur weil das Opfer etwas Verabscheuungswürdiges getan hat. Und ich weiß nicht, wie ich selbst reagieren würde, wenn ich einen Stalker am Hals hätte.“

Braren nickte.

„Im vorigen Sommer traf ich zufällig Aafke Oltsma in der *Seekiste*. Sie war nicht mehr ganz nüchtern und klagte mir ihr Leid. Sie fühlte sich beobachtet und begafft, äußerte einen Verdacht gegen Volker. Das wunderte mich nicht, weil sie ja in unmittelbarer Nähe vom Ferienhaus der Kiebings wohnt. Es muss für den Lustmolch ziemlich einfach gewesen sein, ihr nachzustellen. Ich fragte sie, ob sie schon bei der Polizei gewesen wäre. Aber sie sagte, dass ihr doch sowieso nichts machen würdet. Außerdem hatte sie Hemmungen, weil sie mit Volkers Schwester befreundet ist. Auf mich machte sie jedenfalls einen ziemlich wütenden Eindruck.“

„Und was hast du unternommen?“, wollte Enno wissen.

„Ich war sauer und wollte die Sache nicht auf sich beruhen lassen. Am nächsten Tag ging ich zur Süderreihe, um mit dem Dreckskerl ein ernstes Wort zu reden. Da waren die Kiebings allerdings schon wieder abgereist.“

Mona wusste nicht, was sie von der Geschichte halten sollte. Einerseits war es möglich, dass Aafke Oltsma ihnen diese Episode verschwiegen hatte. Andererseits wollte Braren vielleicht einfach von sich selbst ablenken.

Enno hakte nach und fragte, ob dem Goldschmied noch weitere Personen einfielen. Braren schüttelte den Kopf.

„Ich weiß nicht, wie viele Borkumer aus den Medien mitbekommen haben, was für ein Irrer hier jahrelang Urlaub gemacht hat“, entgegnete er.

Das konnten die Ermittler natürlich auch nicht einschätzen. Neuigkeiten verbreiteten sich auf einer Insel bemerkenswert schnell. So war es auch schon vor den Zeiten von Internet und sozialen Medien gewesen.

Mona und Enno verabschiedeten sich von dem Goldschmied. Als sie hinaus in den Sonnenschein getreten waren, fragte die Kommissarin: „Du kennst Eike schon viel länger als ich. Traust du ihm einen Mord zu?“

„Wenn überhaupt, dann halte ich ihn eines Totschlags im Affekt für fähig. Eike ist bestimmt kein eiskalter Killer. Doch wenn jemand seine geliebte Reina so bedrängt, wie Volker Kiebing es getan hat, dann brennen bei ihm möglicherweise wirklich die Sicherungen durch.“

Bevor Enno fortfahren konnte, wurde er von der Polizeistation angefunkt. Er zog das tragbare Gerät aus der Jackentasche.

„Oberkommissar Moll für Zentrale. – Wie bitte? Ja, wir kommen sofort dorthin.“

Enno machte ein sorgenvolles Gesicht und steckte das Funkgerät wieder ein. Mona warf ihm einen fragenden Blick zu.

„Wir müssen sofort zu Professor Kiebing fahren“, sagte Enno. „Jemand hat einen Stein in sein Wohnzimmerfenster geworfen.“

Kapitel 13

Mona und Enno eilten zur Polizeiwache zurück, wo ihr Wagen stand. Zum Glück war es nicht allzu weit dorthin, denn der schwergewichtige Oberkommissar kam beim Tempo seiner Kollegin kaum mit. Mona musste sich ohnehin bremsen, wenn sie Enno nicht hinter sich lassen wollte.

Kurzatmig und keuchend warf er sich auf den Beifahrersitz, während Mona bereits den Motor gestartet und das Blaulicht eingeschaltet hatte.

„So einen Sprint am frühen Morgen sollte man sich in meinem Alter besser verkneifen“, brachte er ächzend hervor.

Mona grinste.

„So, das ist also eine Frage der Tageszeit? Ich dachte, es hätte etwas mit deinen überflüssigen Pfunden zu tun.“

„Du bist die Einzige, die über mein Gewicht lästern darf.“

„Dafür kannst du auch ungestraft über meine geringe Körpergröße herziehen.“

Mona drückte kräftig aufs Gaspedal und schaltete außerdem die Sirene ein. Es waren kaum andere Autos auf den Straßen, dafür aber umso mehr Zweirad-Touristen. Sie stoben auseinander wie aufgescheuchte Hühner, als sich das zivile Polizeifahrzeug seinen Weg zur Süderreihe bahnte. Im Handumdrehen waren die Ermittler dort und durchquerten den schmalen Vorgarten.

Weit und breit war kein Mensch zu sehen. Enno hämmerte mit seiner großen Faust gegen die Eingangstür.

„Professor Kiebing? Machen Sie auf, hier ist die Polizei!“

„Eigentlich hätte er unsere Ankunft hören müssen, falls er nicht plötzlich taub geworden ist“, meinte Mona. Sie hatte die Sirene nämlich erst abgestellt, als sie unmittelbar vor dem Haus angelangt waren.

Enno erwiderte nichts, sondern klopfte noch einmal. Diesmal sogar noch lauter, obwohl Mona das kaum für möglich gehalten hätte. Endlich öffnete der Hausherr. Professor Kiebing war schreckensbleich. Und er starrte Mona so vorwurfsvoll oder anklagend an, als ob sie höchstpersönlich den Stein geworfen hätte.

„Da sind Sie ja endlich“, brachte Kiebing keuchend hervor, wobei er seinen Blick auf Enno richtete. „Man ist ja auf dieser Insel seines Lebens nicht mehr sicher.“

„Lassen Sie uns einfach herein“, schlug Mona vor. „Dann können Sie uns erzählen, was geschehen ist.“

Der Professor würdigte sie keiner Antwort, machte die Tür aber vollständig auf. Er führte die Ermittler ins Wohnzimmer. Das kaputte

Fenster hatten sie schon von der Straße aus bemerkt. Nun sahen sie einen roten Backstein, der zwischen zahlreichen Glassplittern mitten auf dem Parkett lag.

Mona streifte sich Latexhandschuhe über und tat den Stein in eine Tüte für Beweisstücke.

Kiebing sprach wieder Enno an: „Ich war in der Küche, um mir einen Tee zu machen. Plötzlich hörte ich ein splitterndes Geräusch sowie einen dumpfen Laut. Ich eilte hinüber ins Wohnzimmer. Dort sah ich den Stein."

„Wie lange ist das her?", wollte der Oberkommissar wissen.

Der Professor blickte auf seine Armbanduhr, bevor er antwortete.

„Keine zehn Minuten."

Mona ergriff das Wort.

„Haben Sie jemanden weglaufen sehen? Oder wurde ein Automotor gestartet?"

Da die Kommissarin Kiebing direkt angesprochen hatte, konnte er sie unmöglich ignorieren. Er wandte sich Mona zu, schaute ihr aber nicht in die Augen.

„Einen Wagen habe ich nicht gehört, da bin ich mir sicher. Ich traute mich allerdings nicht, direkt zum Fenster zu gehen. Es hätte ja sein können, dass mich der nächste Stein am Kopf getroffen hätte. Oder vielleicht besaß der Täter auch eine Schusswaffe."

„Der Steinewerfer ist entweder zu Fuß oder mit einem Fahrrad entkommen", vermutete Mona. „Und beides verursacht praktisch kaum Geräusche. Sie können ihn nicht beschreiben, daran lässt sich nichts ändern. Aber womöglich gibt es Zeugen, die jemanden bemerkt haben. Die Süderreihe ist keine Durchgangsstraße wie die Reedestraße. Wir werden gleich mal in der Umgebung nach Zeugen suchen. Oder was meinst du, Enno?"

Der Oberkommissar nickte zustimmend, dann fragte er: „Haben Sie einen Verdacht, wer den Stein geworfen haben könnte?"

„Da fragen Sie noch?", regte der Professor sich auf. „Das wird eines dieser Flintenweiber gewesen sein, die meinen Sohn umgebracht haben. Und die Polizei tut absolut nichts. Ich werde sofort abreisen, Borkum sieht mich nie wieder."

Gut für die Insel, dachte Mona wütend. Aber so leicht sollte Kiebing ihr nicht davonkommen.

„Ich glaube, dass Sie genau wissen, wer es gewesen ist. Aber aus irgendeinem Grund halten Sie mit der Wahrheit hinter dem Berg", mutmaßte sie.

Der Professor starrte sie wütend an.

„Haben Sie dafür auch nur den geringsten Beweis, Frau Sander?“, schnarrte er. „Ihre Unverschämtheiten und Unterstellungen sind unerträglich. Ich werde mich über Sie beschweren.“

„Tun Sie das“, entgegnete Mona zuckersüß. „Ich bin nur an der Wahrheitsfindung interessiert.“

Die Ermittler verabschiedeten sich, um nach Zeugen im Umfeld des Ferienhauses zu suchen.

„Da wir nicht wissen, in welche Richtung der Täter abgedampft ist, sollten wir uns aufteilen“, schlug Mona vor. „Ich gehe zum *Strand 5* runter, du klapperst die Häuser zur Reedestraße hin ab, einverstanden? In einer Stunde treffen wir uns am Auto wieder, falls wir nicht vorher fündig geworden sind.“

„Ja, so machen wir es. – Hättest du deine Zunge nicht im Zaum halten können, Mona? Jetzt kriegst du wieder Ärger.“

„Oltbeck hat sich doch inzwischen schon daran gewöhnt, dass wegen mir gemeckert wird“, gab sie grinsend zurück. „Außerdem habe ich es nicht gesagt, weil ich dem Prof auf den Wecker gehen wollte. Ich bin mir ziemlich sicher, dass er uns etwas verschweigt. Also dachte ich mir, dass ich ruhig ein wenig auf den Busch klopfen könnte.“

„Der nächste Anpfiff vom Dienststellenleiter ist dir jedenfalls sicher“, gab Enno seufzend zurück. Dann nickte er Mona freundlich zu und bewegte sich Richtung Reedestraße.

Mona ging in die andere Richtung und klingelte gleich am unmittelbar benachbarten Haus. Dort war niemand daheim, was sie nicht wunderte. Es handelte sich um eine vermietete Ferienimmobilie, die Urlauber hatten sich nach dem Frühstück wahrscheinlich direkt an den Strand begeben.

Während Mona erfolglos an einigen weiteren Türen klopfte oder klingelte, dachte sie über den Professor nach. Genau genommen wusste sie kaum etwas über ihn. Sein arrogantes und selbstherrliches Verhalten war ihr schon bei der ersten Begegnung sauer aufgestoßen. Dass er seinen Sohn in Schutz nahm und vor dessen kriminellen Taten die Augen verschloss, war nicht zu tolerieren, aber menschlich verständlich.

Und wenn Kiebing nun ein Geheimnis mit seinem Sohn teilte, auf das Mona und Enno noch nicht gestoßen waren?

Volker hatte mit seiner Schwester gemeinsame Sache gemacht, um den Bauunternehmer Manfred Eilert zu erpressen. Warum sollte nicht auch sein Vater sein Komplize gewesen sein, vielleicht bei einem ganz anderen Delikt? Womöglich hatte Volker gar nicht sterben müssen, weil er ein Spanner gewesen war?

Mona wusste selbst nicht, was sie von ihrer Idee halten sollte. Enno war für ungewöhnliche Ermittlungsansätze durchaus aufgeschlossen. Doch bevor sie ihm diese Theorie unter die Nase rieb, musste sie zumindest einige konkrete Hinweise finden. Sonst blamierte sie sich selbst.

Spätestens, wenn sie Oltbeck mit ihrem Verdacht konfrontierte, musste sie knallharte Beweise vorlegen können. Vor allem jetzt, wo der Professor sie vermutlich bei ihrem Vorgesetzten anschwärzen wollte. Dann würden ihre Ermittlungen gegen Kiebing nämlich wie eine Racheaktion erscheinen.

Mona beendete ihr Gedankenspiel. Vielleicht machte sie es sich nur unnötig kompliziert, und sie hatte den wahren Mörder oder die Mörderin längst auf dem Radar. Immerhin konnte sie Eike Braren schon mal als Steinwerfer ausschließen. Mona und Enno konnten dem Goldschmied ein wasserdichtes Alibi geben, denn er hatte zur Tatzeit in seiner Werkstatt mit ihnen gesprochen.

Es war wie verhext.

Die Kommissarin sprach mit einigen weiter entfernt wohnenden Nachbarn und ging auch auf Spaziergänger und Jogger zu, die in der Nähe vorbeikamen. Keiner von ihnen hatte etwas Auffälliges bemerkt. Allerdings wusste Mona auch gar nicht, wie die gesuchte Person aussehen sollte. Den Stein hätte sowohl ein Mann als auch eine Frau werfen können. Außer, wenn jemand die Tat unmittelbar beobachtet und den Täter danach hatte weglaufen sehen, war die Suche nach Zeugen im Grunde sinnlos.

Mona kämpfte gegen ihre aufkommende schlechte Laune an. Immerhin war es ja doch möglich, dass sie einen brauchbaren Zeugen auftreiben konnte. Als sie bei dem modernen Bar-Restaurant *Strand 5* angelangt war, beruhigte Mona sich mit einem langen Blick auf die Nordsee und die aus Richtung Emden vorbeifahrenden Schiffe. Dann kehrte sie zu dem Opel Vectra zurück. Enno wartete bereits auf sie.

Im Gegensatz zu Mona schien er in guter Stimmung zu sein. Er grinste und hatte die Arme vor der mächtigen Brust verschränkt.

„Du strahlst ja wie ein Honigkuchenpferd, mein Lieber. Hast du einen Zeugen auftreiben können?“

„Nicht direkt. Aber in unserem Mordfall sind wir soeben trotzdem ein gutes Stück vorangekommen.“

Mona hob die Augenbrauen.

„Nicht direkt? Gibt es auch indirekte Zeugen? So etwas nennt man Hörensagen, und es ist vor Gericht aus gutem Grund nicht zugelassen.“

„Ich habe mich wohl etwas unklar ausgedrückt. Du sprichst am besten selbst noch einmal mit Aafke Oltsma.“

Mona folgte Enno zum Haus der Pensionswirtin. Er klopfte, und sie öffnete sofort.

„Aafke, Mona möchte noch einmal deine Aussage hören.“

„Ja, meinetwegen. Möchtest du auch einen Tee?“

Die Frage war an Mona gerichtet. Sie nickte, etwas zu trinken konnte sie jetzt wirklich gebrauchen. Noch lieber wäre ihr aber ein Erfolgserlebnis gewesen.

Die Pensionswirtin nahm die Ermittler in ihre gemütlich eingerichtete Küche mit, wo zwei benutzte Teetassen sowie ein größtenteils geplünderter Teller mit gebuttertem Rosinenbrot standen. Enno hatte hier offensichtlich schon ein zweites Frühstück eingelegt.

Nachdem auch Mona eine Tasse bekommen hatte und den heißen Tee über ihre Kluntjes fließen ließ, begann Aafke zögernd zu sprechen.

„Enno hat mir von Eike Brarens Aussage erzählt. Ich weiß nicht, wie er dazu kommt, mich zu verdächtigen. Ich habe mit Eike nie etwas zu tun gehabt. Natürlich kenne ich ihn, wie man die meisten Menschen auf Borkum mehr oder weniger kennt. Ich habe ihn nicht beachtet, weil ich genug mit meinen eigenen Problemen zu kämpfen hatte.“

Mona lag die Frage auf der Zunge, von was Aafke konkret sprechen würde. Da redete die Pensionswirtin allerdings schon weiter: „Eike will den Mordverdacht auf mich lenken, sonst würde er nicht solche Lügengeschichten über mich verbreiten. Das soll er ruhig tun. Komischerweise stört es mich überhaupt nicht, weil ich unschuldig bin und an die Gerechtigkeit unserer Justiz glaube. Doch eine Sache hat mich wirklich sehr gekränkt.“

„Erzähl es Mona, du musst vor ihr ebenso wenig Hemmungen haben wie vor mir“, ermunterte Enno sie.

„Eike Braren behauptet, er hätte mich vor einem Jahr in der *Seekiste* betrunken angetroffen. Das ist eine bodenlose Gemeinheit. Ich bin trockene Alkoholikerin und habe seit acht Jahren keinen Tropfen mehr angerührt.“

Kapitel 14

„Der Herr Goldschmied hat uns also frech angelogen, um den Verdacht von sich selbst abzulenken“, stellte Mona fest, nachdem sie den Tee ausgetrunken und Enno das restliche Rosinenbrot vertilgt hatte. Sie saßen nun wieder in ihrem Auto und fuhren zur Polizeistation zurück.

Enno nickte.

„Eikes Aussage hörte sich auf den ersten Blick plausibel an. Allerdings konnte er nicht wissen, dass Aafke trockene Alkoholikerin ist. Sie geht seit acht Jahren jede Woche zu den Treffen der Blaukreuzler.“

„Wobei es möglich wäre, dass sie vor einem Jahr einen Rückfall erlitten hat“, gab Mona zu bedenken.

„Sicher, das ist vorstellbar. Trotzdem sehe ich keinen Grund dafür, Aafke mehr zu misstrauen als Eike. Wir sollten versuchen, für sein Haus und seinen Laden einen Hausdurchsuchungsbefehl zu bekommen.“

„Was erhoffst du denn, dort zu finden? Einen heißen Liebesbrief von Reina, in dem sie Eike einen Befehl zum Mord an dem Stalker erteilt?“

Trotz ihrer flapsigen Bemerkung konnte Mona ihre Euphorie kaum verbergen. Jeder Verbrecher machte früher oder später einen entscheidenden Fehler. Braren war eindeutig damit gescheitert, Aafke als Sündenbock aufbauen zu wollen. Was er sich wohl davon versprochen hatte?

Auch Oltbeck war von dem aktuellen Ermittlungsstand sehr angetan. Deshalb fiel sein Rüffel für Mona auch recht milde aus: „Professor Kiebing hat sich über Sie beschwert, Frau Sander. Ich verstehe natürlich, dass Sie unter einem großen Druck stehen und in der kurzen Zeit sehr viel herausgefunden haben. Da darf man nicht jedes Wort auf die Goldwaage legen, nicht wahr? Also, ich werde bei der Staatsanwaltschaft umgehend einen Durchsuchungsbeschluss beantragen. Und wenn der Professor heute abreist, wie Sie sagten, dann wird es sowieso keine weitere Gelegenheit für eine Konfrontation geben, oder?“

Der Dienststellenleiter blinzelte Mona freundlich zu.

Nach der Besprechung mit Oltbeck ließ die Kommissarin den Ziegelstein zur kriminaltechnischen Untersuchung nach Oldenburg schicken. Dann machte sie gemeinsam mit Enno Mittagspause im *Knurrhahn.*

Mona schob die erste Gabel von ihrem Rotbarschfilet mit Kräuterdip in den Mund und fragte kauend: „Glaubst du, dass es einen Zusammenhang zwischen dem Mord und dem Anschlag auf das Ferienhaus gibt?“

„Das ist die Preisfrage, Mona." Enno nahm einen Schluck von seinem alkoholfreien Bier. „Vor allem würde mich interessieren, wer den Stein geworfen hat. Eike kann es jedenfalls nicht gewesen sein."

„Vielleicht aber seine Verkäuferin, diese Gesa Tjaden. Sie hatte gerade Pause, als wir mit ihrem Boss gesprochen haben. Es wäre locker genügend Zeit gewesen, mit dem Rad von dem Laden zur Süderreihe zu fahren und die Scheibe einzuwerfen."

„Und warum sollte sie das tun?", fragte Enno zweifelnd.

„Weil Gesa Eike anhimmelt."

„Tut sie das wirklich? Ist mir gar nicht aufgefallen."

„Männer!", seufzte Mona. „Ich als Frau merke so etwas. Überlege doch mal: Gesa weiß oder ahnt, dass ihr heiß geliebter Chef Dreck am Stecken hat. Es hat ihr überhaupt nicht gefallen, dass wir ihn uns vorknöpfen wollten. Also entschließt sie sich zu einem spontanen Ablenkungsmanöver. Sie fährt zum Ferienhaus, schnappt sich unterwegs irgendwo einen Stein – und *voilà*!"

„Deine französische Aussprache ist echt schräg, ansonsten gebe ich dir recht. So könnte es wirklich gewesen sein."

„Wann wollen wir Gesa Tjaden verhören?", fragte Mona eifrig.

„Wir müssen den richtigen Zeitpunkt abpassen. Am besten wäre es, kurz nachdem wir die Hausdurchsuchung gemacht haben. So etwas läuft doch immer ähnlich ab. Wir nehmen uns den Laden vor und linsen selbst in die hinterste Ecke. Dann wird Gesa hoffentlich nervös und verstrickt sich in Widersprüche. Falls sie wirklich etwas auf dem Kerbholz hat, können wir sie dann leichter überführen."

„Ob Braren ahnt, dass wir ihm auf den Fersen sind?", dachte Mona laut nach, während sie ihr alkoholfreies Bier austrank.

„Ganz bestimmt, sonst hätte er nicht versucht, die falsche Fährte zu Aafke zu legen."

„Du kennst doch Eike Braren schon dein halbes Leben lang, Enno. Ein Dummkopf ist er nicht, so viel steht fest. Glaubt er wirklich, dass wir eine Unschuldige verhaften und er mit heiler Haut davonkommt?"

Der Oberkommissar nickte.

„Über diese Frage habe ich auch schon nachgedacht. Auf Borkum machen alle Ereignisse schnell die Runde, wie du weißt. Oftmals schon, bevor sie in der Zeitung stehen. Dass wir Helena Kiebing und Udo Lampe bei Aafke gefunden und dann festgenommen haben, dürfte sich inzwischen herumgesprochen haben. Diese Tatsache ist wohl auch an Eike nicht vorbeigegangen. Also dachte er sich, dass wir Aafke sowieso schon im Visier haben und er uns eine Täterin auf dem Silbertablett servieren könnte. Das funktioniert natürlich nicht – es sei denn, er hält

Aafke selbst für die Täterin. Vielleicht will er auch einfach von seiner geliebten Reina ablenken."

„Weil sie die Mörderin ist?", fragte Mona. „Verflixt, du hast recht. Ich habe mich viel zu lange auf diesen blöden blauen Fleck versteift. Es gibt nicht den geringsten Beweis dafür, dass dieser Einbrecher etwas mit dem Mord zu tun hat. Und falls doch, dann habe ich ihn vielleicht gar nicht richtig erwischt, sodass keine Blessuren zu sehen sind. Ich war durch das Reizgas geblendet und wollte ihn keinesfalls entkommen lassen. Wenn ich geschossen hätte, wäre das in der Situation unverantwortlich gewesen."

Enno legte beruhigend seinen Arm um Monas Schultern.

„Du hast nichts falsch gemacht, wir haben mit unseren Ermittlungen schon viel erreicht. Die Hausdurchsuchung bringt uns den Durchbruch, du wirst schon sehen. Übrigens sollten wir uns auch nicht auf die weiblichen DNA-Spuren unter den Fingernägeln des Stalkers versteifen. Es hat kein Kampf stattgefunden, also kann auch ein Mann Volker Kiebing getötet haben."

Enno schaffte es mit seiner besonnenen Art immer wieder, Mona zu beruhigen. Dennoch blieb sie skeptisch.

„Ja, noch können wir ihn überführen. Falls Eike nicht vorher sämtliche Beweise vernichtet."

„Wir haben es hier nicht mit einem gerissenen Berufsverbrecher zu tun", entgegnete Enno. „Für mich lautet die Frage eher, ob nun Eike oder Reina den Stalker erdrosselt hat. Die DNA-Spuren helfen uns da auch nicht weiter."

„Also werden wir auf ein Geständnis hoffen müssen", seufzte Mona. „Oder eben auf das Ergebnis der Hausdurchsuchung."

Ihr Smartphone klingelte.

Lissy war am Apparat.

„Moin, störe ich dich gerade?", fragte sie.

„Nein, momentan habe ich gerade Zeit. Waren wir nicht sowieso heute Abend verabredet? Musst du absagen?"

Lissy lachte.

„Nein, ganz im Gegenteil. Ich will heute nicht mit dir joggen gehen, sondern dich zum Essen einladen."

„Wie komme ich denn zu der Ehre?"

„Die Idee ist mir heute ganz spontan gekommen, es gibt nämlich bei mir etwas zu feiern. Aber mehr wird noch nicht verraten. Ich brauche aber deine Hilfe, Mona. Ich kenne mich auf Borkum noch nicht so gut aus. Wo können wir denn hingehen?"

Die Kommissarin kratzte sich nachdenklich im Nacken.

„Schwer zu sagen, es gibt viele schöne Lokale auf der Insel. Wenn dir der Sinn nach italienischer Küche steht, dann empfehle ich das *Il Faro* an der Strandstraße. Soll ich uns einen Tisch reservieren? Bleibt es bei zwanzig Uhr?“

„Ja, das ist super. Ich freue mich, bis später.“

Lissy hatte das Telefonat beendet.

„Geht es heute zum Italiener?“, fragte Enno schmunzelnd.

„Ja, mit Lissy“, schwärmte Mona. „Unser letzter Mädelsabend muss ihr wohl gut gefallen haben. Außerdem will sie mir aufregende Neuigkeiten mitteilen, aber mit der Sprache ist sie noch nicht rausgerückt. Ich bin wirklich froh, Lissy kennengelernt zu haben, Enno. Es tut gut, nach der Arbeit mal richtig abschalten zu können.“

„Dann redest du mit deiner Freundin also nicht über unseren Fall?“

„Hältst du mich für so unprofessionell?“, fragte Mona leicht gekränkt. „Glaubst du, ich prahle vor ihr und spiele mich als Superpolizistin auf?“

Kaum war Mona dieser Satz herausgerutscht, als sie ihn auch schon bereute. Es gab nicht den geringsten Grund dafür, Enno so anzupampen. Er hatte ihr nur eine ganz normale Frage gestellt.

„Tut mir leid, ich hatte mal wieder meine Zunge nicht im Zaum“, sagte sie schnell. „Ich wollte einfach nur sagen, dass ich die Freizeit nun besser genießen kann. Du sprichst doch mit Birte gewiss auch nicht über unsere Arbeit?“

„Nein, obwohl sie das bestimmt gerne hätte. Schließlich schreibt sie gerade mal wieder einen Friesenkrimi. Na ja, ein paar allgemeine Dinge über polizeiliche Ermittlung verrate ich ihr schon. Aber nichts, was man nicht in frei zugänglichen Quellen nachlesen könnte.“

Mona zwinkerte ihrem Kollegen lächelnd zu.

„Hauptsache ist doch, dass deine Frau in ihren Krimis keine vorlaute rotblonde Kommissarin mitspielen lässt.“

„Das kann ich dir nicht versprechen“, erwiderte Enno.

Der Rest des Arbeitstages verging für Mona mit Recherche. Sie durchleuchtete die Daten von Eike Braren und Gesa Tjaden, ohne auf Verdächtiges zu stoßen. Das musste allerdings nichts zu bedeuten haben. Nach Monas Meinung war es Volker Kiebings unerwartetes Erscheinen auf Borkum gewesen, durch das der Stein ins Rollen gekommen war. Danach hatten die weiteren Ereignisse nicht mehr verhindert werden können. Und es spielte für Mona keine Rolle, ob Eike der Mörder und Reina seine Komplizin war oder es sich umgekehrt verhielt. Außerdem war sie sicher, dass Gesa Tjaden ebenfalls in die Sache verwickelt war. Das musste sie jetzt nur noch beweisen.

Am Abend rauchte ihr der Kopf. Sie konnte jetzt etwas Ablenkung dringend gebrauchen. Wenigstens hatte es mit der Reservierung in dem Ristorante mit Blick auf den Leuchtturm noch geklappt. Mona fuhr schnell in die Walfangerstrate, wo sie sich wieder in ein Kleid warf und Lippenstift auftrug. Sie konnte sich nicht erinnern, wann sie zwei Mal hintereinander so feminin gestylt gewesen war. Wenn Mona allein unterwegs war, bevorzugte sie sportlich-legere Kleidung. Doch für den Abend mit ihrer Freundin wollte sie sich aufbrezeln. Wenn ein Verehrer in Sicht gewesen wäre, hätte sie natürlich auch Wert auf ihr Äußeres gelegt.

Nach ihren zurückliegenden schlechten Erfahrungen mit Männern war Mona allerdings nicht unglücklich darüber, dass es momentan keinen ernst zu nehmenden Kandidaten gab.

Die Kommissarin traf pünktlich im *Il Faro* ein. Mona registrierte die interessierten Blicke der männlichen Gäste, von denen die meisten allerdings in weiblicher Begleitung waren. Ob sie glaubten, dass Mona abgeschleppt werden wollte?

Sie saß allein an ihrem reservierten Tisch und wurde mehr oder weniger unverhohlen angegafft. In früheren Zeiten hätte Mona sich jetzt unwohl gefühlt, doch nach Jahren im Polizeidienst hatte sie sich ein dickes Fell zugelegt. Falls sie jemand anquatschte, würde er sich schon die passende Antwort einhandeln. Mona nippte an ihrem Wein, schlug die Beine übereinander und genoss den Ausblick auf den Leuchtturm. Paare flanierten vorbei, Familien kehrten nach einem langen Tag am Strand in ihre Pensionen und Ferienhäuser zurück.

Es war bereits zwanzig Uhr sechs, als Lissy auf hohen Absätzen herangestürmt kam. Sie begrüßte Mona mit einer herzlichen Umarmung.

„Entschuldige meine Verspätung, ich musste noch etwas erledigen!"

„Kein Problem, jetzt bist du ja da", erwiderte Mona lächelnd.

Lissy war völlig aufgedreht, sie machte einen noch quirligeren Eindruck als sonst. Monas Freundin winkte der Kellnerin und bestellte Prosecco.

„Jetzt stoßen wir erst einmal an!", verkündete Lissy.

Mona schmunzelte. „Du machst es ja ganz schön spannend. Ich kenne den genauen Anlass immer noch nicht. Was gibt es denn heute zu feiern?"

Lissys Gesicht war gerötet, noch bevor sie den ersten Schluck Alkohol zu sich genommen hatte. Ihre Augen strahlten. Es wirkte beinahe so, als ob sie frisch verliebt wäre. Als wenig später der Prosecco serviert wurde, nahm Lissy ihr Glas in die Hand und prostete Mona zu.

„Ich habe mich heute endlich von einer Altlast befreit. – Innerlich", fügte sie hinzu. „Es gab da einen Mann, der mich sehr enttäuscht und tief verletzt hat. Ich bin sozusagen nach Borkum geflohen, um ihn zu vergessen. Doch er verfolgte mich, also, nicht er selbst, sondern die Erinnerung an ihn. Und heute sind diese Bilder in meinem Kopf zerplatzt wie Seifenblasen. Es gibt diesen Kerl nicht mehr. Er ist tot, jedenfalls für mich."

„Der Mann muss dir wirklich sehr wehgetan haben", stellte Mona fest und schaute ihre Freundin prüfend an. „Wenn du wirklich über ihn hinweggekommen bist, dann würde mich das sehr freuen."

„Das bin ich, und du hast mir dabei geholfen – weil wir uns so gut verstehen. Es kommt mir vor, als wenn wir uns schon seit Ewigkeiten kennen würden. Und darauf trinke ich!"

„Ich auch", erwiderte Mona und hob ebenfalls ihr Glas.

Sie war gerührt, weil Lissy ihre Sympathie so offen zeigte. Gleichzeitig spürte Mona Wut auf den unbekannten Ex-Freund in sich aufsteigen. Es war gut, dass sie seinen Namen nicht kannte. Sonst wäre sie ihm womöglich auf die Bude gerückt, um ihm einmal so richtig die Meinung zu geigen. Lissy war so eine sympathische und attraktive Frau. Ein Mann, der Monas neue Freundin in den Wind schoss, musste wirklich nicht ganz bei Trost sein.

Wahrscheinlich ist der Dreckskerl verheiratet und hat kalte Füße bekommen, als es mit Lissy ernsthafter wurde, dachte Mona. Dann schob sie den Gedanken beiseite. Wenn Lissy diesen Mann abhaken konnte, dann musste es für sie selbst doch noch viel einfacher sein.

Die beiden Frauen tranken ihren Prosecco und bestellten sich Pizza.

„Wie war dein Tag eigentlich, Mona? Ich will nicht egoistisch sein und immer nur von meinen Baustellen reden."

„Ich glaube, dass wir unseren aktuellen Fall bald abschließen können. Und das ist immer ein gutes Gefühl."

„Du nimmst deinen Beruf wirklich sehr ernst, nicht wahr? Ich wette, dass du eine gute Polizistin bist."

Mona zuckte mit den Schultern.

„Ich wollte immer zur Polizei, obwohl meine Mutter es lieber gehabt hätte, wenn ich Lehrerin geworden wäre, wie sie selbst es ist. Aber ich mag die Abwechslung, bei uns ist jeder Tag anders. Man sollte nicht meinen, dass eine Urlaubsinsel wie Borkum besonders kriminell ist. Trotzdem gibt es für uns immer genug zu tun."

„Hast du eigentlich schon mal einen richtigen Mörder verhaftet?"

„Ja, habe ich. Du willst mich aber nicht aushorchen, oder?"

„Nein. Du hast mir ja erklärt, dass du mit mir über deine Ermittlungen nicht sprechen darfst."

„Richtig. So etwas gibt es nur in schlechten Krimis – Polizisten, die mit ihrer Ehefrau oder ihren Stammtischbrüdern lang und breit Dienstgeheimnisse erörtern. Solche Ermittler mag es geben. Doch wenn man ihnen auf die Schliche kommt, sind sie die längste Zeit Staatsdiener gewesen."

„Das verstehe ich schon. Nur noch eine Frage, dann gebe ich Ruhe: Konntest du diesem Mörder anmerken, was er getan hat?"

Mona fand diese Annahme reichlich naiv. Doch sie führte sich vor Augen, dass Lissy keine Ahnung von Polizeiarbeit hatte.

„Natürlich nicht", entgegnete sie kopfschüttelnd. „Viele Tötungsdelikte werden von ganz normalen Menschen begangen, die plötzlich in Extremsituationen geraten. Ein Mörder könnte dir gegenübersitzen, und du würdest ihm seine Tat nicht ansehen."

„Das ist ein gruseliger Gedanke. – Jetzt möchte ich wirklich lieber über etwas anderes sprechen."

„Sehr gern. – Warst du eigentlich schon am Hoge Hörn? Es gibt auf Borkum viele schöne Joggingstrecken, die du vielleicht noch gar nicht alle kennst."

Mona erzählte vom jährlich stattfindenden Meilenlauf, der jedes Mal für die Insel ein sportliches Großereignis darstellte. Lissy war sofort Feuer und Flamme.

„Au ja! Wollen wir dieses Jahr zusammen teilnehmen?"

„Das kannst du leider vergessen", entgegnete Mona. „Ich habe meine Startnummer schon vor Monaten bekommen, die Läuferzahl ist limitiert. Der Meilenlauf findet jedes Jahr im September statt, also bleibt dir nichts anderes übrig, als dich frühzeitig für den nächsten Termin anzumelden."

„Na gut, aber dann werde ich vor dir das Ziel erreichen", meinte Lissy augenzwinkernd.

„Träum weiter", gab Mona trocken zurück.

Die nächsten Stunden vergingen wie im Flug, wozu auch der steigende Alkoholpegel beitrug. Wieder musste Mona ihr Rad nach Hause schieben, nachdem sie sich von ihrer Freundin verabschiedet hatte. Es war ein rundum gelungener Abend gewesen.

Trotzdem fühlte die Kommissarin sich jetzt in den stillen Straßen Borkums unwohl. Ihre Dienstwaffe lag vorschriftsmäßig eingeschlossen in der Polizeistation. Mehrmals war Mona fest überzeugt davon, dass sie verfolgt wurde.

Doch wenn sie sich abrupt umdrehte, sah sie niemanden hinter sich.

Als Mona endlich ihre Wohnung in der Walfangerstrate erreichte, konnte sie immer noch keinen Stalker entdecken.

„Du hast einfach zu tief ins Glas geschaut“, sagte sie zu sich selbst.

Doch als Mona wenig später ausgezogen war und noch einen Blick durch die Gardine ihres dunklen Schlafzimmers warf, glaubte sie, eine schemenhafte Gestalt im Schatten auf der gegenüberliegenden Straßenseite zu sehen.

Kapitel 15

Am nächsten Morgen schaffte Mona es mit Ach und Krach, pünktlich zum Dienstbeginn auf der Polizeiwache zu erscheinen.

„Moin, Sumpfeule“, begrüßte Enno sie. Er grinste breit.

„So schlimm?“, entgegnete Mona. Sie hatte extra viel Make-up aufgelegt. Außerdem war sie der Meinung, dass sie gar nicht allzu exzessiv Party gemacht hatte. Immerhin war sie noch vor Mitternacht im Bett gewesen und hatte morgens sogar ihren Wecker gehört.

Enno schüttelte den Kopf.

„Nein, alles in Ordnung. Ein wenig frischer Nordseewind, und du bist wieder wie neu.“

„Dann bin ich ja beruhigt. Was sagt die Staatsanwaltschaft?“

„Der Durchsuchungsbefehl ist eingetroffen, wir können loslegen“, sagte Enno.

„Sehr schön!“ Mona, die gerade Platz genommen hatte, sprang tatendurstig wieder auf. „Mal sehen, wie viele Kollegen wir dem Chef für die Aktion abschwatzen können.“

Eigentlich wäre es vollkommen ausreichend gewesen, wenn Mona und Enno allein bei Eike Braren aufgekreuzt wären. Doch die Erfahrung hatte gezeigt, dass eine solche Durchsuchung mit möglichst vielen Beamten beeindruckender wirkte. Dadurch wurden die Verdächtigen oftmals nervös und machten Fehler.

Oltbeck war nicht begeistert davon, dass Mona noch am selben Vormittag loslegen wollte.

„Ausgerechnet heute, wo wir den bisher größten Besucheransturm der Saison erwarten“, stöhnte er. „Wir müssen in der Öffentlichkeit Polizeipräsenz zeigen, um den Gästen ein Gefühl der Sicherheit zu geben.“

„Die Kollegen sollen ja nicht bei Braren übernachten!“, rief Mona ungeduldig. „Maximal eine Stunde, dann ist der Drops gelutscht. Wir müssen nur alle verdächtigen Gegenstände in die Dienststelle bringen. Das Material auszuwerten schaffen Herr Moll und ich auch allein.“

„Na schön“, gab der Chef nach. „Aber mäßigen Sie sich, Frau Sander. Ich will diese Woche nicht noch eine Beschwerde über Sie auf den Tisch bekommen.“

„Ich werde mit Engelszungen reden“, behauptete Mona und flitzte hinaus, bevor Oltbeck seine Meinung ändern konnte. Der Plan war einfach. Brarens Wohnhaus und seine Werkstatt sollten zeitgleich durchsucht werden.

„Es ist jetzt zehn Uhr“, stellte Mona bei der Einsatzbesprechung fest. „Wir fahren zunächst zur Werkstatt, bis auf Grietje und Hinderk. Ihr bezieht vor Brarens Privathaus Position.“

Mona hatte eigentlich eine freche Antwort von ihrer jungen sommersprossigen Kollegin erwartet, aber vielleicht war Grietje so kurz nach Dienstbeginn noch nicht in Stimmung. Sie nickte einfach nur.

Mit insgesamt drei Fahrzeugen fuhren die Polizisten dann zur Straße Am Westkaap. Außer Mona und Enno waren noch Hauke Knudsen, Claas Lammer, Aiske Berend sowie zwei der abkommandierten Festland-Polizisten dabei. Entsprechend groß war das Aufsehen, als sie vor Brarens Laden eintrafen. Genau das hatte Mona beabsichtigt.

Gesa Tjaden erbleichte, als die beiden Ermittler gemeinsam mit ihren uniformierten Kollegen das Geschäft betraten.

„W-was soll das? Wozu dieser Aufmarsch?“

Enno als der ranghöchste Polizist vor Ort hielt der Verkäuferin den Durchsuchungsbefehl unter die Nase.

„Wir müssen uns im Geschäft und im Privathaus Ihres Arbeitgebers umschauen. Machen Sie bitte keine Schwierigkeiten“, sagte er freundlich. Aber Gesa breitete die Arme aus, um die Beamten am Betreten der Werkstatt zu hindern.

„Das sehe ich überhaupt nicht ein!“, rief sie. „Herr Braren hat nichts Ungesetzliches getan. Und ich auch nicht!“

„Niemand hat Sie beschuldigt“, stellte Enno fest. „Und nun machen Sie uns bitte keine Schwierigkeiten mehr, ich möchte keine Zwangsmaßnahmen anwenden müssen.“

Mona bemerkte mit einem Seitenblick, dass sich Gaffer bereits die Nasen an der Schaufensterscheibe platt drückten. Gesa wäre wahrscheinlich entzückt gewesen, wenn das Interesse der Leute an den Schmuckstücken genauso groß gewesen wäre wie ihre Sensationsgier. Die Kommissarin hoffte immer noch, die Aktion möglichst undramatisch abschließen zu können.

Braren kam aus seiner Werkstatt, indem er Gesa sanft zur Seite schob. „Was ist denn hier los, Enno? Was soll dieses Großaufgebot?“

Mona beobachtete den Goldschmied genau. Er wirkte leicht verärgert. So wie jemand, den man bei der Arbeit stört, was sie und ihre Kollegen genau genommen ja auch taten. Einen ertappten Mörder stellte sich die Kommissarin allerdings anders vor. Oder fühlte sich Braren einfach nur sicher, weil ihm nichts nachzuweisen war? Hatte er alle Spuren perfekt beseitigt? Nach Monas Erfahrung war so etwas unmöglich. Deshalb wurden ja manche Verbrechen auch nach dreißig Jahren noch aufgeklärt.

Enno trat auf Braren zu.
„Je weniger ihr euch sträubt, desto schneller sind wir hier fertig. Du müsstest uns dein Haus aufschließen, Eike. Da werden wir uns nämlich auch umschauen."
Mit diesen Worten zeigte der Oberkommissar dem Goldschmied das amtliche Dokument. Braren überflog die Zeilen.
„Durchsuchungsbefehl für Geschäfts- und Privaträume", las er laut vor. „Nun, das hat wohl seine Richtigkeit. Dann tut, was ihr nicht lassen könnt. Enno, ich fahre mit dir zu meinem Haus. Ge..., äh, Frau Tjaden – Sie halten hier die Stellung. Ich komme so schnell wie möglich zurück."
Mona merkte, dass Braren seine Angestellte beinahe mit ihrem Vornamen angesprochen hätte. Ihr war am Vortag schon aufgefallen, dass die beiden sich auch privat gut zu verstehen schienen. Oder ging die Verliebtheit einseitig nur von Gesa Tjaden aus? Und falls das so war – hatte dieser Umstand etwas mit dem Mord zu tun?
Mona musste ihre Gedanken ordnen. Im Lauf des Vormittags würde hoffentlich der Restalkoholgehalt aus ihrem Blut verschwinden und sie eine klare Sicht auf die Dinge bekommen. Für den Abend hatte Mona sich wieder mit Lissy verabredet, diesmal aber wirklich zum Joggen. Doch die Aussicht auf Freizeitvergnügungen musste warten, jetzt stand die Durchsuchung im Mittelpunkt.
Gesa gab ihren Widerstand auf und zog sich schmollend in eine Ecke des Ladenlokals zurück, wo sie mit vor der Brust verschränkten Armen den Beamten auf die Finger sah. Enno und Braren verließen das Geschäft, um zum Haus des Goldschmieds zu fahren. Die Schaulustigen hielten den Verdächtigen wahrscheinlich für einen Kriminalbeamten, weil er Seite an Seite mit dem Oberkommissar in einen Dienstwagen stieg. Jedenfalls kamen sie nicht auf die Idee, die beiden zu fotografieren. Stattdessen machten die Gaffer durch die Fensterscheibe reichlich Fotos von der Durchsuchungsaktion.
Mona ärgerte sich immer wieder über diese Sensationsgier. Daher ging sie selbst lieber in die Werkstatt, die mit ihren Fenstern nach hinten raus von den Gaffern noch unbemerkt geblieben war. Gemeinsam mit einem Festland-Kollegen schaute sie sich dort genau um.
Aber wonach suchte sie eigentlich? Sie hätte es selbst nicht sagen können. Falls es wirklich einen Mordauftrag gab, den Reina Paal ihrem Verehrer Eike Braren erteilt hatte, dann war das gewiss nicht schriftlich geschehen. Und falls doch, würde ein solcher Fetzen Papier gewiss längst vernichtet worden sein.

Mona spürte ein unangenehmes Kribbeln im Nacken. Sie hatte das Gefühl, angestarrt zu werden, und drehte sich um. Gesa Tjaden war ihr in die Werkstatt gefolgt und hatte sich ganz auf die Kommissarin fixiert.

„Sie können uns bei der Arbeit ruhig auf die Finger schauen, das stört mich überhaupt nicht“, sagte Mona.

Gesa Tjadens Erwiderung klang giftig.

„Ich will nur sichergehen, dass Sie uns keine Beweisstücke unterschieben.“

„Passen Sie auf, was Sie sagen!“, feuerte Mona zurück. „Wir sind hier nicht in einer Bananenrepublik. Wenn Sie und Ihr Boss nichts zu verbergen haben, dann müssen Sie sich auch nicht vor einer Hausdurchsuchung fürchten.“

Die Angestellte hob die Schultern.

„Wenn Sie das sagen, Frau Kommissarin ...“ Sie dehnte ihre Worte ironisch und fuhr fort: „Man kriegt ja auf der Insel so einiges mit. Ich glaube, dass die Polizei Borkum seit diesem Kidnapping unter einem ungeheuren Erfolgsdruck steht. Der Mord an dem Stalker ist auch noch nicht aufgeklärt, das pfeifen die Spatzen von den Dächern.“

„Auf Borkum haben wir es eher mit Möwen als mit Spatzen zu tun. Und die pfeifen nicht, sondern kreischen.“

Monas schlagfertige Erwiderung machte Gesa Tjaden für den Moment sprachlos. Aber dann legte sie nach: „Sie können ruhig versuchen, mich lächerlich zu machen. Sind Sie vielleicht eine Männerhasserin, Frau Kommissarin? Jeder Insulaner weiß, dass Reina Paal von Volker Kiebing belästigt wurde. Es ist doch eindeutig, dass sie sich an ihm rächen wollte. Nur die Polizei hat das noch nicht erkannt.“

„Ich muss mit Ihnen nicht erörtern, welche Personen wir verdächtigen“, gab Mona zurück, während sie den Ärger in sich aufsteigen fühlte.

Sie rutschte auf den Knien herum und zog Kartons aus einem Regal hervor, die wahrscheinlich seit Jahren nicht bewegt worden waren. Staub wallte auf und brachte Mona zum Niesen.

„Sie haben sich auf Eike Braren eingeschossen, weil Sie keine Frau anklagen wollen“, behauptete Gesa Tjaden. „Bei Ihnen wundert mich das nicht, Frau Sander. Man sieht Sie ja in Ihrer Freizeit niemals mit einem Mann.“

Mona platzte der Kragen, zumal sie nun auch noch von den Festland-Kollegen seltsam angeschaut wurde. Sie kam aus ihrer knienden Position hoch und baute sich vor der Verkäuferin auf, wobei sie die Fäuste in ihre Hüften stemmte.

„Wollen Sie mir unterstellen, dass ich lesbisch wäre? Das ist nicht so – und außerdem täte es überhaupt nichts zur Sache!"

Gesa Tjaden hob die Schultern und grinste frech.

„Ich mache mir eben auch meine Gedanken. Gestern Abend habe ich Sie mit Ihrer Freundin im *Il Faro* gesehen. Und Sie schienen mir sehr vertraut miteinander zu sein."

Mona hatte diese Gewitterziege nicht bemerkt, denn sie war viel zu sehr in ihr Gespräch mit Lissy vertieft gewesen. Außerdem konnte sie ihre Augen nicht überall haben. Schon gar nicht in ihrer Freizeit, und der gute Wein hatte auch nicht zu Monas Konzentration beigetragen. Da fiel ihr eine andere Sache ein.

Ob sie es sich nicht bloß eingebildet hatte, verfolgt zu werden?

War Gesa Tjaden ihr nachgeschlichen?

Und wenn ja, aus welchem Grund?

„Ich weiß nicht, wie Sie sich mit Ihrer kindlichen Fantasie einen Mordprozess vor deutschen Gerichten vorstellen", wütete Mona. „Es reicht keineswegs aus, wenn ich persönlich Eike Braren etwas anhängen wollen würde. Der Staatsanwalt erhebt gar keine Anklage, wenn keine eindeutigen Beweise oder ein Geständnis vorliegen. Am besten beides. Also lassen Sie gefälligst mein Privatleben aus dem Spiel, wenn Sie sich nicht den Ärger des Jahrhunderts einhandeln wollen."

„Drohen Sie mir gerade, Frau Kommissarin?"

Mona holte Luft, um eine weitere Breitseite abzufeuern. Da kam Enno in die Werkstatt. Ein Blick auf sein Gesicht verriet ihr, dass etwas Wichtiges geschehen sein musste. Enno hielt sich nicht mit langen Vorreden auf, sondern kam sofort zur Sache.

„Bei der Durchsuchung von Eikes Haus hat Grietje ein Smartphone gefunden. Wir haben das Gerät gleich überprüft. Es gehörte Volker Kiebing."

Kapitel 16

Einen Moment lang herrschte Totenstille, dann platzte Gesa heraus: „Das kann nicht sein, Sie müssen sich irren. Eike wäre niemals zu so einer Grausamkeit fähig!“

Nun nennt sie ihn also auch schon beim Vornamen, dachte Mona. Aber das Verhältnis zwischen Braren und seiner Angestellten erschien ihr jetzt zweitrangig. Sie konzentrierte sich ganz auf Enno.

„Was hat Eike gesagt? Du hast ihn doch bestimmt mit dem Fund konfrontiert.“

„Selbstverständlich. Er bestreitet, das Smartphone jemals gesehen zu haben. Allerdings sind an den Schlössern seines Hauses keine Einbruchspuren zu erkennen. Es ist also unwahrscheinlich, dass es ihm untergeschoben wurde.“

„Außer von der Polizei!“, platzte Gesa heraus. Sie war völlig aufgelöst. Die Angestellte hätte Mona beinahe leidgetan, wenn sie sich nicht so über sie geärgert hätte.

„Sie schalten jetzt besser mal einen Gang runter, bevor Sie Behauptungen aufstellen, die sich nicht beweisen lassen“, raunzte sie. „Wir werden Sie auch noch eingehend zu der Sache vernehmen, da können Sie ganz unbesorgt sein. Wenn Sie aktuell nichts auszusagen haben, dann lassen Sie uns jetzt einfach unseren Job machen.“

Mona gab Enno ein Zeichen, dann wandte sie sich an die Festland-Polizisten.

„Ihr macht hier zunächst allein weiter, in Ordnung?“

Die Männer nickten. Mona bezweifelte, dass in der Werkstatt etwas Wichtiges zu finden war. Aber man konnte ja nie wissen. Als sie und Enno nach draußen gehen wollten, folgte Gesa ihnen.

„Wo wollen Sie hin?“, fragte Mona. Ihre leicht abgekühlte Wut kochte wieder hoch.

„Zur Polizeistation. Ich nehme an, dass Eike dort festgehalten wird.“

„Ihr Chef wird momentan nur erkennungsdienstlich behandelt, wir haben ihn bisher nicht verhaftet“, erklärte Enno geduldig. „Er ist mit uns gekommen, ohne Widerstand zu leisten. Sie dürfen bei seiner Befragung nicht dabei sein. Doch Sie bekommen auch die Gelegenheit, Ihre Aussage zu machen.“

Die Verkäuferin ließ sich widerstrebend darauf ein, im Laden zu bleiben. Mona stieß langsam die Luft aus den Lungen, als sie sich auf den Beifahrersitz des Opel Vectra fallen ließ.

„Diesmal musst du fahren, mein Lieber. Ich bin so sauer, dass ich garantiert einen Unfall bauen würde.“

„Das muss ja nicht sein", brummte Enno gemütlich und ließ den Motor an. „Ich habe schon bemerkt, dass du und Gesa euch nicht grün seid."

„Ja, weil sie mich als männermordende Lesbe brandmarken will – und das bin ich nun mal nicht."

„Gesa reagiert emotional, weil sie in Eike verliebt ist. Das hast du selbst gesagt, Mona. Allerdings ist das noch kein Grund, um dir etwas zu unterstellen."

„Falls ich auf Frauen stehen würde, dann wäre das heutzutage kein Grund mehr für Heimlichtuerei. Was mich wirklich gekränkt hat, war ihre Behauptung, dass ich unbedingt einen männlichen Täter verhaften wollte."

„Klar, das hat dich in deiner Kriminalistinnenehre getroffen. Das wäre mir an deiner Stelle nicht anders gegangen."

Mona grinste schief.

„Du wärst auch gekränkt, wenn man dir Interesse an Frauen nachsagen würde?"

Enno lachte und strich mit zwei Fingern über Monas Wange.

„Ganz schwacher Witz. Trotzdem bin ich froh, dass du deinen Humor wiedergewonnen hast."

„Ich gelobe Besserung, Herr Oberkommissar. Wie kam es denn eigentlich zu dem Smartphone-Fund?"

„Grietje hat mit Todesverachtung einen Behälter für Schmutzwäsche in Eikes Bad durchwühlt. Dort fand sie das Smartphone. DNA-Spuren können wir natürlich vergessen, verwertbare Fingerabdrücke sind ebenfalls fraglich. Fest steht, dass dieses Gerät Volker Kiebing gehört hat. Es war ausgeschaltet, deshalb konnte es auch nicht geortet werden."

Mona schüttelte den Kopf.

„Würdest du nach einem Mord ein belastendes Beweisstück zwischen deiner Schmutzwäsche verstecken? Das ergibt für mich keinen Sinn. Es scheint so, als ob jemand Eike zum Sündenbock machen will."

Enno erwiderte: „Da bin ich ganz deiner Meinung. Andererseits muss der wahre Täter ja irgendwie ins Haus gekommen sein. Entweder hatte er einen Schlüssel oder er wurde von Eike hereingelassen."

„Klar, das ergibt einen Sinn. Ein Besucher kommt vorbei, muss kurz zur Toilette und hinterlässt das Beweisstück im Schmutzwäschebehälter. Dass wir Eike ohnehin schon im Verdacht hatten, ist ja kein Geheimnis mehr. Es kommt mir so vor, als ob die ganze Insel uns diesmal bei der Ermittlungsarbeit auf die Finger schaut. Und ich kann nicht behaupten, dass es mir gefällt."

„Grietje fühlt sich jedenfalls als Heldin des Tages", meinte Enno lächelnd. „Schließlich hat sie das bisher wichtigste Beweisstück gefunden. Ansonsten war der Besuch in Eikes Haus wenig ergiebig. Wir haben seinen Computer und sein Notebook beschlagnahmt, aber es wird einige Zeit dauern, bis alle Daten ausgewertet sind. Ich hoffe, dass Eike im Verhör nicht allzu verstockt auftreten wird."

Mona seufzte.

„Dann müssen wir uns wohl darauf einstellen, dass Grietje in den nächsten Tagen noch anstrengender sein wird als sonst."

„Ja, dagegen würde ich nicht wetten."

Auf der Dienststelle wurde Eike Braren immer noch erkennungsdienstlich behandelt. Mona schaute sich das Smartphone an, bevor es zur kriminaltechnischen Auswertung nach Oldenburg geschickt werden würde.

Die Nummer ließ sich eindeutig Volker Kiebing zuordnen. Die Kollegen hatten die Smartphone-Inhalte geklont, damit die Fingerabdrücke auf dem Original-Telefon nicht verwischt wurden.

Mona schaute sich die Daten genauer an. Ein Blick in die Fotogalerie war entlarvend genug. Der Stalker hatte noch nicht einmal versucht, die Bilder der Frauen zu löschen, denen er nachgestellt hatte. Volker Kiebing war sich seiner Sache sehr sicher gewesen.

Mona zuckte zusammen, als sie sich die Aufnahmen genauer anschaute. Enno bemerkte ihre Aufregung.

„Was hast du denn?"

„Hier sind Bilder von Gesa Tjaden! Wusstest du, dass Kiebing auch sie gestalkt hat?", fragte Mona.

Enno schüttelte den Kopf.

„Die junge Frau hat niemals Anzeige erstattet. Dafür kann es mehrere Gründe geben. Entweder hat sie nicht gemerkt, dass Kiebing hinter ihr her war ..."

„... oder sie hat Selbstjustiz verübt und den Stalker umgebracht", ergänzte Enno. „Die Sache hat nur einen Schönheitsfehler. Wir sind uns wohl darüber einig, dass Gesa ihren Chef liebt. Warum sollte sie das Smartphone in seinem Haus platzieren?"

„Aus Frustration, weil Eike sich nicht für sie, sondern für Reina interessiert", schlug Mona vor. „Das wäre jedenfalls eine Lösung, die ich jetzt so aus dem Ärmel schütteln kann."

„Dann wollen wir mal sehen, ob wir Eike die Wahrheit entlocken können", meinte Enno.

Mona stand auf.

„Ich halte es für besser, wenn du das Verhör zum größten Teil führst", sagte sie. „Es fällt mir zwar schwer, meine Klappe zu halten, aber du kennst den Verdächtigen viel länger als ich. Er wird Vertrauen zu dir haben."

„Wollen wir es hoffen."

Eike Braren wirkte nervös und fahrig, als die Ermittler zu ihm in den Verhörraum kamen. Seine Haut war fahl, obwohl er eigentlich genauso tief sonnengebräunt war wie seine Verkäuferin.

Enno belehrte den Goldschmied über seine Rechte, dann fragte er: „Möchtest du einen Rechtsanwalt hinzuziehen?"

Braren presste die Lippen aufeinander, bevor er antwortete.

„Brauche ich denn einen Verteidiger?"

„Das musst du selbst am besten wissen, Eike."

Braren schüttelte den Kopf.

„Ich habe nichts getan, also verlasse ich mich einfach darauf, dass ihr mir nichts anhängen werdet."

„Vielen Dank für den Vertrauensvorschuss", meinte Enno schmunzelnd. Dann wurde er wieder ernst: „Tatsache ist, dass du für die Tatnacht kein Alibi hast. Und wir konnten das Smartphone des Opfers in deinem Haus sicherstellen."

„Dieser Stalker war in meinen Augen abscheulich. Seine Opfer können vielleicht nie wieder eine Nacht durchschlafen, weil er sie mit seinem Terror überzogen hat. Und ich bin ehrlich erleichtert darüber, dass er tot ist. Ermordet habe ich ihn allerdings trotzdem nicht."

„Angenommen, du sagst die Wahrheit, Eike. Dann will dir jemand etwas anhängen, wahrscheinlich der wahre Mörder. Diese Person muss also gewusst haben, dass du für Reina schwärmst und den Mann hasst, der sie drangsaliert und quält."

Braren nickte.

„Das stimmt, Enno. Meine Gefühle für Reina sind allerdings kein Geheimnis. Ich schäme mich nicht dafür, dass ich diese tolle Frau verehre. Das kann ruhig jeder erfahren."

„Mit anderen Worten: Mindestens halb Borkum wusste, was du für Reina fühlst", warf Mona trocken ein. Sie konnte nicht die ganze Zeit schweigend zuhören, das widersprach ihrem Naturell.

„Ja, natürlich. Ich konnte ja nicht ahnen, dass ein Verbrecher mir daraus einen Strick drehen würde."

Mona blickte direkt in Brarens Gesicht. Einerseits kam ihr der Goldschmied glaubwürdig vor. Außerdem sprach das in seinem Haus platzierte Beweisstück in ihren Augen eher für seine Unschuld als für seine Täterschaft. Andererseits verschwieg dieser Mann etwas.

Bevor Mona ihre Gedanken noch weiter schweifen lassen konnte, fuhr Enno fort: „Wäre es nicht auch möglich, dass Reina ihren Stalker umgebracht hat und dir die Tat anhängen wollte? So hätte sie zwei Fliegen mit einer Klappe geschlagen."

Braren fuhr auf, als ob ihn eine Tarantel gestochen hätte.

„Bist du verrückt geworden, Enno? Weshalb sollte mich die Frau, die ich liebe, in die Pfanne hauen wollen?"

„Hinsetzen!", blaffte Enno. Die Stimme des ostfriesischen Ermittlers klang nun hart. Mona wusste, dass Enno auch sehr energisch sein konnte. Man durfte sich von seiner gemütlichen und verbindlichen Wesensart nicht täuschen lassen. Wenn es darum ging, ein Verbrechen aufzuklären, kannte er kein Pardon. „Der Zusammenhang ist doch eindeutig, Eike. Oder willst du ihn einfach nicht sehen? Dass Reina Volker Kiebing gehasst hat, bezweifelt wohl keiner von uns. Das ist eindeutig. Doch was ist mit dir? Nach meinem Kenntnisstand seid Reina und du kein Liebespaar. Man könnte auch sagen, dass sie nichts von dir wissen will. Du hingegen schmachtest sie immer noch an."

Braren bekam den Mund nicht mehr zu. Seine Augen waren weit aufgerissen, er rang nach Luft. Mona hätte nicht sagen können, ob er nun wütend oder einfach nur entsetzt war. Es dauerte einen Moment, bis der Goldschmied seine Sprache wiedergefunden hatte.

„Du kannst mich doch nicht mit diesem Kiebing auf eine Stufe stellen, Enno! Zugegeben, Reina hat meine Gefühle nicht erwidert. Das finde ich aber völlig verständlich nach ihren schlechten Erfahrungen mit Männern. Ich bin ihr jedenfalls nicht nachgestiegen und habe auch nicht nachts vor ihrem Schlafzimmerfenster gelauert wie so ein elender Stalker."

„Das Gegenteil können wir dir momentan noch nicht beweisen", gab Enno zurück. Der Temperamentsausbruch des Verdächtigen hatte ihn offenbar nicht beeindruckt.

„Reina hat übrigens auch kein Alibi für die Mordnacht", ergänzte Mona.

Braren schüttelte den Kopf.

„Ihr denkt also ernsthaft, dass Reina den Stalker tötete, sein Smartphone nahm und es dann in meinem Haus platzierte, um mich auch noch loszuwerden? Ihr seid ja verrückt."

„So verrückt ist das gar nicht", stellte Enno fest. „Es bleibt nun mal eine Tatsache, dass Reina uns bei ihrer ersten Befragung ein falsches Alibi aufgetischt hat. Warum tut sie das, wenn sie nichts zu verbergen hat?"

„Weil sie genau wusste, dass ihr sie oder ihre Freundinnen verdächtigen würdet."

Enno schüttelte langsam den Kopf, als ob er mit einem uneinsichtigen Kind sprechen würde.

„Merkst du eigentlich nicht, wie absurd das klingt, Eike? Gerade in dem Fall wäre es cleverer gewesen, bei der Wahrheit zu bleiben."

Darauf erwiderte Braren nichts. Nach einem kurzen Schweigen sagte er: „Ich habe Volker Kiebing nicht umgebracht und ich kenne auch den Mörder nicht. Reina kann es nicht getan haben, zu einer solchen Tat wäre sie niemals fähig."

Das bezweifelte Mona. Was sprach eigentlich gegen Reina als Mörderin des Stalkers? Eigentlich nichts, abgesehen von dem fehlenden Hämatom auf ihrem Körper. Doch Mona bezweifelte inzwischen selbst sehr stark, dass sie dem Einbrecher einen blauen Fleck zugefügt hatte. Außerdem musste er nicht zwangsläufig mit dem Killer identisch sein.

Enno lehnte sich in seinem Stuhl zurück.

„Flucht- und Verdunkelungsgefahr sehe ich bei dir nicht gegeben, Eike. Also kannst du jetzt nach Hause gehen. Halte dich bitte zu unserer Verfügung und verlasse Borkum einstweilen nicht."

„Das werde ich nicht tun. Hoffentlich habt ihr in meiner Werkstatt nicht allzu viel Chaos hinterlassen. Dann kann ich jetzt nämlich endlich wieder arbeiten."

Braren war nun ruhiger als zuvor. Er verließ die Polizeistation, ohne die Ermittler noch eines Blickes zu würdigen. Enno sprach erst wieder, als der Goldschmied außer Hörweite war.

„Was denkst du über Eike, Mona?"

„Ich halte ihn nicht für den Täter. Allerdings hat er es geschafft, meinen Verdacht gegen Reina wieder zu befeuern. Sie hat nach wie vor kein Alibi für die Mordnacht, und über ihr Motiv müssen wir gar nicht erst reden."

Enno nickte.

„Und dann wäre da auch noch unsere allerneueste Verdächtige, Gesa Tjaden."

„Warum hast du Eike nicht auf sie angesprochen?"

„Damit er keine Gelegenheit bekommt, sie vorzuwarnen, Mona. Mir war klar, dass wir ihn laufen lassen müssen. Die Indizien reichen momentan für eine Verhaftung nicht aus. Und wenn er ihr brühwarm erzählt, dass wir gegen sie ermitteln, dann könnte sie sich vorbereiten. Es ist besser, wenn wir sie kalt erwischen."

Mona rieb sich die Hände.

„Einverstanden, und wann knöpfen wir uns die Dame vor?"

Enno öffnete den Mund, um zu antworten. In dem Moment wurde die Tür aufgestoßen, und Grietje steckte ihr sommersprossiges Gesicht in den Raum.

„Wir haben gerade einen Notruf erhalten. Professor Kiebing ist ermordet worden!“

Kapitel 17

Mona und Enno sprangen gleichzeitig auf, als ob sie einen lautlosen Befehl bekommen hätten.

„Die Melderin heißt Frau Brinkema. Sie muss wohl so eine Art Putzteufel sein. Jedenfalls sollte sie das Ferienhaus nach der Abreise des Professors sauber machen. Stattdessen fand sie seine Leiche. Sie ist noch vor Ort."

„Wir fahren gleich hin", sagte Mona. „Wir brauchen auch einen Arzt, der den Tod feststellt und eine erste Einschätzung gibt."

Grietje versprach, sich darum zu kümmern. Auf der Insel gab es keinen Rechtsmediziner, aber bei einem unnatürlichen Tod wurde ohnehin eine Obduktion im gerichtsmedizinischen Institut von Oldenburg angeordnet.

„Diese neue Bluttat wirft unsere Ermittlungen völlig über den Haufen", schimpfte Mona, als sie und Enno im Auto saßen und Richtung Süderreihe brausten.

„Oder auch nicht."

„Wie meinst du das, Enno?"

„Noch kennen wir nicht alle Fakten", erwiderte der ostfriesische Ermittler ausweichend. „Womöglich hängen die beiden Morde zusammen."

Diese Möglichkeit bestand natürlich, wie Mona zugeben musste. Rätselraten war nicht gefragt, jetzt kam es auf die neuen Fakten an.

„Ich kenne Wiebke Brinkema", erzählte Enno. „Sie betreibt hier auf Borkum eine Art Hausmeisterservice. Viele Besitzer von Ferienwohnungen sind ja nicht selbst vor Ort. Da kümmert sich dann Wiebke um die Objekte. Sie führt die Endreinigung durch und nimmt die Schlüssel entgegen, wenn die Urlauber wieder abreisen."

„Hoffen wir, dass sie nicht versehentlich Spuren vernichtet hat, bevor sie den Toten fand", entgegnete Mona.

Im Handumdrehen trafen sie vor dem Ferienhaus ein. Das eingeschlagene Fenster wurde inzwischen von einem Stück Pappe verdeckt. Vor dem Anwesen wartete eine Frau im rosa Putzkittel. Mona schätzte sie auf Anfang sechzig. Sie war mollig und hatte eine unmodisch wirkende Dauerwellenfrisur.

„Enno! Gut, dass ihr so schnell kommen konntet!", rief sie und rang die Hände. Ihr Gesicht war schreckensbleich, in ihren Augen glitzerten Tränen.

„Moin, Wiebke. Jetzt ist alles gut, wir sind da. Das ist meine Kollegin, Kommissarin Mona Sander."

Frau Brinkema schaute Mona kurz an, wandte sich aber sofort wieder Enno zu. Mona wunderte sich über dieses Verhalten schon lange nicht mehr. Wiebke Brinkema kannte Enno vermutlich schon seit ewigen Zeiten. Inselfriesen benötigten etwas länger, bis sie mit neuen Bekanntschaften warm wurden. Doch wenn es so weit war, hatte man treue Freunde fürs Leben gewonnen.

„Der Herr Professor hat mich gestern angerufen, damit ich das Ferienhaus putze“, begann die Zeugin. „Aber gestern hatte ich keine Zeit mehr, also wollte ich es heute erledigen. Ich habe einen Schlüssel, weil ich immer sauber mache, wenn die Familie nicht da ist.“

„Wann kam der Anruf?“, wollte Enno wissen.

„Gegen sechzehn Uhr“, erwiderte die Zeugin nach kurzem Nachdenken.

„Das passt“, warf Mona ein. „Der Professor wollte die Insel verlassen. Die letzte Fähre um sechzehn Uhr dreißig hätte er noch erwischen können. Dazu ist es dann nicht mehr gekommen.“

Sie wandte sich dem Haus zu. Die Tür war nur angelehnt. Frau Brinkema zuckte zurück, als ob Mona sie hineinzerren wollte.

„I-ich gehe nicht mehr rein! Mir ist fast das Herz stehen geblieben, als ich den Toten gesehen habe.“

Enno legte beruhigend seine Hand auf Wiebke Brinkemas Schulter.

„Das musst du auch nicht tun, wir kümmern uns darum.“

Mona trat in das Ferienhaus. Sie musste nicht lange suchen, bis sie den Toten fand. Der Professor war in der Küche von seinem Schicksal ereilt worden. Er lag auf der Seite, an seinem Hinterkopf befand sich eine klaffende Wunde, die mit getrocknetem Blut verklebt war.

Die Mordwaffe lag gleich neben dem Opfer. Jedenfalls ging Mona davon aus, dass der tödliche Schlag mit dem eisernen Schürhaken ausgeführt worden war. An dem Metall klebte noch getrocknetes Blut.

Nachdenklich ging die Kommissarin von der Küche ins Wohnzimmer. Von dort musste der Täter oder die Täterin den Schürhaken geholt haben. Der Professor war offenbar arglos gewesen. Nichts deutete auf einen Kampf hin. Nach Monas Meinung gab es nur zwei Möglichkeiten: Entweder hatte das Opfer den Täter gekannt und ihm vertraut oder der Professor war von einem Eindringling überrumpelt worden.

Hätte er nicht hören müssen, wenn ein Fremder ins Haus eingedrungen wäre? Mona ging zur Hintertür, wobei sie sich an ihr eigenes unangenehmes Erlebnis an diesem Ort erinnerte. Sie zog sich Latexhandschuhe an und öffnete vorsichtig die Tür. Das Schloss war seit ihrem letzten Besuch nicht ausgetauscht worden, was sie nicht wunderte. In der Hochsaison war es auf Borkum nicht einfach, einen Handwerker zu bekommen. Erstens wollten auch diese Menschen einmal Urlaub machen, und zweitens nahmen die Aufträge zu Stoßzeiten einfach überhand.

Es wäre sehr gut möglich gewesen, leise in das Ferienhaus einzudringen.

Mona kam nun vom Hintereingang her auf die Küche zu. Dort gab es ein Radio. Wenn es gelaufen war, während der Täter hereinkam, und der Professor ihm den Rücken zugedreht hatte, war der Mord mithilfe des Schürhakens aus dem Wohnzimmer möglich gewesen. Das Opfer würde vermutlich noch nicht einmal gehört haben, dass jemand sich näherte.

Allerdings glaubte Mona nicht an einen großen Unbekannten. Sie ging auch nicht von einer Tat im Affekt aus, denn nichts deutete auf einen Kampf hin. Der Professor musste seinen späteren Mörder eingelassen haben.

Und wer kam für die Tat infrage?

Hass auf den Stalker war eine Sache. Aber nun auch noch dessen Familienangehörige zu töten, erschien Mona übertrieben rachedurstig. So eine Tat traute sie noch nicht einmal Reina Paal zu, obwohl sie diese Frau als extrem aggressiv erlebt hatte.

Zunächst galt es, den Todeszeitpunkt möglichst genau einzugrenzen.

Wie ein Schauspieler, der auf sein Stichwort gewartet hat, betrat in diesem Moment der diensthabende Notarzt das Haus. Mona kannte ihn von anderen Einsätzen her und gab ihm die Hand.

„Moin, Herr Doktor. Gut, dass Sie so schnell erscheinen konnten.“

„Ja, Oberkommissar Moll bat mich, direkt zu Ihnen zu gehen. Er beruhigt draußen eine ältere Dame.“

Während des kurzen Wortwechsels mit Mona ging der Mediziner in die Küche und kniete sich neben die Leiche.

„An der Todesursache dürfte wohl kein Zweifel bestehen“, mutmaßte Mona.

Der Arzt nickte.

„Ja, Schädelfraktur. Ob einer oder mehrere Schläge ausgeführt wurden, kann ich auf Anhieb allerdings nicht sagen.“

„Das ist momentan nicht so entscheidend, Herr Doktor. Mich interessiert vor allem der Todeszeitpunkt. Wann starb dieser Mann?“

„Ich bin zwar kein Rechtsmediziner, aber ich kann Ihnen hoffentlich trotzdem weiterhelfen.“

Mit diesen Worten zog der Mediziner ein Hämmerchen aus seinem Instrumentenkoffer und schlug auf den linken Bizepsmuskel des Toten. Zuvor hatte er den Ärmel hochgekrempelt.

„Schauen Sie“, sagte der Arzt und deutete auf einige Hautwellen in der Armbeuge des Professors. „Diese Aufwerfungen bezeichnet man als idiomuskuläre Wülste. Es kam nach meinem Schlag nicht mehr zur Muskelkontraktion, doch diese Hautunebenheiten sind gut tastbar. Sie bilden sich nach dem Exitus. Nageln Sie mich nicht auf die genaue Zeit fest, aber das Opfer wird zwischen Mitternacht und zwei Uhr früh erschlagen worden sein.“

Mona versank in tiefe Nachdenklichkeit.

Enno kam herein. Er bemerkte sofort, dass sie geistig abwesend war.

„Was geht dir durch den Kopf?“, fragte er leise.

Mona berichtete vom Todeszeitpunkt.

„Wo ist die Melderin?“, fragte sie zerstreut.

„Ich habe Wiebke nach Hause geschickt, sie soll sich erst mal beruhigen. Ihre Aussage können wir auch später noch zu Protokoll nehmen. Was beschäftigt dich so stark, Mona?“

„Lass uns die letzten Stunden im Leben des Professors rekonstruieren“, schlug sie vor. „Wir wissen, dass er die Insel so schnell wie möglich verlassen wollte. Die letzte Gelegenheit dazu wäre gestern um sechzehn Uhr dreißig gewesen, mit der Fähre. Aber er hat das Schiff offensichtlich nicht genommen. Weshalb nicht?“

„Weil er Besuch bekommen hat oder einen Anruf erhielt“, mutmaßte Enno.

„Gut, die Telefonate können wir zurückverfolgen“, sagte Mona. „Vielleicht hat seine Frau ihn vom Festland aus angerufen. Womöglich ist ihr Haftprüfungstermin für sie positiv verlaufen, darum habe ich mich noch nicht gekümmert.“

Während der Arzt die Leiche weiter untersuchte, schauten sich die Ermittler genauer in der Küche um. Dabei achteten sie sorgfältig darauf, keine Spuren zu vernichten. Mona und Enno hatten Latexhandschuhe übergezogen.

Der Oberkommissar deutete auf eine leere Rotweinflasche im Mülleimer.

„Schau mal, der Professor scheint die Trauer um seinen Sohn im Alkohol ertränkt zu haben.“

Mona ging in die Hocke und öffnete die Spülmaschine. Darin befanden sich ein schmutziger Teller sowie zwei benutzte Weingläser. Sie schüttelte den Kopf.

„Kiebing hat nicht allein getrunken, Enno. Es ist wahrscheinlich so abgelaufen, dass er noch etwas gegessen hat und dann die Fähre nehmen wollte. Der Professor war allein im Haus, daher benötigte er nur einen Teller. Doch dann kam plötzlich Besuch. Mit dieser Person hatte er etwas zu besprechen, und zwar beim Wein. Und diese Unterredung war so wichtig, dass er deshalb die Fähre versäumt hat."

Enno legte nachdenklich die Stirn in Falten.

„Und diese Person hat ihn später erschlagen?"

„Das wäre möglich. Zumindest gibt es noch keine Hinweise auf die Anwesenheit eines Dritten im Haus."

Der Arzt hatte seine Untersuchung beendet und stellte einen Totenschein aus, den er Enno übergab.

„Sie kümmern sich um die weiteren Formalitäten?", vergewisserte sich der Mediziner.

„Ja, wir veranlassen eine Obduktion und die kriminaltechnische Untersuchung des Tatorts", bestätigte Enno. Mona forderte einen uniformierten Kollegen an, um das Haus bis zum Eintreffen der Spurensicherung zu bewachen.

„Ich frage mich, ob der Professor von der Mörderin seines Sohnes umgebracht wurde", dachte Mona auf dem Rückweg zur Polizeistation laut nach.

„Du glaubst also, dass eine Frau dahintersteckt?"

„Ja, Enno. In meinen Augen sind Reina und Gesa die Hauptverdächtigen. Allerdings erscheint es mir bei beiden unwahrscheinlich, dass sie ein belastendes Beweisstück in Eikes Haus platzieren."

Der ostfriesische Ermittler schüttelte den Kopf.

„Und was für ein Motiv gibt es für den Mord am Vater des Stalkers?"

„Wenn ich das wüsste, wäre mir wohler", seufzte Mona. „Lass uns Gesa ins Gebet nehmen, nachdem wir mit Oltbeck gesprochen haben."

Kapitel 18

Der Dienststellenleiter reagierte gereizt auf die Nachricht von einem weiteren Tötungsdelikt. Eigentlich war Oltbeck ein umgänglicher Mensch, aber zu viel Gewaltkriminalität auf seiner Insel machte ihn nervös.

„Also läuft der Mörder von Volker Kiebing immer noch frei herum und tötet jetzt auch noch die restlichen Familienmitglieder?“, knurrte er.

„Wir wissen noch nicht, ob Vater und Sohn von derselben Person ermordet wurden“, erwiderte Mona wahrheitsgemäß. „Verschiedene Frauen hatten einen Grund dafür, den Stalker umzubringen. Weshalb der Professor sterben musste, ist uns noch nicht klar. Womöglich wusste er mehr über den Tod seines Sohnes, als er zugegeben hat. Und der Mörder wollte dafür sorgen, dass er nichts mehr ausplaudern konnte.“

Diese Variante hatte Mona sich gerade ausgedacht, um vor Oltbeck nicht mit völlig leeren Händen dazustehen. Sie und Enno hatten zwar gerade erst mit den Ermittlungen im Fall des Professors begonnen, doch in seiner aktuellen schlechten Stimmung erwartete Oltbeck umgehend Erfolge.

„Schön, dann sitzen Sie nicht hier herum, sondern machen sich wieder auf die Jagd nach dem Mörder. Geben Sie mir Bescheid, falls Sie Verstärkung benötigen. Wir müssen den Fall so schnell wie möglich lösen, bevor die ersten Urlauber Panik bekommen und die Insel vorzeitig verlassen.“

Mit diesen Worten beendete der Hauptkommissar die kurze Unterredung.

„Oltbeck hat ja fast so getan, als ob wir den Professor auf dem Gewissen hätten“, sagte Mona, als sie gemeinsam mit Enno zu Brarens Laden hinüberging. Für die kurze Strecke lohnte sich keine Autofahrt, falls man nicht gerade mit einem Großaufgebot eine Hausdurchsuchung durchführen wollte.

„Der Chef ist unruhig, das muss man verstehen“, brummte Enno. „Der Steinwurf sollte dem Professor offenbar Angst einjagen. Wenn der Werfer erreichen wollte, dass er die Insel verlässt, wieso bringt er ihn dann wenige Stunden später um?“

„Eine gute Frage. Noch wissen wir allerdings nicht, ob der Steinwerfer und der Mörder ein und dieselbe Person sind.“

„Noch ein Rätsel“, seufzte Mona. „Und die nächste unbeantwortete Frage wartet direkt auf uns. Nämlich: Wo ist Gesa?“

Sie waren vor dem Laden des Goldschmieds angekommen. In der Tür hing ein Schild mit der Aufschrift: Komme gleich wieder.

„Meinst du, dass sie getürmt ist, Mona?"
„Ich will nicht gleich das Schlimmste vermuten, außerdem wäre das ein Schuldeingeständnis. Vielleicht ist sie auch einfach nur hinten in der Werkstatt."
Enno nickte und wummerte mit seiner großen Faust so lange gegen die Tür, bis der genervt aussehende Eike Braren auftauchte. Er schloss auf und warf den Ermittlern einen Unheil verkündenden Blick zu.
„Es wäre auch zu schön gewesen, wenn ich wenigstens mal eine halbe Stunde ungestört hätte arbeiten können! Was wollt ihr denn schon wieder?"
„Von dir diesmal gar nichts", entgegnete Enno freundlich. „Wir müssten deine Mitarbeiterin sprechen."
„Gesa macht gerade Mittagspause, sie ist wahrscheinlich in einer Milchbude am Strand. – Was wollt ihr denn von ihr? Sie hat mit der ganzen Sache überhaupt nichts zu tun."
Der Oberkommissar ging nicht auf die Behauptung ein. Stattdessen sagte er: „Danke für die Auskunft. Wir sind schon wieder weg."
Von der Straße Am Westkaap war es nur einen Steinwurf weit zur Strandpromenade. An diesem herrlichen Sommertag waren sämtliche Strandkörbe und -zelte vermietet. Viele Urlauber hatten es sich im Sand auf ihren bunten Laken bequem gemacht. Die Ruhebänke auf der Promenade oberhalb des Strandes waren ebenfalls ausnahmslos belegt. Und in den Milchbuden herrschte ebenfalls großer Andrang.
Mona und Enno wurden gleich in *Dat lecker Budje an de Strand* fündig. Gesa Tjaden hatte einen Platz mit Panoramablick auf den Strand und die Nordsee ergattert. Sie löffelte eine Portion Milchreis, ein klassisches Milchbuden-Gericht auf Borkum. Als sie die Kommissare erblickte, verdrehte sie genervt die Augen.
„Kann ich jetzt noch nicht mal in Ruhe essen, ohne von Ihnen belästigt zu werden?"
Mona und Enno ließen sich von der Abfuhr nicht beeindrucken. Stattdessen setzte sich Mona der Verkäuferin gegenüber an den Tisch.
„Enno, sei ein Schatz und bring mir einen Zitronensprudel mit, okay?"
„Mit dem größten Vergnügen", entgegnete der Oberkommissar und verschwand in Richtung Ausgabeluke, vor der sich bereits eine Menschenschlange gebildet hatte.
„Wir machen hier nur Mittagspause, genau wie Sie", sagte Mona im Plauderton. „Es ist doch alles vollkommen in Ordnung."
Gesa kniff misstrauisch die Augen zusammen.
„Wollen Sie mich auf den Arm nehmen? Sie führen doch etwas im Schilde, Frau Sander! Es gibt auf Borkum unzählige Möglichkeiten, die

Mittagspause zu verbringen. Warum rücken Sie ausgerechnet mir auf die Pelle?“

„Sagen Sie es mir“, forderte Mona. Sie wollte Gesa noch einige Momente lang über ihre Absichten im Unklaren lassen. Die braun gebrannte Frau war ohnehin schon nervös. Mona hätte wetten können, dass sie etwas zu verbergen hatte.

„Sie verdächtigen Eike, aber er hat nichts Verbotenes getan!“, platzte Gesa heraus. „Und Sie hoffen, über mich an ihn heranzukommen. Das wird nicht funktionieren, denn ich bin meinem Chef gegenüber loyal.“

„Sie irren sich.“ Monas Stimme war nun schneidend wie eine Messerklinge. „Wir sind nicht wegen Eike Braren hier, sondern wegen Ihnen. Ich will wissen, wo Sie in der vergangenen Nacht gewesen sind.“

Gesas Reaktion war erstaunlich. Auf Mona wirkte sie nicht erschrocken oder schuldbewusst, sondern verlegen. Sie wich dem Blick der Kommissarin aus.

„Das geht Sie überhaupt nichts an. Warum wollen Sie das wissen?“

„Weil zwischen Mitternacht und zwei Uhr früh Professor Kiebing ermordet wurde. Und Sie stehen unter Tatverdacht“, sagte Mona, wobei sie ihr Gegenüber nicht aus den Augen ließ.

Einen Moment lang herrschte Schweigen.

„Sie sind ja verrückt“, entgegnete Gesa mit tonloser Stimme. „Warum sollte ich den Professor umbringen? Ich kannte ihn ja nicht einmal.“

„Sein Sohn hat Sie gestalkt“, stellte Mona fest. Gesa zuckte zusammen. Da wusste die Kommissarin, dass die Verkäuferin die Nachstellungen bemerkt hatte. Sie fuhr fort: „Sie können sich vorstellen, dass wir Sie nun auch der Ermordung von Volker Kiebing verdächtigen.“

Mona wusste natürlich, dass sie hier kein offizielles Verhör durchführen konnte. Es kam ihr zunächst darauf an, Gesa aus der Reserve zu locken. Und das gelang ihr auch.

„Ja, dieser verflixte Stalker ist mir nachgestiegen“, platzte sie heraus. „Ich bekam Angst.“

„Warum sind Sie nicht zur Polizei gegangen? Uns liegt keine Anzeige vor.“

„Soll das ein Witz sein, Frau Sander? Man hört doch immer wieder davon, dass die Justiz solche Typen mit Samthandschuhen anfasst. Außerdem hatte ich keinen handfesten Beweis dafür, dass er mir wirklich nachschlich.“

„Sie sagen nicht die ganze Wahrheit“, behauptete Mona. Sie konnte manchmal gut einschätzen, wenn ihr jemand etwas verschwieg. Und in diesem Fall traf sie den Nagel auf den Kopf.

„Ich habe Eike davon erzählt“, flüsterte sie.

„Also könnte Ihr Chef sich vorgenommen haben, Volker Kiebing eine Abreibung zu verpassen. Und dann ist die Sache aus dem Ruder gelaufen."

„Eike hat den Stalker nicht umgebracht, das spüre ich", sagte Gesa leidenschaftlich. „Und den Professor können weder Eike noch ich getötet haben."

„Wieso nicht?", fragte Mona. Sie ahnte die Antwort.

„Weil wir die vergangene Nacht gemeinsam verbracht haben", flüsterte Gesa, wobei sie den Kopf senkte.

Mona beglückwünschte sich innerlich dazu, dass sie Enno Getränke holen geschickt hatte. Den meisten Frauen fiel es leichter, in Abwesenheit von Männern über intime Dinge zu reden.

„Wie lang geht das schon zwischen Ihnen?", fragte die Kommissarin.

„Ein paar Wochen."

„Und Sie hielten es nicht für notwendig, uns davon zu erzählen?"

„Mein Privatleben geht die Polizei nichts an."

„Was ist mit der Nacht, in der Volker Kiebing starb? Waren Sie da auch mit Ihrem Freund zusammen? Ich mache Sie darauf aufmerksam, dass auch eine uneidliche Falschaussage strafrechtlich verfolgt wird", sagte Mona im besten Amtsdeutsch.

„Nein, in der Nacht trafen wir uns nicht. Wir hatten uns am Abend zuvor gestritten", räumte Gesa ein.

„Weshalb?"

„Weil es mich kränkte, dass Eike immer noch in diese eingebildete Ziege Reina verknallt war! Zuerst lief es sehr gut zwischen uns. Doch dann tauchte plötzlich Reina mit ihren beiden Freundinnen auf, um hier Urlaub zu machen. Sie stolzierten auf dem Weg zum Strand an unserem Laden vorbei. Eike war gerade bei mir, um ein paar Schmuckstücke auszupreisen. Da sah er diese dumme Pute durch das Schaufenster. Sofort hatte er mich und seine Arbeit vergessen und rannte hinter ihr her wie ein treuer Hund."

„Hat Reina denn seine Gefühle erwidert?", hakte Mona nach.

Gesa verschränkte die Arme vor der Brust und schaute auf die Nordsee hinaus.

„Ich hoffe nicht. Es kostete mich an dem Tag sehr viel Kraft, meinen Ärger zu unterdrücken. Schließlich hatten wir während der folgenden Stunden sehr viel Kundschaft im Laden, und ich habe viel verkauft. Ich kann nämlich gut mit Menschen umgehen. Seit ich dort arbeite, konnte Eike seinen Umsatz verdoppeln. Wir sind ein gutes Team, beruflich und privat. Aber glauben Sie nicht, dass er das zu schätzen wüsste. Er hat nur Augen für diese Reina. Abends machte ich ihm eine riesige Szene. Er stürmte hinaus und kam bis zum Morgen nicht zurück."

„Wohnen Sie zusammen?", vergewisserte Mona sich.

„Offiziell habe ich noch ein kleines Pensionszimmer, aber ich verbringe die meisten Nächte in Eikes Haus. Dort war ich auch in der Nacht, als der Stalker umgebracht wurde."

Also hat Braren definitiv für diese Nacht kein Alibi, dachte Mona.

„Auch Ihr Chef hat uns gegenüber seine Beziehung mit Ihnen bisher verschwiegen", stellte Mona fest. Gesa seufzte und zuckte mit den Schultern.

„Sehen Sie? Eike nimmt mich einfach nicht ernst. Aber ich liebe ihn, daran lässt sich leider nichts ändern."

Nun kam Enno mit einem Zitronensprudel für Mona und einer Cola für sich. Trotz des Sonnensegels war es jetzt sehr heiß auf dem Vorbau der Milchbude. Mona und Gesa schwiegen sich an.

„Habe ich etwas versäumt?", fragte der Oberkommissar.

„Sie können denken, was Sie wollen. Eike könnte niemals einen Menschen töten", sagte die Verkäuferin. Sie schob ihre Schale mit Milchreis von sich weg.

„Mir ist der Appetit vergangen. Wenn Sie mich nicht verhaften, dann gehe ich jetzt an meine Arbeit zurück."

Sie stand auf und verließ die Milchbude, ohne von den Ermittlern daran gehindert zu werden. Mona berichtete, was sie in der Zwischenzeit erfahren hatte.

„Gesa hat gewiss die Wahrheit gesagt, was das Verhältnis zwischen ihr und Eike angeht", meinte Enno. „Ich war ja bei der Durchsuchung seines Hauses dabei. Auf den Laken im Schlafzimmer haben wir eindeutige Spuren gefunden. Dort dürften sich bei einer kriminaltechnischen Untersuchung nicht nur Körperflüssigkeiten von Eike, sondern auch von Gesa nachweisen lassen."

„Gut, dann haben sie also ein aktives Liebesleben, meinetwegen auch in der vorigen Nacht", sagte Mona ungeduldig. „Klammern wir den Professor für den Moment aus. Meiner Ansicht nach spricht immer mehr für Eike als Mörder von Volker Kiebing."

„Wieso?"

„Es gibt zwei Frauen in Eikes Leben", verdeutlichte Mona. „Mit der einen hat er ein Verhältnis, für die andere schwärmt er. Beide Frauen werden von dem Stalker belästigt. Es muss Eike vorgekommen sein, als ob Volker Kiebing ihn verhöhnen wollte. Er fühlte sich von diesem Kerl gedemütigt und beschloss, ihm eine Lektion zu erteilen. Ich will gar nicht unterstellen, dass Eike einen Mord begehen wollte. Für ihn als geschickten Handwerker war es ein Kinderspiel, das Schloss an der Ferienhaus-Hintertür aufzukriegen. Er dringt in das Haus ein. Als er dort dem Stalker begegnet, werden seine Hassgefühle übermächtig. Eike erdrosselt Volker Kiebing und nimmt dessen Smartphone mit."

„Und dieses Gerät versteckt er zwischen seiner eigenen Schmutzwäsche", ergänzte Enno. „Deine Geschichte klingt plausibel, bis auf die Episode mit dem Smartphone. Das sieht mir sehr danach aus, dass Eike als Sündenbock dienen soll."

„Eike ist kein ausgekochter Berufsverbrecher, Enno. Du weißt selbst, welche haarsträubenden Fehler Kriminelle teilweise machen."

Der Oberkommissar nickte.

„Ja, du hast recht. Es spricht einfach zu viel gegen Eike. Wir sollten bei der Staatsanwaltschaft einen Haftbefehl beantragen. Mit etwas Glück kriegen wir das Dokument bis morgen früh."

Es war Enno anzumerken, dass die bevorstehende Verhaftung ihn nicht begeisterte. Immerhin kannte er Eike Braren schon lange und hatte ihm eine solche Tat offenbar nicht zugetraut.

„Glaubst du denn, dass der Professor von einer anderen Person getötet wurde, Mona?"

Enno stellte diese Frage, als sie ausgetrunken hatten und sich in der Mittagshitze langsam wieder Richtung Dienststelle bewegten.

„Dafür spricht, dass eine völlig andere Tötungsmethode gewählt wurde. Außerdem scheint der Professor mit seinem späteren Mörder oder der Mörderin genüsslich eine Flasche Wein geleert zu haben. Gab es eine private Verbindung zwischen dem Goldschmied und Kiebing? Meines Wissens nicht. Wir müssen die Vergangenheit des Professors durchleuchten."

Enno öffnete den Mund, schloss ihn dann aber wieder.

„Wolltest du etwas sagen?", hakte Mona nach.

„Es ist nicht weiter wichtig. Vielleicht sehen wir morgen schon klarer", entgegnete Enno.

„Ja, falls Eike gesteht."

Den Rest des Tages verbrachte Mona mit Recherchen. Sie rief sogar bei der Kripo Köln an, um Hintergrundinformationen über den Professor zu erhalten. Doch Friedrich Kiebing schien keine Leiche im Keller zu haben. Es war niemals gegen ihn ermittelt worden, er hatte offenbar ein unscheinbares bürgerliches Leben geführt.

Mona rieb sich die Augen. Die viele Bildschirmarbeit hatte sie reizbar und unzufrieden gemacht.

„Ich blicke nicht so richtig durch. Na ja, morgen ist auch noch ein Tag."

Enno nickte und schaute auf die Uhr.

„Hast du heute noch etwas vor?"

„Ja, ich gehe mit Lissy joggen. Damit ich fit bleibe und du mich morgen früh nicht wieder Sumpfeule nennst."

Enno schmunzelte.

„Na, wenn das so ist, wünsche ich dir einen schönen Feierabend."

Mona schwang sich auf ihr Rad und steuerte die Walfangerstrate an. Dabei hatte sie wieder das Gefühl, gestalkt zu werden. Inzwischen glaubte sie allerdings, dass ihre überreizten Nerven ihr einen Streich spielten.

Kapitel 19

Diesmal hatten sich die Freundinnen nicht am Inselbahnhof, sondern an der Aussichtsdüne verabredet. Sie wollten Richtung Ostland durch die Dünen joggen. Dort gab es einige gut ausgebaute Wege, die sich hervorragend zum Laufen und Wandern eigneten.

Sie bewegten sich an diesem Abend in Richtung Hahni's Höh' an der Ostlandje Süddüne, ein Ziel in ungefähr zwei Kilometern Entfernung.

Lissy wartete schon in Joggingklamotten am Treffpunkt. Mona fühlte sich sofort besser, als sie von ihr umarmt wurde.

„Wie geht es dir, Süße?“, fragte Lissy. „Du siehst gestresst aus.“

„Ach, halb so wild. Ich hatte einen anstrengenden Tag, aber jetzt ist er ja zum Glück vorbei. Lass uns den Sonnenuntergang genießen und dabei unseren Kreislauf in Schwung bringen.“

„Das ist ein Angebot.“

Nach einigen Dehnungsübungen liefen die Frauen los. In Strandnähe kamen ihnen noch etliche andere Jogger, Spaziergänger und Radfahrer entgegen. Doch je weiter sie ins Ostland der Insel vordrangen, desto einsamer wurde es um sie herum. Mona konnte innerhalb weniger Minuten komplett abschalten. Sie genoss den Wind und das Sonnenlicht auf ihrem Gesicht. Wieder einmal war sie dankbar dafür, auf Borkum leben zu dürfen.

„Woran denkst du gerade, Mona?“

„Ich möchte nirgendwo anders sein als auf dieser Insel. Manchmal besuche ich meine beste Freundin Kati in London. Die Stadt ist toll, aber nach spätestens drei Tagen finde ich sie anstrengend.“

Lissy zog einen Flunsch und blinzelte ironisch.

„Bin ich nicht deine beste Freundin?“

„Kein Grund zur Eifersucht“, lachte Mona. „Ich kann doch mehr als eine Freundin haben, oder? Wir sind schließlich nicht miteinander verheiratet.“

„Das fehlte noch, mit so einer lahmen Ente wie dir vor den Traualtar zu treten“, stichelte Lissy grinsend.

„Du wirst gleich sehen, wer hier die lahme Ente ist – nämlich diejenige, die nicht als Erste die Düne erreicht!“

Mit diesen Worten deutete Mona auf den Aussichtspunkt vor ihnen und sprintete los. Sie arbeitete einen kleinen Vorsprung heraus, doch Lissy war ebenfalls gut in Form. Es ging nun in der Dünenlandschaft bergauf. Mona keuchte, das T-Shirt klebte bereits schweißnass an ihrem Rücken. Sie wusste natürlich, dass Lissys Spruch nur ein Scherz gewesen war. Trotzdem wollte sie ihrer neuen Freundin zeigen, was in ihr steckte.

Nun holte Lissy allerdings auf. Sie war schnell, und außerdem schob sie Mona zur Seite. Die beiden hatten fast den Gipfel der Düne erreicht. Lissy setzte sich nun dank ihres unfairen Remplers an die Spitze.

„Na warte!“, rief Mona, sprang Lissy an und ging mit ihr gemeinsam zu Boden. Lachend und prustend rollten die Frauen durch den Sand, bis sie wieder am Fuß der Düne angekommen waren.

Schlagartig verging Mona jeder Humor.

Lissys weites T-Shirt war bis zum Ansatz der Brüste hochgerutscht. An ihrer Flanke erblickte Mona ein violett schimmerndes Hämatom, über dessen Ursprung sie sich keine Illusionen machte.

Es stammte von ihrer eigenen Dienstwaffe.

Lissy war Monas Entsetzen nicht entgangen. Sie musste diesen Fleck einfach anstarren.

„Woher hast du ...?“

Mona konnte den Satz nicht beenden. Lissy hielt plötzlich einen Stein in der Hand. Die Kommissarin wollte ihren Arm hochreißen, um ihren Kopf zu schützen. Es war zu spät.

Mona spürte einen fürchterlichen Schmerz an ihrer linken Schläfe.

Dann gingen bei ihr die Lichter aus.

Kapitel 20

Mona fühlte sich, als ob sie in warmem Wasser liegen würde. Es war ein sehr angenehmes Gefühl. In ihrer kleinen Wohnung hatte sie nur eine Duschkabine, und das Vergnügen eines Wannenbades konnte sie höchstens mal im Urlaub genießen.

Doch sie glitt nicht durch Flüssigkeit, wie ihr wenig später bewusst wurde. Ihre Fingerspitzen ertasteten weichen Stoff, Baumwolle oder Leinen. Ihr Körper war immer noch seltsam taub. Die Hand ein wenig bewegen zu müssen erschien ihr ungeheuer anstrengend. Ob Mona die Augen öffnen sollte?

Eine Zeit lang grübelte sie darüber nach, weil ihr vor der Anstrengung grauste. Wenigstens das Atmen funktionierte einigermaßen problemlos. Sie hörte irgendwo in der Ferne Geschirrklappern und das Geräusch eines startenden Autos.

Also konnte Mona nicht mehr in den Dünen liegen, wo sie mit Lissy ...

Sie musste nur an ihre falsche Freundin denken, als ihre geschlossenen Augen feucht wurden. Trauer und Demütigung schnürten ihre Kehle zu. Ein Schluchzen kam über ihre Lippen.

Da fühlte Mona eine große warme Hand, die vorsichtig ihre Schulter berührte.

Nun raffte sie sich doch dazu auf, ihre Augen zu öffnen.

Hinter einem Tränenschleier erkannte sie Enno. Er beugte sich über sie und lächelte sie an.

„Nicht weinen, Mona. Es ist alles in Ordnung."

Ennos Worte drangen nur langsam in ihr Bewusstsein. Zahlreiche Eindrücke stürmten gleichzeitig auf sie ein: der Geruch nach Desinfektionsmitteln und nach Ennos Rasierwasser, die Krankenhausgeräusche aus dem Hintergrund, der faulige Geschmack auf ihrer Zunge, das taube Gefühl in ihrem ganzen Körper – und vor allem die Erinnerung an Lissys Hämatom!

„Gar nichts ist in Ordnung!", krächzte Mona. „Meine sogenannte Freundin Lissy hat den Stalker getötet. Vielleicht auch den Professor, was weiß ich. Sie hat mich die ganze Zeit zum Narren gehalten, Enno. Du musst sofort eine Großfahndung einleiten, damit sie uns nicht entwischt."

„Lissy Feldhof sitzt seit gestern Abend in Untersuchungshaft", sagte Enno. „Wir haben sie kassiert, kurz nachdem sie dich niedergeschlagen hatte. Das konnten wir leider nicht verhindern, obwohl ich mir geschworen hatte, dich nicht aus den Augen zu lassen."

Seit gestern Abend? War sie so lange ohne Bewusstsein gewesen? Mona benötigte einige Augenblicke, um den Sinn seiner Worte zu begreifen.

Dann hakte sie nach: „Ich hatte in den letzten Tagen das Gefühl, gestalkt zu werden. Warst du das etwa?"

Enno nickte.

„Ich würde es nicht als Stalking bezeichnen, eher als polizeiliche Observierungsmaßnahme. Und ich habe dich nicht allein im Auge behalten, sondern hatte Unterstützung. Beispielsweise war es Grietje, die euch beim Jogging in den Dünen im Auge behalten hat. Da wäre ich in meinem Alter und bei meinem Gewicht wohl chancenlos gewesen."

Mona war innerlich hin- und hergerissen. Einerseits war sie dankbar für die prompte Rettung durch ihre Kollegen. Andererseits fühlte sie sich von Enno hintergangen.

„Du hattest Lissy schon länger in Verdacht", stellte sie bitter fest. „Und du hast mir nichts davon gesagt. Wir sind Kollegen und Freunde. Warum hast du nichts gesagt?"

Enno stellte ihr eine Gegenfrage.

„Als wir neulich mit Gesa gesprochen hatten, lag mir eine Bemerkung über den Professor auf der Zunge. Du fragtest mich, ob ich noch etwas sagen wollte. Erinnerst du dich daran?"

„Ja, natürlich. Hattest du da schon etwas ermitteln können?"

„Zu dem Zeitpunkt wusste ich schon, dass Lissy bei Friedrich Kiebing in den Vorlesungen war und wegen ihm ihr Studium in Köln abgebrochen hatte. Es war ein Kinderspiel, diese Tatsache zu recherchieren. Die gescheiterte Hochschulausbildung allein ist allerdings noch kein Mordmotiv."

Eine junge Krankenschwester kam herein und sagte mit aufgesetzter Munterkeit: „Ah, Sie sind endlich bei Bewusstsein. Ihr Vater hat die ganze Zeit an Ihrem Bett gewacht. Ich werde gleich mal dem Arzt Bescheid geben."

Mona hielt die Klappe, während die Krankenschwester ihren Puls maß. Ihr lag die Bemerkung auf der Zunge, dass Enno nicht mit ihr verwandt sei. Stattdessen stellte er etwas viel Besseres für sie dar. In diesem Moment wurde ihr bewusst, dass sie ihn wirklich als ihren einzigen Freund auf Borkum bezeichnen konnte. Enno hatte hautnah miterlebt, wie groß Monas Sympathie für Lissy gewesen war.

Unter diesen Umständen konnte er nicht leichtfertig mit einem Mordverdacht um die Ecke kommen, wie Mona nun bewusst wurde. Womöglich würde sie ihm sogar Eifersucht unterstellt haben, wenn er sich gegen ihre Freundin geäußert hätte. Mona kannte sich selbst nur allzu gut. Sie neigte manchmal zu einem vorschnellen Urteil.

Mit großer Anstrengung schaffte sie es, ihre Hand unter der Bettdecke hervorzuziehen und Ennos Hand zu drücken. Die Krankenschwester war inzwischen wieder gegangen.

„Du hast nichts falsch gemacht“, sagte sie und verzog ihr Gesicht zu einem Lächeln. Ihre Haut fühlte sich seltsam taub an. Mona vermutete, dass sie unter Schmerzmedikamenten stand.

„Ich wünschte, dass ich mich geirrt hätte“, gab Enno zu. „Der Professor deutete mir gegenüber an, dass er sich vor einer seiner ehemaligen Studentinnen fürchten würde, die sich auf Borkum befindet. Weder Reina noch ihre beiden Freundinnen haben bei Kiebing studiert, sie konnten damit also nicht gemeint sein. Ich knöpfte ihn mir noch einmal gründlich vor und wollte den Namen wissen. Er gab ihn mit Elisabeth Feldhof an.“

Mona erinnerte sich an einen Moment, als sie mit Lissy auf der Strandstraße gestanden und geplaudert hatte. Da war der Professor auf der Bildfläche erschienen, um gleich darauf wieder Reißaus zu nehmen. Mona hatte angenommen, dass er ihr aus dem Weg gehen wollte. In Wahrheit musste er die Konfrontation mit Lissy gescheut haben.

„Elisabeth ist kein Name, den eine junge Frau gern trägt“, stellte Mona fest. „Lissy Feldhof klingt gleich viel besser. Der Name steht auch auf dem Schild, das sie an ihrem Arbeitskittel trägt.“

Enno nickte.

„Natürlich hätte ich die Bombe schon früher platzen lassen können. Aber einen konkreten Beweis gab es bisher nicht. Ich habe die ganze Zeit darauf gehofft, dass Lissy einen Fehler macht. Leider konnten wir den Angriff auf dich nicht verhindern.“

„Wenn Lissys T-Shirt nicht hochgerutscht wäre, hätte ich ihr Hämatom nicht bemerkt. Dann würde ich immer noch der Illusion nachhängen, eine gute Freundin gefunden zu haben.“

Mona merkte selbst, wie bitter ihre Worte klangen.

Enno berührte sie noch einmal an der Schulter. Es tat gut, seine Hand zu spüren.

„Lissy hat uns alle an der Nase herumgeführt. Sie sitzt jetzt in Untersuchungshaft. Und ich bin sicher, dass wir genügend Beweise finden, um eine Mordanklage auf den Weg bringen zu können.“

„Zum Glück hat Lissy eine Polizistin angegriffen, nämlich mich“, meinte Mona voller Galgenhumor. „Sonst hätten wir nichts in der Hand, um sie festhalten zu können.“

„*Dumm Tüch*", brummte Enno und stand auf. „Ruh dich aus, damit du bald wieder dienstfähig bist und dir die Dame vorknöpfen kannst."

„Das werde ich mit dem größten Vergnügen tun", flüsterte Mona, wobei ihre Augenlider erneut auf halbmast hinabsanken. Als Enno ging und der Arzt das Zimmer betrat, war sie schon wieder eingeschlafen.

Kapitel 21

Zwei Tage später betrat Mona pünktlich und frisch geduscht die Polizeistation. Es kam ihr vor, als ob sie eine halbe Ewigkeit fort gewesen wäre. Sie sollte sich mit ihrer leichten Gehirnerschütterung eigentlich noch schonen. Aber Mona hatte so lange gequengelt, bis sie auf eigenen Wunsch und gegen ärztlichen Rat aus dem Krankenhaus entlassen worden war.

„Wenn Ihnen übel wird oder Sie starke Kopfschmerzen bekommen, dann haben Sie sich zu viel zugemutet."

Mit diesen Worten hatte der Doktor sie am Vorabend verabschiedet. Nun blickte Mona in das sommersprossige Gesicht ihrer jungen Kollegin Grietje.

„Moin, da bist du ja wieder! Es war wirklich kein Vergnügen, dir und dieser Mörderin hinterherzulaufen. Ich hätte niemals gedacht, dass du mit deinen kurzen Beinen so schnell rennen kannst."

Mona musste lachen.

„Deine Frechheit hat mir wirklich gefehlt, Grietje. Und ich danke dir dafür, dass du Lissy so prompt verhaftet hast."

„Gern geschehen. Sie fiel echt aus allen Wolken. Kaum hatte sie dich ausgeknockt, als ich auch schon auftauchte und sie zu Boden brachte. Bevor sie wusste, wie ihr geschah, hatte ich ihr Handschellen angelegt und für dich eine Ambulanz gerufen. Übrigens hätte ich dich auch im Krankenhaus besucht. Aber Enno hat darauf bestanden, dass du deine Ruhe brauchst. Ich glaube, er steht wirklich auf dich."

„Träum weiter", erwiderte Mona grinsend und betrat ihr Büro. Der Oberkommissar blickte lächelnd auf, als er sie bemerkte.

„Moin, Mona. Gut, dass du wieder da bist."

„Ja, Kranksein ist langweilig. Gibt es bei unseren beiden Mordfällen Neuigkeiten?"

„Allerdings. Nach Lissys Verhaftung war es kein Problem, einen Durchsuchungsbefehl für das Pensionszimmer zu bekommen, in dem sie lebt. Lissy besitzt ein Notebook, natürlich passwortgeschützt. Den Spezialisten vom Landeskriminalamt fiel es leicht, die Dateien zu knacken und uns zukommen zu lassen. Auf dem Gerät war ein elektronisches Tagebuch, das sich wie die Beichte einer Sadistin liest."

Mona lief ein eiskalter Schauer über den Rücken. Besonders ernüchternd war es, dass sie sich so in ihrer angeblichen Freundin getäuscht hatte. Diese Tatsache kränkte die Kommissarin tief in ihrer Berufsehre.

„Ist es wirklich so schlimm?"

„Ich bin kein Psychologe“, begann Enno, „doch sogar mir wurde beim Lesen deutlich, dass die Mörderin immer stärker den Bezug zur Wirklichkeit verloren hat.“

„Du sprichst von der Mörderin. Dann gibt sie die Taten in diesem Tagebuch also zu?“

Enno nickte.

„Ob die Dateien gerichtsverwertbar sind, soll der Staatsanwalt beurteilen. Es wird wohl auf eine amtsärztliche Begutachtung der Schuldfähigkeit hinauslaufen. Und natürlich hängt vieles davon ab, ob die Frau im Verhör ein Geständnis ablegen wird oder nicht.“

„Dann habt ihr also Lissy noch nicht ins Gebet genommen?“, vergewisserte Mona sich. Im Stillen hatte sie darauf gehofft, denn sie wollte diese Frau unbedingt selbst mit ihren Verbrechen konfrontieren.

„Oltbeck wollte Lissy schon befragen, das konnte ich ihm allerdings ausreden“, erklärte Enno. „Ich habe ihm gesagt, dass du einen guten Draht zu der Verdächtigen hättest. Dass ihr privat befreundet wart, habe ich nicht erwähnt.“

„Und das ist auch besser so“, grollte Mona. „Danke, Enno. Ich weiß nicht, was ich ohne dich täte.“

„Fühlst du dich denn dazu in der Lage, Lissy gegenüberzutreten?“, fragte der hünenhafte Ostfriese besorgt.

„Natürlich“, sagte Mona schnell, obwohl sie bereits jetzt Kopfschmerzen hatte. „Du hältst mich doch wohl nicht für ein Weichei? Heute ist ein ganz normaler Arbeitstag für mich. Lass mich nur kurz einen Blick in dieses Tagebuch werfen, bevor wir loslegen.“

„Ich habe dir die Datei schon auf deinen Rechner geschickt, müsstest du im Dienst-Posteingang finden“, entgegnete Enno.

Mona fuhr ihren PC hoch und öffnete das Tagebuch. Schon nach wenigen Seiten wurde ihr klar, dass sie es mit einem handfesten Liebeswahn zu tun hatte. Lissys ganzes Leben war völlig auf den Professor fixiert gewesen. Obwohl Mona nicht prüde war, bekam sie beim Lesen von Lissys Fantasien rote Ohren. Oder hatten sich diese Dinge zwischen dem Professor und seiner Studentin wirklich so abgespielt? Das ging aus den Texten nicht eindeutig hervor.

„Das reicht mir“, sagte Mona, nachdem sie eine Stunde lang gelesen hatte. „Ich will der Mörderin jetzt Auge in Auge gegenübertreten.“

Enno warf ihr einen prüfenden Blick zu, sagte aber nichts. Er ging hinaus, um Lissy in den Verhörraum schaffen zu lassen.

Einige Minuten später saß Mona ihrer ehemaligen Freundin gegenüber. Lissy tat so, als ob überhaupt nichts geschehen wäre. Sie lächelte, als sie die Kommissarin erblickte.

Fehlt nur noch, dass sie mich umarmt, dachte Mona grimmig. Und sie war wieder einmal froh, Enno an ihrer Seite zu haben.

„Hallo, Mona. Ich hoffe, dass dein Kopf nicht mehr wehtut“, sagte Lissy im Plauderton. Sie trug immer noch die Joggingkleidung, in der sie verhaftet worden war.

„Frau Feldhof, wir vernehmen Sie heute als Beschuldigte verschiedener Straftaten“, erwiderte Mona förmlich. „Wünschen Sie einen Rechtsbeistand?“

Lissy hob die Augenbrauen. Ihre Lippen kräuselten sich zu einem ironischen Lächeln.

„Ach, siezen wir uns jetzt wieder?“

„Ich duze keine Straftäterinnen. Schon gar nicht, wenn ich von ihnen mehrfach attackiert wurde“, erwiderte Mona. Sie ahnte, dass Lissy es ihr nicht leicht machen würde. Mona musste ihr berüchtigtes Temperament im Zaum halten. Und das war leichter gesagt als getan.

Enno belehrte Lissy mit neutraler Stimme über ihre Rechte. Die Beschuldigte nickte.

„Gut, das habe ich jetzt verstanden. Ich verzichte auf einen Anwalt. Im Grunde bin ich froh darüber, dass alles vorbei ist.“

„Wir hatten Einblick in Ihr Tagebuch“, erklärte Mona. „Trotzdem würden wir die Ereignisse gern aus Ihrer Perspektive hören.“

Lissy zuckte kurz zusammen, als die Kommissarin das Tagebuch erwähnte. Dann hatte sie sich wieder in der Gewalt.

„Ich hätte mir denken können, dass die Polizei in meinen Sachen herumschnüffeln würde.“

„Erzählen Sie doch einfach, wie alles angefangen hat“, schlug Enno freundlich vor. Grietje hatte zuvor Tee gebracht, sodass alle Anwesenden mit Flüssigkeit versorgt waren. Auch ein Teller mit Mürbekeksen stand bereit.

„Mein Studium verlief ereignislos, bis ich Friedrich kennenlernte“, begann sie.

„Die Rede ist von Professor Friedrich Kiebing?“, vergewisserte Mona sich.

„Ja, natürlich. Die Kommilitonen hatten ihm den Spitznamen *Alter Fritz* verpasst. Friedrich hasste es, wenn man ihn so nannte. Ich habe stets nur Friedrich zu ihm gesagt. Zwischen uns war es Liebe auf den ersten Blick, jedenfalls von meiner Seite. Bald verbrachten wir jede freie Minute miteinander.“

„Das ging aber nicht immer so weiter, oder?“

Mona hatte diese Zwischenfrage gestellt. Lissys Gesichtsausdruck wurde melancholisch.

„Nein, leider nicht. Alles hat ein Ende, auch die Freundschaft zwischen Ihnen und mir, *Frau Sander*.“

Mona hatte plötzlich einen Kloß in der Kehle, als Lissy die Anrede so ironisch dehnte und ihr dabei direkt in die Augen schaute. Sie hatte geglaubt, keine Sympathie mehr für diese Frau zu empfinden. Das war ein Irrtum gewesen. Mona dachte an die schönen Momente mit Lissy zurück, und das tat einfach nur weh.

„Sie wollten uns von Professor Kiebing berichten“, erinnerte Enno.

„Ja, ich weiß. Ihre Kollegin ist etwas blass, Herr Moll. Sind Sie sicher, dass es Frau Sander schon wieder gut geht?“

„Schweifen Sie nicht ab“, forderte Mona mit rauer Stimme. Sie würde sich ganz gewiss nicht kleinkriegen lassen!

„Soll nicht mehr vorkommen“, behauptete Lissy. „Also, nach ein paar schönen Monaten wurde Friedrich mir gegenüber immer kühler. Er versetzte mich bei Treffen und ließ sich verleugnen, wenn er in seinem Büro im Germanistischen Institut war. Ich wusste nicht, was ich falsch gemacht hatte. Friedrich hatte mir immer versprochen, seine Frau wegen mir zu verlassen. Plötzlich war davon keine Rede mehr. Und dann machte er mit mir Schluss.“

Lissy schlürfte gierig den Tee aus ihrer Tasse. Bevor Mona oder Enno etwas erwidern konnte, redete sie weiter: „Ich fiel seelisch in ein tiefes Loch. Eine Zeit lang dachte ich sogar an Selbstmord. Ich bekam Friedrich nicht aus dem Kopf. Das Studium ließ ich sausen, ich wollte meinem Ex-Liebhaber nicht mehr zufällig im Institut begegnen. Stattdessen begann ich damit, ihm nachzuschleichen und alles über sein Leben und seine Familie herauszufinden.“

Eine Stalkerin, dachte Mona. *Es gibt doch mehr von denen, als man denkt.*

„Was versprachen Sie sich davon?“, wollte die Kommissarin wissen.

„Das ist schwer zu sagen. Ich bin sicher, dass Friedrich von meinen Spähaktionen nichts bemerkte. Immer konnte ich ihn ja nicht belauern. Als Studienabbrecherin musste ich schließlich Geld verdienen. Bei der Drogeriekette habe ich schon als Schülerin aushilfsweise gearbeitet, dort schätzte man meine Flexibilität. Zunächst arbeitete ich nur stunden- oder tageweise bei dem Unternehmen, später wurde mir die feste Stelle auf Borkum angeboten. Das erschien mir als ein Wink des Schicksals. Inzwischen hatte ich nämlich herausgefunden, dass Friedrich ein Ferienhaus auf dieser Insel besitzt.“

„Was hatten Sie vor?“, hakte Mona nach.

„Ich wollte es zu einem unerwarteten Wiedersehen kommen lassen. Inzwischen herrschte nämlich seit über einem Jahr Funkstille zwischen

Friedrich und mir. Da Sie mein Tagebuch gelesen haben, werden Sie das ja wissen, Frau Sander. Aus den Medien hatte ich auch von dem Prozess gegen Friedrichs Sohn erfahren. Volker interessierte mich nicht. Ich hatte mal ein Foto von ihm gesehen, er war als Mann für mich völlig uninteressant. An seinen Vater konnte er nicht heranreichen. Dieses Problem haben übrigens viele Sprösslinge von Erfolgsmenschen. Allerdings war das noch kein Grund, um sich als Stalker zu betätigen."

Du hast es gerade nötig!, dachte Mona.

„Professor Kiebing ahnte also nichts von Ihrer Anwesenheit auf Borkum?", vergewisserte sich Enno.

„So ist es, Herr Moll. Er kam nicht in den Drogeriemarkt, die Einkäufe überließ er seiner Frau. Und Theresa kannte mich ja gar nicht. Das traf übrigens auch auf Helena und Volker zu. In der Nacht, als das Unglück passierte, schlich ich mich in das Ferienhaus. Das Schloss war ein Witz, ich konnte problemlos eindringen. Aber dann geschah etwas mit mir."

„Wie meinen Sie das?", fragte Mona.

Die Gesichtsmuskeln der Mörderin waren angespannt. Sie blickte an den Ermittlern vorbei Richtung Wand. Mona stellte sich vor, dass Lissy vor ihrem inneren Auge den Mord noch einmal durchlebte.

„Ich fühlte mich plötzlich so allein und verloren. In den Räumen roch es ein wenig nach getrockneten Algen und nach Sonnencreme, vermischt mit Friedrichs teurem Eau de Toilette, das er so sehr liebte. Da begriff ich, dass er diese schöne Borkum-Atmosphäre niemals mit mir teilen würde. Morgens neben ihm im Bett aufwachen und vor dem Fenster den Nebel über dem Wasser aufsteigen sehen? So etwas würde ich niemals erleben. Ich war für Friedrich nur ein Spielzeug gewesen, eine dumme und hoffnungsvolle Geliebte. So eine Wut und so einen Hass habe ich noch niemals zuvor gefühlt. Ausgerechnet in diesem Moment kam er die Treppe hinunter."

„Sie sprechen von Volker Kiebing?"

„Richtig, Frau Sander. Ich handelte wie in Trance. Ich hatte zufällig ein Nylonseil in der Tasche. Das hatte ich eingesteckt, nachdem ich tagsüber im Drogeriemarkt Ware ausgepackt hatte. Ich wollte es ursprünglich benutzen, um in meinem Pensionszimmer das klapprige Bücherregal zu stabilisieren. Stattdessen strangulierte ich ihn damit."

„Und Volker Kiebing wehrte sich nicht?", vergewisserte sich Mona.

„Er zappelte und trat um sich, aber seine Kraft ließ schnell nach. Ich weiß nicht, woher ich die Energie geholt habe. Dafür war wohl der Adrenalinausstoß verantwortlich. Außerdem konnte der Stalker ja nicht ahnen, dass er aus heiterem Himmel angegriffen wurde. Ich habe ihn sozusagen kalt erwischt. Und ich ließ erst wieder von ihm ab, als kein Leben mehr in ihm war."

Mona nickte und stieß langsam die Luft aus den Lungen. So ein offenherziges Geständnis wünschte sich wohl jeder Kriminalist. Dennoch blieb für sie eine entscheidende Frage unbeantwortet.

„Warum töteten Sie Volker Kiebing und nicht dessen Vater? Der Sohn hatte Ihnen doch gar nichts getan. Wollten Sie den Professor bestrafen, indem Sie sein Kind umbrachten?"

Lissys Antwort bestand in einem harten Lachen ohne Humor.

„Sie haben es nicht kapiert, oder? Schade, ich hätte Sie für intelligenter gehalten."

Nun erst begriff Mona die ganze Wahrheit. Und sie wurde davon so überrollt, dass sich ihre Kopfschmerzen sofort mächtig verstärkten.

„Sie wollten gar nicht Volker Kiebing, sondern den Professor töten! Es war dunkel, und beide Männer haben in etwa dieselbe Größe und eine sehr ähnliche Figur. Sie glaubten, Ihren ehemaligen Liebhaber aus dem Weg geräumt zu haben!"

„Bravo, Frau Kommissarin!", spottete Lissy. „Sie haben es erfasst. Vielleicht bringen Sie es ja eines Tages sogar zur Oberkommissarin."

Mona ging nicht auf den dämlichen Spruch ein, sondern fragte: „Und warum haben Sie das Smartphone mitgenommen?"

„Weil ich spionieren wollte. Ich musste unbedingt wissen, ob Friedrich inzwischen eine andere Geliebte hatte. Doch als ich das Gerät daheim einschaltete, bemerkte ich meinen Irrtum. Mir war ja gar nicht bewusst gewesen, dass dieser Unglücksrabe Volker auf Borkum weilte. Er war doch zu einer Haftstrafe verurteilt worden, oder?"

Wenn Volker Kiebing brav ins Gefängnis gegangen wäre, könnte er noch leben. Dieser Gedanke spukte Mona durch den Kopf. Doch ihr fehlte jetzt die Zeit, um über eine mögliche Ironie des Schicksals zu philosophieren. Stattdessen forderte sie Lissy mit einer Handbewegung zum Weiterreden auf.

Die Mörderin öffnete wieder den Mund.

„Ich habe die ganze Nacht lang kein Auge zugetan. Und ich zweifelte an mir selbst. Vielleicht hatte ich ja doch Friedrich getötet, der aus irgendwelchen Gründen das Smartphone seines Sprösslings in der Tasche gehabt hatte? Ich musste mir Gewissheit verschaffen. Wahrscheinlich war es sehr leichtsinnig von mir, bei Tageslicht dort zu erscheinen. Hinterher ist man bekanntlich immer schlauer. Als ich das Ferienhaus noch einmal betrat, traf ich sofort auf Sie. Und das war der Beginn einer wunderbaren Freundschaft."

„Den Spott können Sie sich sparen. Woher hatten Sie das Reizgas überhaupt?"

„Aus dem Internet. In Köln gehe ich ohne diese Dose nie aus dem Haus. Und es hat mir auch auf Borkum treue Dienste geleistet. Sie haben mich nicht erkannt, andernfalls wäre ich schon viel früher verhaftet worden."

„Immerhin konnte ich Ihnen noch einen ordentlichen Schlag mit meiner Dienstwaffe verpassen", konterte Mona.

Die Mörderin seufzte.

„Ja, ein schlimmer Fall von Polizeibrutalität. Ich sollte mich über Sie beschweren."

Die Provokationen perlten an Mona ab wie Wasser von der Haut eines Seehunds. Jetzt überwog die Freude darüber, den Fall endlich abgeschlossen zu haben.

„Und wie kamen Sie auf die Idee, sich mit mir anzufreunden?"

„Sie werden lachen, aber ich mag Sie wirklich. Ich musste meine Gefühle gar nicht heucheln, so wie Friedrich es mir gegenüber getan hat. Joggen ist auch mein Hobby, dabei bekommt man so schön den Kopf frei, oder? Bei unserer ersten Begegnung hatte ich noch Angst, dass Sie mich wiedererkennen würden. Aber das ist zum Glück nicht geschehen. Ab dem Zeitpunkt musste ich nur noch sorgfältig darauf achten, dass mein scheußlicher blauer Fleck verborgen blieb. Irgendwann wäre das Gewebe verheilt gewesen, und dann hätten Sie mich niemals erwischt."

„Es gibt kein perfektes Verbrechen", warf Enno ein.

„Kommen wir auf den Mord an Professor Kiebing zu sprechen", forderte Mona. Lissy zuckte mit den Schultern.

„Meinetwegen. Es machte mir Spaß, mit Friedrich Katz und Maus zu spielen. Er kriegte Fracksausen, als er mich mit Ihnen auf der Strandstraße stehen sah. Mein Ex-Liebhaber berichtete mir später davon. Er gestand mir sogar, Herrn Moll meinen Namen verraten zu haben. Nur beweisen konnte er mir rein gar nichts. So richtig Panik kriegte er, als ich den Stein in sein Fenster warf, um ihn aus der Reserve zu locken. Er ahnte wohl, dass ich es gewesen bin. Am Nachmittag vor seinem Tod kam er zu mir in die Drogerie. Er forderte mich auf, ihn endlich in Ruhe zu lassen. Die Kunden kriegten große Augen. Zum Glück waren gerade nur Holländer im Laden, weil eine Fähre aus Eemshaven angelegt hatte. Die Leute bekamen nur zur Hälfte mit, worum es ging. Und es interessierte sie auch nicht. Aber ich konnte seinen Gegenangriff nicht auf mir sitzen lassen. Also bat ich meine Chefin darum, ausnahmsweise früher Feierabend machen zu dürfen.

Andernfalls wäre Friedrich nach Emden entkommen, ohne dass ich ihn hätte zur Rede stellen können."

„Sie wussten also, dass er die Fähre nehmen wollte?"

„Ja, Frau Sander. Das hatte er ja gerade im Drogeriemarkt herausposaunt: ‚Ich reise jetzt ab, und du lässt mich gefälligst in Ruhe!' Der hatte schon Nerven, das muss ich sagen. Trotzdem glaube ich, dass er inzwischen Angst vor mir hatte. Friedrich versuchte nur, sich autoritär zu geben, weil er das als Dozent so gewohnt war."

Autorität? Das passte nicht so richtig. Mona war es so vorgekommen, als ob Friedrich Kiebing zuletzt in Furcht gelebt hatte. Und das war sehr berechtigt gewesen.

„Sie gingen also zu ihm?", vergewisserte Mona sich.

„Ja, und ich schenkte ihm ein strahlendes Lächeln. Damit konnte er überhaupt nicht umgehen. Friedrich war verwirrt, was man verstehen konnte. Schließlich hatte er gerade erst seinen Sohn verloren. Übrigens glaubte er fast bis zuletzt, dass diese Reina Paal Volker auf dem Gewissen hätte. So kann man sich täuschen."

„Wie ging es an dem Abend weiter?", fragte die Kommissarin.

„Friedrich war wie ausgewechselt. In der Drogerie hatte er noch versucht, den starken Mann zu spielen. Doch nun, wo er mit mir allein war, bekniete er mich geradezu, ihn in Ruhe zu lassen. Er bot mir sogar Wein an und sprach mit mir über die guten Zeiten, die wir gemeinsam erlebt hatten."

Ob sich die letzten Stunden vor Kiebings Tod wirklich so abgespielt hatten? Das wusste nur die Mörderin.

„Wir sind uns wieder nähergekommen", gab Lissy freimütig zu. „Dabei merkte ich, dass ich nichts mehr für Friedrich empfand. Im Gegenteil, er widerte mich nur noch an. Das habe ich ihn allerdings nicht sofort spüren lassen. Er merkte nichts, ich bin eine gute Schauspielerin."

„Das kann ich nur bestätigen", stellte Mona bitter fest.

„Schließlich wollte er in die Küche, um eine neue Flasche Wein aufzumachen. Ich nahm mir den Schürhaken und folgte ihm. Dann sagte ich, dass ich seinen Sohn getötet hätte. Gleich darauf schlug ich zu."

„Sie wollten nicht seine Reaktion auf Ihre Worte abwarten?", wollte Mona wissen.

„Ursprünglich schon. Doch dann bekam ich selbst Panik. Womöglich hätte Friedrich einen Wutanfall bekommen und mir den Schürhaken entrissen? Das konnte ich nicht riskieren. Also erledigte ich ihn, bevor es für mich gefährlich werden konnte."

Es entstand eine kleine Gesprächspause. Dann sagte Mona: „Sie haben versucht, mir Informationen über unseren Ermittlungsstand zu entlocken. Das ist Ihnen aber nicht gelungen."

„Richtig. Trotzdem konnte es auf einer Insel wie Borkum nicht lange verborgen bleiben, wen Sie und Ihre Kollegen im Verdacht hatten. Deshalb erschien es mir als eine gute Idee, Volkers Smartphone in Eike Brarens Haus zu platzieren. Dieser eingebildete Goldschmied hätte wirklich einen guten Sündenbock abgegeben."

„Und es machte Ihnen nichts aus, einen Unschuldigen in die Pfanne zu hauen?", fragte Mona wütend.

Lissy zuckte nur mit den Schultern.

Mona hatte die Nase voll. Aus ihrer Sicht war das Verhör beendet, und auch Enno hatte keine weiteren Anmerkungen mehr. Der Oberkommissar erklärte der Beschuldigten, dass sie für ihren Haftprüfungstermin nach Emden gebracht werden würde.

Mona verkroch sich in ihr Büro und tippte das Tonbandprotokoll des Verhörs ab, damit es Lissy später zur Unterschrift vorgelegt wurde. Ihre Kopfschmerzen blieben ihr erhalten.

Eigentlich hatte Mona auch keinen Appetit, aber Enno bestand darauf, dass sie Mittagspause machte und etwas aß.

Am Nachmittag stand noch eine längere Besprechung mit Oltbeck an, bei der es um andere Dinge ging. Mona stellte ihre Ohren auf Durchzug. Wie hatte sie sich nur von dieser Mörderin um den kleinen Finger wickeln lassen können?

Enno spürte, was in ihr vorging. Zum Feierabend legte er seinen Arm um ihre Schultern.

„Lissy hat uns alle an der Nase herumgeführt. Doch wenn du ihr nicht den blauen Flecken verpasst hättest, würden wir immer noch auf der Stelle treten."

Mona lächelte tapfer, obwohl ihr nicht danach zumute war.

„Ja, so kann man das wohl sehen. Wir treffen uns dann morgen zu Dienstbeginn wieder."

„Du bist sicher, dass du nicht mit zu mir kommen willst? Birte würde sich freuen."

„Nein, ich muss zu Hause noch viel aufräumen. Tschüs, Enno."

Der Oberkommissar verabschiedete sich ebenfalls.

Mona wollte gerade ihr Fahrrad aufschließen, als ihr Smartphone klingelte. Ihre beste Freundin Kati rief an.

„Moin, Süße. Was macht der Londoner Nebel?"

„Der hat gerade Sommerpause. – Hör mal, die Hauptstadt ist gerade besonders unerträglich. Ich brauche dringend einen Tapetenwechsel.

Könnte ich spontan nach Borkum kommen und dich ein paar Tage besuchen?“

Monas Herz machte vor Freude einen Hüpfer.

„Klar, kein Problem! Schreib mir einfach, mit welcher Fähre du kommst, dann hole ich dich ab. Es geht doch nichts über ein Treffen mit einer echten Freundin.“

Ostfrieslandkrimi Empfehlungen des Klarant Verlages

Lernen Sie die Ostfrieslandkrimi-Serie „Mona Sander und Enno Moll ermitteln“ von Sina Jorritsma kennen:

Friesische Inselidylle? Von wegen! Auf der ostfriesischen Insel Borkum lösen Kommissarin Mona Sander und ihr Kollege Enno Moll knifflige Mordfälle. Die emotionale Kommissarin geht bei der Verbrecherjagd gerne ihren eigenen Weg und scheut dabei kein Risiko … Bei der Krimireihe der Autorin Sina Jorritsma ist Hochspannung garantiert!

In der Serie sind bereits folgende Ostfrieslandkrimis erschienen:

„Friesenbraut“, Band 1
Taschenbuch ISBN: 978-3-95573-557-9
eBook ISBN: 978-3-95573-556-2

Auf der ostfriesischen Insel Borkum verschwindet eine Braut kurz vor der Eheschließung. Zunächst glauben die Kommissare Mona Sander und Enno Moll noch an einen dummen Streich. Aber wenig später wird das blutverschmierte Brautkleid gefunden. Ist die dunkelhaarige Schönheit einem Gewaltverbrechen zum Opfer gefallen? Die Inselkommissare finden Indizien, die aber nicht zusammenpassen. Hat der undurchsichtige Exfreund der Braut seine Hände im Spiel? Wer war an den geheimen Sex-Spielen im Ferienhaus beteiligt? Und welches Interesse verfolgt der machtbesessene zukünftige Schwiegervater? Dann findet die Polizei eine Leiche – und muss feststellen, dass die Dinge ganz anders sind, als sie auf den ersten Blick scheinen. Die Mörderjagd versetzt nicht nur die friedliche Nordseeinsel in Aufruhr, sondern wird auch zur persönlichen Herausforderung für Mona Sander. Sie wird selbst zur Zielscheibe des Mörders…

„Friesenkreuz“, Band 2
Taschenbuch ISBN: 978-3-95573-552-4
eBook ISBN: 978-3-95573-600-2

Eine Leiche in den Dünen von Borkum gibt Kommissarin Mona Sander und ihrem Kollegen Enno Moll Rätsel auf. War es Mord? Wie lange liegt der Tote schon unter dem Sand begraben? Als die Identität des Mannes geklärt ist, nimmt der Fall erst recht an Fahrt auf. Plötzlich geschieht ein weiteres Verbrechen, und Mona Sander kommt einem Mordverdächtigen persönlich näher. In dem ostfriesischen Idyll gibt es viele Menschen, die etwas zu verbergen haben. Um den Täter entlarven zu können, muss die Kommissarin ein dunkles Geheimnis aus der Vergangenheit lösen…

„Friesenlauf“, Band 3
Taschenbuch ISBN: 978-3-95573-553-1
eBook ISBN: 978-3-95573-618-7

Ein Jogger beißt ins Dünengras und stirbt scheinbar eines natürlichen Todes. Hat sich Hardy Lohmann beim traditionellen Meilenlauf auf Borkum einfach zu viel zugetraut? Kommissarin Mona Sander ist als Ersthelferin vor Ort und bemerkt verdächtige Symptome. Eine Obduktion des Toten schafft Gewissheit: Das Opfer wurde vergiftet. Hat seine junge schöne Geliebte ihre Hand im Spiel gehabt? Und welche Rolle kommt einem zwielichtigen Abmahnanwalt zu? Wem gehören die 100.000 Euro, die in Lohmanns Ferienhaus gefunden werden? Mona Sander und ihr Kollege Enno Moll beginnen mit der Untersuchung des Mordfalls. Doch als plötzlich ein undurchsichtiger Mann aus Monas Vergangenheit auftaucht, spitzen sich die Ereignisse dramatisch zu…

„Friesenflirt", Band 4
Taschenbuch ISBN: 978-3-95573-542-5
eBook ISBN: 978-3-95573-541-8

Ein rätselhafter Todesfall erschüttert die ostfriesische Insel Borkum. Im Hotel Teutonia wird eine junge Frau erhängt aufgefunden. Zunächst spricht einiges für einen Selbstmord, doch bei der Obduktion werden Spermaspuren von zwei Männern an der Toten entdeckt. Ist ihr ein scheinbar harmloser Flirt zum Verhängnis geworden?

Die Inselkommissare Mona Sander und Enno Moll ermitteln und finden heraus, dass die attraktive Blondine als Treutesterin gearbeitet hat. In Verdacht: Markus Winter, der dubiose Chef der Treuetest-Agentur. Er war zur Tatzeit auch auf Borkum und verstrickt sich immer mehr in Widersprüche… Andere Hinweise deuten auf ein mysteriöses Doppelleben der Toten. Kommissarin Mona Sander lässt nicht locker und kommt dem Täter dabei gefährlich nah …

„Friesenwahn", Band 5
Taschenbuch ISBN: 978-3-95573-622-4
eBook ISBN: 978-3-95573-623-1

Am Strand von Borkum wird eine Brandleiche in einem Ruderboot angespült. Der Körper ist bis zur Unkenntlichkeit verbrannt, doch bald steht die Identität des Toten fest: Es handelt sich um den erfolgreichen ostfriesischen Strafverteidiger Fokke Huizinga. Der Ermordete war auf Borkum zu einem Treffen von Hobbywikingern. Gab es Streit unter den Wikingern, der tödlich endete? Und welche Rolle spielt der obskure Geistheiler Jeremias Brock? Seine Anhänger scheinen einem regelrechten Wahn zu verfallen, und die Frau des Ermordeten ist eine von ihnen… Die Liste der Verdächtigen wird immer länger, und die Inselkommissare Mona Sander und Enno Moll stehen vor einem Rätsel. Als der Fall für Enno zu einer persönlichen Angelegenheit wird, droht endgültig alles außer Kontrolle zu geraten …

Klarant Verlag

Lernen Sie die Ostfrieslandkrimi-Titel des Klarant Verlages kennen und besuchen Sie uns im Internet unter:

www.ostfrieslandkrimi.de

und

www.klarant.de

Sie können dort Näheres über unsere Autoren erfahren, viele weitere interessante Bücher und eBooks finden und Leseproben herunterladen. Mit dem kostenlosen Newsletter auf

www.ostfrieslandkrimi-lesen.de

erhalten Sie aktuelle Informationen rund um das Verlagsprogramm, wie beispielsweise spannende Neuerscheinungen und Gewinnspiele.